Família de imigrantes com parentes, antes da partida para Kobe – setembro de 1934, cidade de Urasa, província de Niigata.

Sôbô

TATSUZÔ ISHIKAWA

Sôbô

Uma Saga da Imigração Japonesa

TRADUÇÃO
Maria Fusako Tomimatsu [UEL]
Monica Setuyo Okamoto [UFPR]
Takao Namekata

REVISÃO
Márcia Hitomi Takahashi [UFPR]

Ateliê Editorial

1ª ed. – 2008
2ª ed. – 2019

Dados Internacionais de Catalogação na Publicação (CIP)
(Câmara Brasileira do Livro, SP, Brasil)

Ishikawa, Tatsuzô, 1905-1985.
Sôbô: Uma Saga da Imigração Japonesa / Tatsuzô Ishikawa; tradução Maria Fusako Tomimatsu, Monica Setuyo Okamoto, Takao Namekata; revisão Márcia Hitomi Takahashi. – 2. ed. – Cotia, SP: Ateliê Editorial, 2019.

ISBN 978-85-7480-833-8
Título original: Sôbô

1. Contos japoneses 2. Crônicas japonesas 3. Imigrantes – Brasil 4. Japão – Emigração e imigração – Brasil 5. Japoneses – Brasil I. Takahashi, Márcia Hitomi. II. Título.

19-26100 CDD-895.635

Índices para catálogo sistemático:
1. Contos: Literatura japonesa 895.635
2. Crônicas: Literatura japonesa 895.635

Cibele Maria Dias – Bibliotecária – CRB-8/9427

ATELIÊ EDITORIAL
Estrada da Aldeia de Carapicuíba, 897
06709-300 – Granja Viana – Cotia – SP
Tel.: (11) 4702-5915
www.atelie.com.br | contato@atelie.com.br
facebook.com/atelieeditorial | blog.atelie.com.br

Printed in Brazil 2019
Foi feito depósito legal

Sumário

Prefácio

SAKAE ISHIKAWA[1]

O prêmio Akutagawa foi instituído em 1935, e trata-se do prêmio literário de maior valor no Japão. Desde então, este prêmio vem lançando ao mundo grande número de escritores. *Sôbô*, através da qual Tatsuzô Ishikawa descreveu a imigração japonesa no Brasil, foi a obra que recebeu o primeiro prêmio Akutagawa.

Tatsuzô Ishikawa nasceu em 1905, na região norte do Japão, na província de Akita. Ingressou na Universidade Waseda, em Tokyo mas, por problemas financeiros, desistiu do curso. Desde os tempos de estudante universitário almejava ser escritor, e chegou a publicar algumas obras na revista *Dôjin*. Não tendo sido reconhecido, sentiu-se inseguro em prosseguir como escritor e, em 1930, embarcou para o Brasil no navio La Plata Maru, como imigrante individual com auxílio do governo.

Para embarcar no La Plata Maru, Tatsuzô, ao passar pela hospedaria dos imigrantes, em Kobe, deparou-se com o cenário que definiu sua vida. As pessoas que ali estavam pertenciam a famílias pobres

1. Filho do autor, jornalista, professor doutor da Universidade Sophia, Tokyo.

de aldeias rurais de todo o Japão, que abandonaram casas e terras à procura desesperada de uma vida nova no Brasil. Tatsuzô chocou-se com as figuras dessas pessoas e, posteriormente, escreveu:

> Saí sozinho em meio à chuva, agachei-me ao lado do barranco de terra vermelha de modo a não ser visto por ninguém, e chorei por um bom tempo. Até então, nunca havia percebido quão cruel era a realidade do Japão. E pensei: preciso escrever a respeito desse choque, mas não tenho forças para isso. Entretanto, algum dia, de alguma forma, eu terei de escrever ("Shusse Saku no Koro", *Yomiuri shinbunsha*, 1969 – anual – empresa de *Jornal Yomiuri*).

Tatsuzô foi para o Brasil e, depois de passar de cinco a seis meses em uma fazenda, voltou ao Japão. Retomou a atividade literária mas, desde o relato de sua experiência no Brasil em sua obra *Sôbô* até receber o prêmio Akutagawa, passaram-se sete longos anos.

Posteriormente, Tatsuzô trabalhou a temática dos problemas sociais, consolidando o seu estilo de "perguntar ao mundo em forma de romance", e passou a ser conhecido como escritor de romances sociais. Desejo de justiça e visão lógica que perpassam a obra chamam a atenção dos sentimentos comuns dos leitores e, durante cerca de cinquenta anos seguidos, foi um dos autores mais populares do Japão. Em *Hikage no Mura* (1948), descreveu a aldeia que submerge com a construção de uma represa. Em *Kinkanshoku* (1975), tratou da corrupção no poder conservador. Em *Kizudarake no Sanga* (1964), discorreu sobre a destruição ambiental pelo sistema de desenvolvimento econômico. Em *Ningen no Kabe* (1959), tratou também de problemas educacionais. Estas são as obras bastante conhecidas do autor. Ainda, durante a Segunda Grande Guerra, divulgou os atos bárbaros praticados pelo exército japonês no continente chinês em *Ikiteru Heitai* (*Soldados que Estão Vivos*, 1945); por essa obra, Tatsuzô foi indiciado criminalmente pelas autoridades da época e condenado. Após o fim da guerra escreveu artigos críticos sobre o comportamento do exército americano de ocupação, mas a publicação dos mesmos foi proibida por determinação do comando geral do exército de ocupação. Todos estes fatos demonstram a postura firme e única de Tatsuzô. E o ponto de partida e desenvolvimento de sua produção literária encontra-se em *Sôbô* (1933).

Além da atividade literária, exerceu a presidência do Clube de Escritores (Pen Club) do Japão e, em 1976, foi incluído como membro do Instituto de Artes (*Geijutsuin*). Recebeu também vários outros prêmios, entre eles o *Bungei Shunjû Dokusha Shô* (Prêmio de Leitores de Bungei Shunjû) e o *Kikuchikan shô* (Prêmio Kikuchikan).

Como filho de Tatsuzô Ishikawa, o fato de *Sôbô* ser traduzido para o português é uma satisfação enorme. Meu pai, durante toda sua vida, sempre envolveu o Brasil em um sentimento de carinho e proximidade, relatando as suas experiências, como por exemplo: as sensações que a laranja e o café brasileiros suscitavam ao paladar, em comparação com os similares japoneses. A história de ter experimentado carne de tatu-galinha era uma lembrança predileta, sobre a qual contou repetidas vezes. Depois de sua morte, fiquei com muitas saudades do pai que ele era e, em 1992, quando estive em São Paulo, estiquei a viagem e fui até a Fazenda Santo Antônio, próxima a Santa Rosa, onde meu pai trabalhou. Na fazenda ainda morava um casal, netos do proprietário da fazenda da época, e foi-me possível percorrer as proximidades. Desde então, para mim o Brasil também se tornou um país amigo, do qual guardo saudades.

Certamente, Tatsuzô está feliz pelo fato de *Sôbô* ter sido traduzido para o português. Agradeço profundamente às senhoras Maria Fusako Tomimatsu, Monica Setuyo Okamoto, Márcia Hitomi Takahashi e ao senhor Takao Namekata.

Rezo para que este livro seja lido por muitas e muitas pessoas do Brasil.

Agradecimentos

Ao Professor Doutor Sakae Ishikawa, filho do autor, que nos concedeu generosamente os direitos autorais da obra, viabilizando a sua tradução e publicação.

Ao artista plástico Senhor Kazuo Wakabayashi, que gentilmente doou a capa desta edição.

Ao Professor Ikunori Sumida, Diretor da Universidade de Estudos Estrangeiros de Quioto.

Aos professores do Kansai Kokusai Center (Centro Internacional de Kansai) da Fundação Japão, Osaka, que incentivaram a tradução.

1. Sôbô

8 de março de 1930.

Caía sobre o porto de Kobe uma garoa fina de primavera. O mar estava cinzento e a cidade, desde cedo, apresentava-se escura como que ao crepúsculo.

A estrada de terra vermelha, que ia da estação de trem San'nomiya a Yamanote, estava barrenta. Desde cedo havia muitos automóveis naquele local, que iam chegando e enfileirando-se continuamente. No alto da rua, que se estreitava em seu topo, havia um enorme edifício amarelo, de fachada simples. Ao fundo, avistava-se uma paisagem serrana coberta de pinheiros vermelhos japoneses; à direita, o Hotel Toa, ostentando uma torre extravagante; e, à esquerda, a Hospedaria Nacional de Imigrantes, cujo prédio estava ligado a uma rua comercial apertada e suja.

Os automóveis molhados, brilhantes de água da chuva, iam estacionando em frente ao prédio, de maneira ininterrupta. De repente, um carro lotado parou no local e membros de uma família inteira foram descendo, um a um, molhando-se no chuvisco. Um pouco perdido, o patriarca ajeitou o colarinho e olhou ao redor. A esposa virou-se na sua direção e fitou-lhe a expressão; as crianças, resfriadas, fungavam a coriza que lhes escorria do nariz. Logo em seguida a mãe encorajou os filhos, puxando-lhes as mãos. O pai ergueu o *kôri*[1] e uma enorme trouxa de pano; aproximou-se da recepção, que era uma portinhola com cortina, e fez um breve cumprimento com a cabeça. Um funcionário público, com aparência de policial, trajando uniforme e chapéu, começou a fazer perguntas, enquanto o registrava:

– Seu nome?

– Eu me chamo Shinnosuke Oizumi – respondeu usando uma linguagem de respeito mesclada ao dialeto da província de Akita.

– De onde?

– Como?

– De onde? De que província?

– Da província de Akita, senhor.

O funcionário colocou um carimbo de chegada no livro de registros e ordenou que aguardasse na sala de espera. O pai fez novamente um leve cumprimento com a cabeça e ajeitou o *kôri* nas costas.

A sala de espera era, na realidade, um depósito, que já estava abarrotado de pessoas e bagagens. O local tinha apenas uma pequena janela de rede feita de tela de arame e era frio, úmido e muito escuro, a ponto de não se poder enxergar claramente as feições das pessoas que lá estavam.

– Espera aqui! – disse o pai que, carregando as malas, atravessou a sala em meio à multidão, à procura de um espaço para acomodar as bagagens. No recinto havia várias fileiras de grandes prateleiras de três lances, sobre as quais mulheres estavam sentadas. Homens fumavam sentados sobre suas bagagens. O ambiente parecia meio morto. Naquele clima lúgubre não se ouvia nem um burburinho; as crianças, tampouco, ameaçavam chorar. Mergulhados na melanco-

1. Espécie de cesto feito de salgueiro, que fora muito utilizado como mala pelos imigrantes japoneses no começo do século XX.

lia, todos permaneciam calados. Como estavam à toa, alguns contemplavam a palma da mão; outros abriam e olhavam o conteúdo dos *shingenbukurô*[2].

Aliviado por ter acomodado as bagagens, o senhor Oizumi foi até a porta de entrada e ali ficou, de pé. Os automóveis continuavam subindo a rua barrenta. Era uma fila de imigrantes que parecia não ter fim. *Para o Brasil! Para o Brasil!*

Ao longe, avistava-se o porto cinzento; mais adiante, o mar coberto de neblina. E, além-mar, existia o estrangeiro. Um local que nunca nem imaginara como seria, mas que agora havia se transformado em um lugar de grande insegurança que comprimia o seu peito. De repente, relembrou os rios e montanhas de sua terra natal, onde se encontrava a sua casa em ruínas, a plantação de trigo, soterrada pela neve, e velhas lembranças das lutas diárias. Porém, a casa e a lavoura haviam sido vendidas. Os bens, entregues. Ele se despedira do pai, do avô, do bisavô e do filho, que morrera aos três anos, ao visitar os túmulos de quatro gerações, e os reverenciou com oferendas, o máximo que sua posse permitiu.

– Nada do senhor Motokura? – perguntou a esposa, vindo por trás.

Quando pensou em se voltar para responder, avistou uma família que acabara de chegar à recepção e disse:

– Olha lá eles!

Deu um sorriso de alívio. Havia se esquecido até do cigarro e, ao se dar conta, colocou a mão dentro da manga do quimono procurando-o, enquanto caminhava em direção à recepção. Nesse momento, um lampejo de raio clareou seus ombros largos e fortes. A esposa, dissipando a sensação de inutilidade naquele local, disse às crianças, uma de treze e outra de cinco anos:

– Olha! O senhor Motokura chegou.

2. Tipo de bolsa, feita de pano grosso, que estava em moda a partir de meados do Período Meiji (1868-1912).

O senhor Motokura e o senhor Oizumi eram vizinhos. Suas propriedades eram separadas por uma floresta natural de cedros, plantados um ao lado do outro. Ele havia chegado depois porque resolvera visitar parentes em Osaka. Viera com seis membros da família, e cada um carregava sua bagagem. Parado à porta de entrada do depósito, assustado, disse:

– Ah, quanta gente, quanta gente! Será que vai caber todo mundo no navio? Estou meio preocupado.

– Pois é – retrucou o senhor Oizumi, que também tivera a mesma sensação.

Ao avistar um local mais tranquilo, embrenhou-se por entre a multidão. No percurso, ficou preso entre ombros de pessoas estranhas até que, finalmente, conseguiu chegar. Em seguida, sentou-se sobre o *kôri* e os pacotes. De repente, sentiu um cheiro desagradável: era das pessoas e de suas roupas molhadas de chuva. O calor, provocado por aquele ambiente abafado, fazia com que a umidade do local se evaporasse, exalando um mau cheiro. À sua frente, batendo um cachimbo e fungando a coriza, havia uma anciã sentada na segunda prateleira. Ela entortou os lábios e deu uma tragada; virou-se, então, para um jovem que estava ali, a esmo, e disse:

– Katsuji, você tem *Jintan*?[3]

A velha Monma estava resfriada. Katsuji virou-se para o jovem ao lado e indagou:

– Seu Magoichi, tem *Jintan*? Se tiver, pode me dar um pouco?

Magoichi, virando-se para o lado, disse:

– Mana, a gente tinha *Jintan*, né? Pega para mim.

Então Onatsu, uma moça de rosto corado, ex-operária de uma fábrica de fiação, abriu a tampa de um cesto.

Uma moça vestida com roupas ocidentais e bem-arrumada estava de pé, segurando um bandolim. O pai, o senhor Katsuta, vestindo

3. Pequenas pastilhas mentoladas.

um casaco de inverno que trazia na gola uma tira de pele de animal, sentou-se sobre a mala de couro. De barba grisalha e rosto cheio, ele começou a puxar conversa, dando uma de sabe-tudo com o senhor Nakatsue, da província de Kumamoto, que estava ao seu lado:

– Pois é, o senhor não pode querer comparar o Japão ao Brasil. O clima é do tipo que você não precisa mais que uma peça de roupa; e a terra é tão fértil, tão fértil que... sabe as amoreiras? Pois é, as árvores de amora depois de um ano ficam deste tamanho, com um diâmetro de mais de seis centímetros. Eu estou pensando em trabalhar na criação do bicho-da-seda. O café, com excesso de produção, já está ultrapassado. O futuro está na criação do bicho-da-seda e na plantação de árvores frutíferas. A criação do bicho-da-seda é coisa boa! Pode acreditar! Hoje em dia, todo material de seda é importado, é sim...

O entusiasmo era unilateral, pois o senhor Nakatsue, desanimado, permaneceu cabisbaixo. A conversa animada do outro deixava todos ao redor mais inseguros. O senhor Motokura, apagando a brasa do cigarro com o tamanco de madeira, murmurou:

– Será que não tem perigo?

– Claro que não – respondeu o senhor Oizumi. Eles falavam sobre o exame médico. O senhor Motokura sofria de tracoma e, no Brasil, a primeira condição era a "proibição da entrada de imigrantes portadores de tracoma". O doente não poderia dar um passo fora do navio no porto de Santos e seria mandado de volta, sem desembarcar. Para os imigrantes, esse era o maior medo. No entanto, o senhor Motokura estava ali porque havia sido aprovado no exame prévio de sua cidade.

– Tenho que passar de qualquer jeito – murmurava com determinação o senhor Oizumi, que tentava ajeitar o corpo enorme sobre as bagagens. Então, o senhor Mugihara, que estava sentado atrás, virou o rosto cheio de rugas escuras, como que penetradas pela terra, e disse:

– Otsune, vem cá!

Otsune era uma garota de quinze anos, prestes a completar dezesseis. Usava um colarinho de cor chamativa, e seus cabelos queimados de sol caíam-lhe pelas costas. Ao ouvir seu nome, seguiu o pai e foi passando por entre as pessoas amontoadas naquele local, até chegar do lado de fora do depósito, onde continuava a cair um chuvisco fino e cinzento que se assemelhava a uma cortina de fumaça. O pai, inclinando o chapéu de caça a fim de esconder o rosto, caminhou ao longo da parede, sob o telhado, e ambos deram uma volta até chegar aos fundos do depósito; se fosse ali, não seriam vistos por ninguém. Havia apenas uma calha brilhante por onde escorria a água da chuva. Otsune sabia o que o pai ia fazer, por isso ficou esperando, parada diante dele, de olhos fechados e rosto erguido. Uma gota de chuva gelada caiu sobre sua face ligeiramente pálida. O pai tirou da manga do quimono um pequeno frasco de vidro: era um colírio. Com a mão grande e áspera, e um pouco embaraçado, ele pingou o remédio na menina. "Ela precisa ser aprovada no exame de qualquer jeito", pensou ele.

Os carros continuavam subindo a rua lamacenta. Na estação San'nomiya, todas as vezes em que um trem chegava, era frequente ver pais puxando seus filhos pelas mãos, carregando bagagens e descendo dos trens. A maioria daquelas pessoas estava entrando em um automóvel pela primeira vez, e aparentava receio. Um vendedor de jornais corria aos gritos, cruzando a fila de carros, na tentativa de vender uma edição extra. Nesse momento ecoava o som de uma sineta, que se desfazia no céu chuvoso e cinzento. A manchete trazia como destaque a questão do desarmamento, discutida na Conferência de Londres, assunto que ainda não havia sido resolvido. De acordo com o matutino, "o impasse da discussão estava na questão do limite do tamanho dos navios de guerra de pequeno porte. Novamente, os membros estavam insatisfeitos. Os Estados Unidos continuavam insistindo em manter dezoito navios de porte grande;

todavia a Inglaterra, tomando tal questão como um problema alheio e ignorando as ordens de paralisação das obras do forte em Cingapura, informara a decisão de aumentar o orçamento da construção. Por outro lado, o atual ministro da educação, cultura, esportes, ciência e tecnologia Ichita Ohashi, envolvido em um caso de corrupção, estava sob custódia e sendo processado". Naquele clima depressivo de grande incerteza, confusão e ansiedade, o som incessante e agudo da sineta da edição extra parecia cravar o peito e se propagava, cruzando a fila de automóveis que levavam os imigrantes.

Eram dez da manhã, e o som de um gongo ensurdecedor ecoou de dentro do prédio amarelo. Surgiu então, de trás da cortina da recepção, um funcionário com uma ficha nas mãos. De pé, na entrada do depósito, onde as pessoas amontoadas não conseguiam sequer se mexer, no aperto do local, ele virou-se para os trabalhadores rurais e começou a gritar:

– A partir de agora vai ter início o exame médico, portanto peço que aqueles que forem chamados dirijam-se à sala de exames juntamente com todos os membros da família. Entrem em ordem de chamada. Podem deixar as bagagens onde estão. Entenderam? Vou repetir mais uma vez, hein? Se forem chamados...

De repente, ouviu-se um burburinho dentro do depósito: eram as pessoas se levantando e tentando arrumar as bagagens. O funcionário começou a chamar por ordem de província, iniciando por Hokkaido, Aomori, Akita e Iwate. Os que saíam do depósito, ao serem chamados, puxavam filhos e esposa, formando uma fila em meio à chuva fina até o prédio amarelo. Ao cruzarem a porta de entrada, deparavam-se com um corredor longo e escuro, onde as pessoas eram obrigadas a aguardar em fila. À medida que eram chamadas, iam entrando na sala do médico. Lá dentro, ficavam semidespidas da cintura para cima, e recebiam algumas batidas nas costas e no peito, com um pequeno martelo prateado; em seguida, tinham as pálpebras viradas. Passando por esses dois exames, recebiam um crachá com o número do quarto e da cama, no alojamento. Depois, eram transferidas para uma outra sala, onde eram anunciadas todas as regras relativas ao cotidiano no alojamento. Recebiam também uma espécie de passe-refeitório, que estava dentro de um saquinho de celuloide, preso por um barbante, e que deveria ficar pendurado no pescoço durante a permanência no refeitório. Sem aquele passe, não poderiam comer.

Em meio às pessoas que aguardavam no corredor, sentiu-se novamente o mau cheiro dos quimonos úmidos e dos cabelos longos das mulheres, molhados de chuva. O senhor Oizumi, encolhido em um canto escuro disse, sem querer, ao senhor Motokura, que precisava ser aprovado no exame de qualquer jeito. Já o senhor Mugihara, acenando para Otsune, foi ao banheiro mais uma vez. Novamente, esperou uma ocasião em que ninguém estivesse vendo e pingou-lhe o colírio.

– Katsuji Sato e esposa Onatsu... – o funcionário responsável chamou-os em voz alta. Era a primeira vez que Onatsu era chamada de "esposa" diante do irmão mais novo e de pessoas estranhas. Ela entrou na sala de exames atrás de Katsuji e desatou a faixa do quimono. O irmão mais novo, ao ver o seu rosto vermelho como uma maçã, notou o quanto ela era bonita.

– Mãe de Katsuji Sato, Kura Monma; irmão mais novo, Yoshizo Monma; Magoichi Sato, irmão da esposa.

Magoichi, ao passar em frente ao funcionário que estava chamando os nomes, ficou com medo de ser repreendido. Na verdade, a irmã Onatsu e Katsuji não eram marido e mulher. Katsuji Monma era amigo da família e fora, apenas formalmente, registrado como sendo da família Sato, na qualidade de genro. Estavam sendo obrigados a simular serem um casal, visto que não estavam dentro das normas exigidas pelo governo para receber o auxílio-viagem a imigrantes. Uma das exigências era de que "o casal deve ter idade abaixo de cinquenta anos e os membros da família terem acima de doze anos". A senhora Monma e seus dois filhos, juntamente com Magoichi e sua irmã eram dois grupos que se uniram formando, temporariamente, uma única família. Porém, essa ideia astuta não fora de Magoichi; ele havia sido instruído pelo senhor Yamada, um representante regional de uma agência de recrutamento de imigrantes. Portanto, não havia motivos para serem repreendidos; aliás, para os encarregados, era uma situação extremamente normal. Eles deveriam, na verdade, incentivar esse tipo de conduta, pois assim aumentariam o desenvolvimento dos países estrangeiros e contribuiriam para a diminuição dos problemas de aumento populacional do Japão. Vendo sob a ótica das empresas de empreendimento internacional, a imigração, mesmo de uma única pessoa, era um negócio bastante lucrativo. Para o representante regional, o senhor Yamada, os imigrantes por ele negociados já lhe haviam rendido um bom dinheiro.

O senhor Katsuta era mais esperto do que Magoichi quanto a estar a par dos fatos. Ele havia enviado, através da agência de imigração, cinco mil ienes para o Brasil. E, no momento, tinha três mil ienes no bolso. Com essa quantia em mãos, não lhe seria possível receber o auxílio-viagem do governo. Se arcasse com as despesas da passagem de seu próprio bolso, com um custo de duzentos ienes para cada pessoa, o custo total da viagem para os oito membros de sua família seria de mil e seiscentos ienes. Foi então que pensou em tornar a sua filha, que iria completar dezesseis anos, esposa de um parente. O rapaz era totalmente inexperiente e, passando-se por patriarca sem um tostão sequer, com certeza seria aceito como imigrante. Assim, o senhor Katsuta seria seu sogro; e a família, sendo composta pela mãe e pelos irmãos da esposa, conseguira lucrar mil e seiscentos ienes, economizando o valor das passagens e, portanto, enganando o Ministério.

O senhor Mugihara estava preocupado com a situação de Otsune. No entanto, graças ao efeito do colírio, fora aprovada no exame, apenas com uma recomendação: "Deve cuidar-se neste alojamento". Depois foi dito ao senhor Motokura, que fora passado para trás: "Fique esperando na sala ao lado".

Dentre os que haviam sido passados para trás, estava a família Kurokawa, proveniente da província de Kumamoto. Num total de onze pessoas, além do casal, havia mais nove crianças. Mesmo assim, não conseguindo compor uma família[4], eles resolveram incluir uma menina de treze anos, filha de um parente, totalizando assim doze pessoas. O último filho nascera cerca de três meses antes; e, de acordo com as normas, apenas crianças com mais de seis meses poderiam viajar. O médico, ao ver a criança, ficou indignado. Num ato instintivo, disse:

– Isto aqui...

– Veja isto você! – disse ao colega que estava ao lado.

– É um caso assustador de desnutrição!

A criança estava toda enfraquecida e flácida, parecendo um bicho-da-seda. Sob a pele pálida, quase transparente, podia-se ver todas as veias. Trazia um rostinho murcho, com rugas. Parecia meio moribundo, e não estava nem dormindo, nem acordado. Não tinha forças para abrir os olhos, tampouco para chorar.

– Toma leite? – murmurou o médico.

A mãe segurava a criança com as duas mãos e, sem responder à pergunta do médico, continuou apática, olhando para o lado de fora da janela. O médico virou-se para o pai, um sujeito enorme, que enxugou a coriza com o dorso da mão direita, e depois a limpou com a esquerda. Ao redor dos três havia ainda mais nove crianças zanzando e, dentre elas, três meninas estavam com os cabelos embranquecidos, infestados de piolhos; suas cabeças parecem campos atingidos por uma geada. Havia também uma outra criança com a cabeça coberta de perebas e inflamações purulentas que escorriam

4. Dentre as normas de imigração, cada família deveria ter, ao menos, três pessoas com idade abaixo de cinquenta e acima de doze anos, ou seja, em idade ativa.

pelos cabelos, endurecendo-os e provocando um cheiro fétido, insuportável. Os dois médicos, espantados, fixaram o olhar no casal, que mais parecia uma dupla de idiotas. Seriam eles seres humanos ou animais? Entreolharam-se horrorizados, como se tivessem visto um ser abominável. "Como é que o médico da cidade pôde passar esse casal no exame prévio?" De qualquer forma, resolveram deixá-los para depois.

Aqueles que haviam terminado o exame físico tinham de subir as escadas à procura dos quartos que lhes haviam sido destinados. A acomodação número nove, do quarto andar, por exemplo, era uma sala quadrada dividida por uma passagem aberta no centro e que possuía doze camas de cada lado, enfileiradas de forma tão apertada que se assemelhavam a tacos de piso. No centro dessa passagem havia uma escrivaninha comprida, acompanhada de um assento longo. O senhor Oizumi sentou-se cruzando as pernas sobre a cama, exibindo saudavelmente seus ombros, e observou a esposa e as crianças. "Fui aprovado!" Mesmo para a sua esposa, que sempre reprimia sua vontade de se queixar e era muito submissa, foi um grande alívio. "Não quero ser imigrante!", pensara ela várias vezes dizer isso ao marido. Porém, agora, conseguira devolver o sorriso a ele, que apresentava um rosto saudável, bronzeado de sol. A família inteira do senhor Mugihara e a do senhor Monma ficaram no mesmo quarto, sobrando apenas uma cama no recinto. O senhor Oizumi teve vontade de puxar conversa com alguém. Bem-humorado e com o rosto alegre, disse:

– Que bom que fomos aprovados, né?

– É verdade, foi muito bom mesmo! – disse o senhor Mugihara, entrando na conversa. – Eu estava preocupado com o *tracome* de nossa filha, mas basta que ela cuide aqui mesmo.

– É mesmo, que bom! O senhor é da província de Akita, né?

– Sou de Aomori, é perto de Akita.

– Eu sou de Akita! – disse Magoichi que até então cantarolava baixinho, enquanto ajeitava o *kôri*. – Sou da cidade de Yuzawa.

– É mesmo? Eu sou de Tazawa – disse o senhor Oizumi, mais animado. Assim, após quebrarem o gelo inicial, a conversa desenrolou-se facilmente, feito linha de carretel. Ao contrário de um primeiro encontro de intelectuais, marcado por desdém e orgulho, eles acabaram, rapidamente, tornando-se íntimos. Todos estavam ali reunidos com um objetivo comum. Não alimentavam nenhuma esperança de obterem sucesso no Japão, mas adquiriram forças e estavam de partida. Guardavam no peito as mesmas dores e era isso que os aproximava. Assim, ao fazerem novos amigos, todos aqueles dias que precederam o embarque – as dificuldades e os problemas da partida, quando tiveram de colocar em ordem os bens da família; a despedida da terra, onde haviam enterrado suas forças a ponto de se sentirem exauridos; o coração carregado de tristeza, hesitante, como se estivessem morrendo aos poucos – haviam sido, pela primeira vez, aliviados. Eles estavam felizes, como se seus nódulos de tensão, ao serem massageados, tivessem sido dissolvidos.

Apenas a velha Monma permanecia chateada e triste. Ela estava sentada sobre a cama, de costas para a escada, em um canto, ao lado do braço de ferro do móvel, batendo uma piteira. Aparentando mau humor, mantinha uma postura mal-educada, que não permitia que ninguém se aproximasse dela. Estava aborrecida por ter contraído um resfriado; no entanto, mais do que isso, o que a irritava era o fato de Katsuji ter entrado para a família Sato.

– Por isso, assim que chegar ao Brasil, vou devolver o meu registro para a minha família original. Entendeu? Não vou para nenhuma família – disse Katsuji a ela inúmeras vezes, sem sucesso. Afinal, ela imaginava que precisavam ir até o Brasil para passar pelos três diferentes estágios da vida, pois tanto Katsuji quanto Yoshizo eram preguiçosos e sem ambição. De fato, a estes dois irmãos faltava inteligência.

Debaixo da janela ouvia-se o som contínuo da sineta do jornaleiro. A chuva fina prosseguia caindo e escorrendo pelos cantos. O porto permanecia coberto, ao longe, por uma cor cinzenta.

– O quarto do senhor Motokura fica onde? – perguntou a esposa.

O senhor Oizumi falou: "Hum, acho que vou procurar", e levantou-se. Nesse momento, o som de um sino fez-se ouvir no corredor.

– O que é isso? – perguntou o tolo Yoshizo.

– É o aviso da refeição – disse Magoichi. – Mana, vamos comer, não se esqueça de levar os tíquetes, viu?

– Que fome! Vamos, vamos! – disse o senhor Mugihara, convidando as mulheres. Sua esposa não tinha muitos modos, e não se importava com o decote do quimono semi-aberto, que deixava os seios à mostra. Ela se deitara na cama de bruços e sequer se incomodara em mostrar as pernas.

O refeitório ficava no primeiro andar. Da acomodação de trinta dormitórios do quarto andar, imigrantes iam afluindo pelo corredor. Eles já haviam feito amizades, sido aprovados no exame físico e, portanto, estavam todos com os semblantes alegres. Ouvia-se assovios, crianças escorregavam pelo corrimão das escadas. Na porta de entrada do refeitório, um funcionário fardado verificava, um por um, os tíquetes de refeição das pessoas. Ao entrar, sentia-se um forte cheiro de arroz e verduras cozidas. Cada mesa comprida possuía oito lugares, onde as pessoas podiam se acomodar em ambos os lados. Aqueles que dividiam o mesmo quarto, apesar de não haver nenhuma determinação, sentavam-se juntos. Entretanto, a refeição lembrava a de um presídio. Eram servidos, em pratos individuais, uma fritura e algumas verduras, colocadas como se tivessem sido jogadas. No centro de cada mesa havia um prato grande com legumes em conserva, uma garrafa de chá e apenas uma vasilha de arroz, para cada oito pessoas. Para aqueles trabalhadores rurais, que viviam na miséria em seus vilarejos, a refeição da hospedaria era comível. O senhor Mugihara e o senhor Oizumi também repetiram o prato várias vezes.

– Que comida horrível! – disse Yoshizo Monma, ex-funcionário de uma fábrica de bicicletas. Então, lá do fundo, Magoichi falou, em tom de advertência:

– Não reclama, não! É a comida do Nosso Imperador.

– É isso mesmo, é isso mesmo! – concordou em voz alta o senhor Oizumi.

Entretanto, para o ricaço senhor Katsuta, a comida era intragável. Em especial para sua esposa que, vestida com um quimono de seda, diferenciando-se das demais, não conseguira comer. Ela aproximou a boca do ouvido do marido e, levantando a sobrancelha disse, de forma polida:

– Se tivermos que comer essa comida até o dia 15, estaremos perdidos. Será que se pagarmos à parte eles nos serviriam uma outra refeição?

O senhor Katsuta respondeu, resoluto:

– A comida de dentro do navio vai ser pior ainda. Vai ser arroz cozido com cevada.

Após terminarem a refeição, no momento em que estavam subindo novamente para o quarto andar, Magoichi disse à irmã, que estava calada, como que assustada com alguma coisa:

– Comer e subir direto para o quarto andar não é muito divertido, né, mana?

Onatsu, ao ver o rosto cheio de disposição do irmão que tanto amava, deu apenas um breve sorriso. Ela estava, na verdade, com o pensamento no senhor Horikawa. O homem que a havia pedido em casamento era o supervisor das operárias da fábrica de fiação onde trabalhara. "Se aquela proposta tivesse sido feita um mês antes...", pensou. Ele fizera a proposta depois que o irmão já havia decidido se tornar imigrante. Ela estava confusa e pedira ao senhor Horikawa:

– Será que o senhor poderia esperar um pouco? Preciso perguntar ao meu irmão... – disse tentando postergar a resposta. Entretanto, se ela se casasse, a estrutura familiar do irmão estaria arruinada e eles não poderiam mais viajar. Ela acabou não falando nada a respeito ao irmão, que estava bastante animado. Não queria desapontar seu único parente de sangue. Assim, enquanto estava naquela situação incerta, acabou vindo parar na hospedaria. Quando deixou sua terra natal não ficou tão entristecida; entretanto, ao chegar em Kobe e perceber que de lá estariam indo para fora do país, começou a se sentir angustiada. Enquanto deslizava a mão sobre o corrimão, Onatsu, retida pela conversa do irmão, foi subindo as escadas, pensando e repensando a situação.

A família Kurokawa, que fora passada para trás no exame médico, acabou sendo aprovada. Na verdade, eles não teriam condições de serem aprovados; no entanto, com apenas os vinte ienes que possuíam, não seria possível mandá-los de volta à região de Kyushu. Assim, eles estavam dispostos a ir até o fim do mundo, compondo uma família de doze pessoas. Tornando-se imigrantes, até chegarem às fazendas brasileiras, não teriam de se preocupar com as despesas de viagem e alimentação; no entanto, caso fossem reprovados, a situação ficaria bastante séria. O médico registrou a autorização de viagem por não serem portadores de tracoma. "Parece até que os estamos despejando para o Brasil", pensou o médico, com um sorriso amargo.

Porém, o senhor Motokura não foi aprovado no exame médico. O seu caso de tracoma era muito pior do que se imaginava. Quando acontecia com o patriarca, às vezes, pelo bem do restante da família, aprovavam-se todos os membros; no entanto, no caso do senhor Motokura, o médico, mostrando uma feição de lástima, informou de forma delicada o resultado: "Você está reprovado". Então, o senhor Motokura levantou os olhos vermelhos cheios de muco e olhou com aspereza para o rosto do médico. Perguntou novamente. Perguntou várias e várias vezes. Depois, baixou a cabeça e resolveu implorar, mas foi inútil.

– O senhor não se importa de ser mandado de volta do Brasil? Hein? Seria muito pior. É melhor fazer o tratamento e retornar aqui, está bem?

O senhor Motokura, desesperado, saiu da sala do médico e subiu ao quarto andar à procura do senhor Oizumi, que estava fumando o seu costumeiro cigarro após a refeição. O senhor Oizumi, ao ver o senhor Motokura entrar, gritou alegremente:

– Ah! Estava pensando em ir te ver agora mesmo. Onde é o seu quarto?

O senhor Motokura deu um sorriso meio embaraçado e ficou triste em pensar que teria de se separar daquele amigo. A esposa do senhor Oizumi, enquanto arrumava a bagunça ao redor do quarto e empurrava as crianças, falou:

– Por favor, entra. A gente costuma deixar tudo bagunçado, sabe...

– Fui reprovado – disse, cobrindo os olhos.

– O quê? – disse o senhor Oizumi, prendendo a respiração. Ele observou os lábios trêmulos do senhor Motokura e os olhos cheios de lágrimas. Dentro do quarto imperava um silêncio absoluto. O senhor Mugihara, sua esposa, Otsune, Onatsu, os irmãos Monma, Magoichi, todos estavam paralisados. O senhor Oizumi, à medida que fitava os seus olhos enormes no amigo, começou a sentir o peito se aquecer. Ele se levantou suavemente, jogou fora o cigarro e sentou-se na cabeceira da cama de ferro, cruzando as pernas.

– Espera aqui. Vou negociar mais uma vez e tentar conversar com eles. Espera aqui, espera aqui! – disse o senhor Oizumi, apontando para o seu peito enorme.

– Espera. Não adianta ir lá. Já implorei um monte de vezes. Eles me perguntaram o que eu faria se fosse mandado de volta do Brasil – então, vendo o rosto assustado da esposa de seu amigo disse, como se estivesse ridicularizando a si mesmo:

– Eu não vou poder ir com vocês, por isso desejo tudo de bom...

O senhor Oizumi, encolhendo os seus ombros largos, lamuriou-se:

– Pensei que nós dois íamos sempre trabalhar juntos – ao dizer isso, começou a chorar. Ontem, fora aquele homem que, ao chegar à hospedaria dissera, confiante, que não havia razão para se sentirem inseguros, pois estariam acompanhados de muitos conhecidos. E agora estava ali, solitário.

– O que você vai fazer, agora? – perguntou o senhor Oizumi.

– Dá-se um jeito – respondeu em tom de desaforo. – De qualquer maneira, vamos tentar voltar para casa...

Ao voltar, o que teria à sua espera? Decidiram não voltar mais e cortaram todos os vínculos, venderam a casa e devolveram as roças ao proprietário. Mesmo voltando, nada haveria à espera deles. O médico da cidade não havia dito no exame prévio que estava tudo bem? Aquele sujeito é que era um mentiroso! Porém, não adiantava dizer isso agora. Não tinham outra alternativa senão voltar; porém, mesmo voltando, não haveria o que fazer.

O senhor Oizumi nem se preocupava em enxugar as lágrimas que corriam pelo seu rosto brilhante, queimado de sol; pegou uma garrafa de saquê, que sua esposa tirou da bolsa, e sentou-se no banco comprido. Era uma garrafa de saquê de sua terra natal, chamado *Ranman* ("Esplendor"), que havia sido reservada para o momento da despedida. O senhor Motokura, ainda entristecido, resolveu aceitar a bebida, que foi colocada em um copo de alumínio. Provavelmente, aquela era uma ocasião que não se repetiria mais em sua vida inteira. Era um sabor gelado e amargo.

Em seguida, o senhor Motokura, levando a esposa e os cinco filhos, carregando uma trouxa de pano e o *kôri*, e acompanhado pelo casal Oizumi até a entrada da hospedaria, foi embora descendo a rua barrenta. Ao longe só se via a sombra negra de um grupo que lentamente foi se dissipando. A chuva fina, com aspecto de fumaça, misturava-se ao vento, que soprava de lado. Atrás deles, uma jovem francesa exibindo uma saia vermelha caminhava de braços dados com um rapaz, compartilhando um guarda-chuva.

Eram três da tarde, e as novecentas e cinquenta e três pessoas que, finalmente, haviam conseguido passar no exame e tornar-se imigrantes, foram chamadas para se reunirem no auditório, que ficava no quinto andar, a fim de receber as instruções do cotidiano da hospedaria, durante a permanência de uma semana. Na verdade, tratava-se de instruções minuciosas, que teriam de ser assimiladas. As mulheres deveriam confeccionar roupas ocidentais; as compras, feitas em grupo, sairiam mais baratas; os sanitários haviam sido adaptados com sistema de descarga, nos quais pedia-se para que não jogassem panos ou algodões, a fim de evitar o entupimento dos canos; era também aconselhável que as pessoas não levassem tecidos de seda na viagem, pois teriam de pagar impostos altos sobre o produto no Brasil; entre várias outras advertências.

Após o término das instruções, o grupo se dissolveu. O dia escureceu rapidamente. As pessoas enfileiravam-se no alojamento e olhavam para baixo, onde artigos baratos para viagem estavam expostos, à venda. A cidade iluminou-se. No porto, as luzes dos navios podiam ser vistas em várias partes e, ao longe, ouvia-se o som das sirenes dos barcos. Depois do jantar, em que fora servida uma tira de filé de cavalinha cozida para cada um, chegava-se ao fim do primeiro dia. Pela primeira vez, as pessoas sentiam que poderiam relaxar: era uma sensação de alegria unânime em todos os quartos, decorrente da liberação dos dez dias anteriores de ansiedade e insegurança. O senhor Oizumi retirou a tampa da garrafa de quatro *gô*[5] de saquê e ofereceu a Magoichi e ao senhor Mugihara, juntamente com tiras de peixe seco.

– Parece ser forte para um saquê! – disse o senhor Mugihara ao receber o copo de alumínio com a bebida.

– Para mim basta ter isto aqui! Eu costumava beber muito com aquele amigo que foi reprovado.

– Todas as noites? – perguntou Magoichi, que escrevia um cartão-postal a um amigo de sua cidade.

– Todas as noites. Mesmo quando estavam gripados e não jantavam, o saquê eles conseguiam beber, várias garrafas – respondeu a mulher do senhor Oizumi, enquanto vestia o pijama nas crianças.

5. Medida de capacidade. 1 *gô* equivale a 180,39 ml.

Essa esposa, que parecia estar sempre escondida atrás das costas largas do marido, era modesta e gentil. Aparentava ter mais de quarenta, porém os anos lhe haviam sido acrescidos gentilmente, fazendo-a envelhecer de maneira agradável.

No corredor havia crianças correndo e jogando bola. Na acomodação de número treze, que dava de frente à de número nove, do quarto andar, o senhor Miura, da cidade de Aizuwakamatsu, servia saquê às pessoas de seu quarto e cantava canções como *Sansan Shigure*[6] e *Yoneyama Jinku*[7]. No terceiro andar, no quarto do senhor Katsuta, o jovem que fora designado como chefe da família tocava o bandolim da prima, simulada de noiva, e o irmão mais velho da noiva tocava gaita, fazendo um concerto da marcha nupcial. Nesse ínterim, o senhor Katsuta, em seu quimono de Oshima, sentou-se cruzando as pernas e, tendo como plateia o senhor Nakatsue, da região de Kyushu, deu uma palestra a respeito do Brasil. Ele era proprietário de terras e fora chefe regional de Shinshu, da associação de amigos do exterior.

– A agricultura no Japão, se a gente pensar bem... como poderia dizer, está num beco sem saída! Eu costumo arrendar terras às pessoas, e todos os anos sinto isso. A cada ano essa situação vem se agravando. Então, como não adianta continuar desse jeito, comprei umas terras no Brasil, num lugar chamado Colônia Aliança. Acho que é a hora para abrir novas fronteiras.

O senhor Nakatsue, não demonstrando o mínimo interesse pela conversa, estava de mau humor. O senhor Katsuta, percebendo que a conversa não fluía, dirigiu a prosa a uma outra pessoa.

– Por acaso, o senhor está indo viajar sozinho?

O senhor Horiuchi, um homem de barba por fazer, com cerca de cinquenta anos de idade, respondeu que sim, com a voz meio nasalada, devido a uma gripe.

6. "Garoa de Final de Outono".

7. *Min'yô* (estilo musical folclórico e regional) que fez muito sucesso em meados do período Meiji (1868-1911).

– Então, o senhor é um imigrante que vai receber auxílio individual, não é isso?

– Não, essa é minha segunda viagem.

– É mesmo?! – respondeu com entusiasmo o senhor Katsuta, como se tivesse escavado algo interessante e trazido à tona.

– Voltei em novembro do ano passado, no navio Buenos Aires Maru[8]. Como eu queria que meu filho estudasse numa escola primária do Japão, resolvi voltar. Estou deixando o menino na casa de parentes e vou novamente para o Brasil.

– Mas lá parece que tem também boas escolas primárias, né?

– Não sei, nenhuma me despertou interesse.

– Parece que o salário dos colonos das fazendas de café abaixou e, no momento, é um grande problema. Como está essa situação?

– Que nada! – disse o senhor Horiuchi, aparentando uma certa desesperança. Ao contrário do Japão, os que vão para trabalhar lá ainda conseguem comer. Aqui, você pode estar trabalhando mas, às vezes, não tem condições nem para comer.

– Então, isso quer dizer que o Brasil ainda é um lugar melhor do que o Japão?! – indagou o senhor Katsuta, balançando as pernas e se alegrando.

– É, acho que sim, quer dizer, você pelo menos pode ficar mais despreocupado – respondeu o senhor Horiuchi, depois de pensar por algum tempo.

"O trabalho não me parece ser preocupante", pensou o senhor Katsuta. "Basta trabalhar para poder comer. A terra é fértil, o clima é bom e o custo de vida é baixo. É um paraíso na terra!", pensou ele. No entanto, não fora bem isso que o senhor Horiuchi havia dito. O trabalho nas lavouras de café, em comparação com o Japão, era também difícil. No que dizia respeito à pobreza, não havia diferenças. Na verdade, entre os imigrantes, não havia um que conhecesse

8. Nome de navio. Todo navio mercante trazia o termo *maru* posposto ao nome.

realmente o Brasil; era apenas uma fantasia – falava-se dos pontos bons do Brasil, acrescidos dos aspectos positivos do Japão. No entanto, a verdadeira face do Brasil era terrível. As áreas rurais ficavam em locais remotos, como que num mundo à parte, onde as casas mais próximas entre si ficavam distantes de doze a quarenta quilômetros. Nesses locais não havia acesso a rádio, jornais ou revistas. Não se fazia nem mesmo entrega de correspondências. Os lavradores precisavam construir suas próprias camas nas casas de chão batido. Não havia mais nada para se fazer, além de trabalhar, comer e dormir. Mesmo com a existência de animais selvagens, cobras venenosas ou jacarés, praticamente não havia médicos nos vilarejos. A malária também era uma ameaça constante. Havia ainda inúmeros insetos venenosos, dos quais eram ignorados os nomes, mas que viviam entre os vãos das casas de barro. Esse tipo de coisa não era do conhecimento de nenhum imigrante. Entretanto, todos aqueles que estavam no Brasil não demonstravam nenhuma disposição para retornar. Apesar das incontáveis pressões e ameaças que existiam no Brasil, havia no Japão, em todos os cantos das áreas rurais, algo muito mais assustador do que animais selvagens e peçonhentos. Pressões, insegurança, insatisfações, revoltas e impaciência eram ameaças constantes no cotidiano dos nipônicos. Os vilarejos rurais de qualquer parte do mundo, comparados aos do Japão, eram como um agradável clima de primavera.

No Brasil, os casarões das fazendas de café ficavam no centro das propriedades, cercados de milhares de hectares de terra e por vinte ou trinta casas simples de colonos. Devido à precariedade dos transportes, as cem, cento e cinquenta pessoas que ali habitavam eram conhecidas entre si; no entanto, costumavam ficar até dez dias sem se ver. Não existia interesse pelas decisões políticas ou jurídicas nesses vilarejos. Não havia quem lhes contasse ou quem soubesse sobre as disputas pelo poder político que ocorriam a cada cinco ou dez anos. O gado, ao entardecer, voltava mugindo do pântano, as aves dormiam debaixo dos bananais. O interesse se restringia à maturação dos frutos do café e ao desenvolvimento dos filhos. Como nas narrativas do *Tôkagen*[9], não havia distinções entre o ontem e o hoje, entre o ano passado e o ano seguinte. O senhor Horiuchi apontou esses aspectos, dizendo que o Brasil era melhor. Ele trabalhara durante quatro anos nas lavouras de café. Saber a respeito dos acontecimentos mundiais era bobagem; mesmo sobre o Japão, escutava alguma notícia trazida pelo vento, uma ou duas vezes ao ano. No geral, alienado de tudo, seu cotidiano se limitava a trabalhar suando a camisa, desde o amanhecer até o fim do dia. Relembrando agora, eram bons tempos. Ao voltar para o Japão em novembro, e indo à casa de um irmão mais novo, na província de Okayama, percebeu o quanto era necessário saber sobre os fatos que estavam ocorrendo no país: o escândalo de corrupção dos membros da Câmara de Tokyo; em seguida, o incidente da fusão das fábricas de tecelagem de Ken'ichi Fujita; o incidente de Naoki Amaoka; Hanzô Yamanashi, que fora indiciado pelo incidente da bolsa de valores de Fuzan (cidade localizada ao sudeste da Coreia); Heiki Ogawa, que fazia parte de uma gangue de corrupção privada. Houve também o caso Karafuto Sanri; o Ministro da Educação, Cultura, Esportes, Ciência e Tecnologia da atual gestão, sob acusação de suborno, que fora destituído e indiciado naquela manhã. Por um lado, havia a podridão e a decadência do círculo financeiro e político; por outro, a remoção do embargo de envio de dinheiro, acompanhado da crise de redução de consumo, culminando no sofrimento constante de industriais de todas as regiões. Ocorreu então o caso de traição nas transações de compra de dólares do grupo financeiro, ocasionando a ira da população. No dia

9. Narrativa chinesa cuja personagem vai a uma terra onde seus habitantes não mantêm contato com nenhuma outra civilização, e é muito bem tratado nesse local. Quando retorna ao seu local de origem, deseja voltar para aquela terra, mas nunca mais a encontra.

21 de janeiro o congresso fora dissolvido. No dia 20 de fevereiro ocorreram as eleições gerais. Após um longo período de problemas, houve a violação da eleição, greves nas fábricas e o julgamento do caso do partido comunista, e também a conferência sobre o desarmamento.

O senhor Horiuchi, ao ser informado de tais acontecimentos todos os dias, a ponto de ter vertigens, entristeceu-se vendo a decadência de sua pátria. Tanto seu corpo como sua alma sentiam um arrepio gélido com tudo aquilo. Ele preferia não ver nem saber de nada; não tinha mais nenhum interesse pelo Japão, e aguardava o dia da partida, preferindo ter aquele sentimento de fuga.

NO DIA SEGUINTE, terminado o café da manhã, composto de sopa de pasta de soja fermentada e conserva de nabo seco, houve a vacinação contra o tifo, experiência totalmente nova para os imigrantes. Durante a manhã inteira, o tema das conversas era a vacina: que era dolorida, que se coçasse não pararia de doer, que o local da picada ficaria vermelho.

Perto do meio-dia um funcionário, acompanhado de dois homens vestidos de roupas orientais e usando um chapéu de feltro, foi ao terceiro andar e abriu a porta do quarto do senhor Katsuta.

– O senhor Nakatsue, de Kyushu, está?

O senhor Nakatsue estava com as mangas da camisa arregaçadas, esfregando o local da vacina, quando ouviu ser chamado. Não se sabe por quê, ele ficou meio amedrontado e saiu para o corredor. O desconhecido, ao ouvir seus passos, aproximou-se dele e algemou sua mão direita rapidamente. Eram investigadores da polícia. O senhor Nakatsue ficou calado; sabia que não adiantaria resistir. Naquele instante, apenas seu rosto empalideceu. Cometera um estelionato: apropriara-se de bens e estava fugindo. As pessoas do terceiro andar começaram a sair para o corredor. A confusão imediatamente se espalhou para o quarto andar, de onde as pessoas correram em direção ao andar inferior, tumultuando as escadas. Abrindo caminho em meio à multidão, os dois investigadores cobriram a cabeça do senhor Nakatsue com um chapéu e foram descendo as escadas.

A esposa, que fora deixada no quarto, desmanchou-se em prantos. Os filhos, sem entender a causa da situação, choravam abraçados à mãe. A filha do senhor Katsuta, ao ver a esposa do senhor Nakatsue, ficou amedrontada e fugiu pelo corredor, trêmula. O senhor Horiuchi, atônito, suspirou: "Que país cheio de confusões!" Ao tentar pegar no colo uma das crianças que estava ali chorando, foi surpreendido quando o pequenino, esquivando-se, saiu correndo e atirou-se nos braços da mãe, aos prantos.

Depois de uma hora, a esposa trocou a roupa das crianças, arrumou as malas e, não tendo mais o braço de um homem, carregou sozinha as bagagens e saiu pela porta de entrada da hospedaria. De todas as janelas, todos a acompanharam até perdê-los de vista. A chuva do dia anterior havia cessado, porém a estrada continuava barrenta. Era uma cena triste de se ver, mãe e filhos desapontados, sendo despejados.

– Será que a esposa não estava sabendo das coisas que o marido fazia? – indagou o senhor Katsuta, assim que não se podia mais avistá-los. Então, em todos os quartos, começaram as críticas.

Katsuji Monma disse:

– Ele deve ter feito muitas coisas erradas!

A esposa do senhor Mugihara completou:

– Que horror! Não deve fazer coisas erradas. Eu tenho medo, tenho muito medo! – dizendo isso, deitou-se de lado.

– Será que estava fugindo do Japão? – disse o senhor Mugihara. O senhor Oizumi acenou, concordando, e disse pensativo: – É verdade, mas, se ele fosse para o Brasil, talvez trabalhasse honestamente por lá.

– Será que não poderiam deixá-lo fugir? – disse Magoichi, com os olhos cheios de lágrimas. Entretanto, esse rapaz era um jovem cheio de vida, que dificilmente se entristecia com as coisas. Passados três minutos, começou a cantar com os lábios cerrados, soltando o som pelo nariz. "Ao entardecer, fluem as lágrimas...". A sua vivacidade não agradava a anciã Monma. Gripada, ela tinha um pouco de febre, e continuava reclamando sobre o fato de Katsuji ter sido registrado como sendo da família Sato. Sabia que fora imprescindível ter feito aquilo para se tornarem imigrantes; e, justamente por saber a razão, ficava ainda mais zangada.

No período da tarde, mais uma vez como no dia anterior, todos foram reunidos no auditório do quinto andar para serem informados sobre os produtos para a viagem, advertências de compras, remessas de dinheiro que deveriam ser deixadas a cargo das empresas de imigração. O encarregado era eloquente e atencioso.

– Ao embarcarem no navio não há necessidade de um tostão, exceto para as pequenas despesas pessoais dos senhores. Dinheiro para cigarros e leite das crianças é o suficiente. Ao desembarcarem no porto de Santos, as despesas de trem, envio de bagagens, hospedagem na cidade de São Paulo, tudo será arcado pelo governo estadual – enquanto explicava os procedimentos, ouviam-se crianças chorando e portas sendo abertas pelas mães que saíam da sala.

Onatsu não estava no auditório. Ela enganara o irmão simulando a sua ida, porém havia voltado para o quarto. A anciã Monma estava sozinha, sentada ao lado da janela, contemplando o mar ao longe, com ar solitário. Onatsu puxou uma carta de seu decote e abriu o envelope: era uma correspondência do senhor Horikawa, cheia de ressentimentos. Ele lhe perguntava se não achava que fora um gesto terrível ter partido sem ao menos lhe dar uma satisfação; que ela lhe devia ao menos uma resposta, positiva ou não; e ainda lhe perguntava se tinha intenções de retornar. Caso tivesse intenção de voltar, ele sugeria que ambos esperassem os anos que fossem necessários.

Ao terminar de ler, colocou a carta de volta no decote e acotovelou-se na janela. Do alto do quarto andar podia-se ver as redondezas de San'nomiya, de relance, e ao fundo avistavam-se, de forma nebulosa, os navios entrando e saindo do porto. "Quero voltar depois de um ano. Vou voltar, com certeza, com toda certeza." Isso o irmão também já lhe havia prometido cabalmente. Como por lei, os imigrantes eram obrigados a permanecer nas lavouras de café pelo menos por um ano, não havia jeito. Mas, passado esse prazo, o irmão havia-lhe dito que a traria de volta para o Japão. Sabia que não fora justa com o senhor Horikawa, mas não houve condições de responder antes. Até partir da terra natal ela vivia um dilema: não podia dizer ao senhor Horikawa que estava se tornando uma imigrante e, por outro lado, não dissera ao irmão mais novo que o senhor Horikawa pedira sua mão. "Com certeza ele está magoado", pensou Onatsu. No entanto, ela não chorou. Por mais que ocorressem fatos tristes, ela era do tipo que não chorava. O dia em que deu o consentimento final ao irmão, foi em meio a uma nevasca de uma tarde escura. O irmão, nervoso, disse a Onatsu, que voltava da fiação:

– Eu, até hoje, nunca te dei nenhuma preocupação, não é, mana?! Quero te pedir esse favor, que vai ser para a vida toda. Em troca, depois de um ano, você vai poder voltar para cá.

Onatsu não dissera nada. Os olhos estavam mareados e o rosto, vermelho de frio. Acontecera antes do Ano Novo do ano anterior. Em razão das festividades, ela havia prendido o cabelo no alto da cabeça, onde havia fiapos de algodão e flocos de neve.

– O que os Monma acham disso?

– Eles concordaram. Só a mãe deles foi contra. O fato de Katsuji ser registrado como membro da nossa família. No final da tarde, eu pretendo ir lá e conversar com eles, para resolver. Mas antes disso queria ouvir a sua decisão.

Nesse momento, sentiu-se um cheiro de salmão salgado grelhado vindo da casa do vizinho e, para os lados da floresta, que ficava na serra, a oeste, o dia já estava totalmente escuro. O campo estava coberto de neve. Onatsu era uma moça de vinte e três anos, de faces vermelhas. O pai havia morrido no outono do ano anterior, e restavam na família somente os dois irmãos. Na primavera, seu irmão certamente seria convocado pelo exército e teria de cumprir dois anos de serviço militar. Por isso, tinham de partir para o Brasil até meados de abril. Onatsu aproximou quatro dedos congelados à boca, a fim de aquecê-los, e disse:

– Na verdade, não quero passar por esposa do senhor Monma!

– Quantas vezes tenho de repetir a mesma coisa! Não tem perigo! É só uma formalidade. Assim que chegarmos ao Brasil, a gente volta para o antigo registro – persuadiu-a o irmão, com o rosto vermelho.

Mesmo sabendo muito bem que sem isso eles não poderiam ir, ela queria se certificar. Pensou então no senhor Horikawa. Ele era uma pessoa muito distinta, elegante, querida por todas as operárias. Onatsu estava de pé, em meio ao vapor que subia do poço, na escuridão noturna. Seu tamanco de madeira fazia um barulho de neve grudada na sola. Seu irmão estava com os cabelos cheios de flocos de neve, como se estivesse grisalho. Como não havia vento naquela noite, provavelmente continuaria nevando até o amanhecer.

– Está bem. Faça como achar melhor – finalmente ela respondeu. Essa havia sido a sua última decisão. Colocando-se na situação de vítima do irmão, tão bondoso, e portando-se como irmã mais velha, ela havia decidido pedir para que o senhor Horikawa a esquecesse durante aquele período de um ano. Mesmo naquele momento, Onatsu não chorou. "Se eu responder à sua carta, é provável que aquela pessoa queira me esperar." Então, enquanto contemplava o porto, ao longe, ficou contando os dias. "Faltam cinco dias, daqui a cinco dias eu vou partir do Japão."

Nesse momento a velha Monma, deixando a piteira no canto da boca, disse lançando o olhar de cima da cama:

– O Katsuji foi registrado como sendo membro da sua família, mas devia ter sido o contrário, vocês é que deviam ter entrado para a nossa família.

Onatsu, ao ser pega de surpresa, ficou nervosa e, como tinha medo da velha, respondeu timidamente:

– Eu não sei direito sobre isso.

Começou-se a ouvir, então, passos de pessoas, feito uma avalanche, que vinham descendo do *hall*.

Após o jantar, permitiram que todos saíssem da hospedaria por cerca de três horas. No entanto, devido à febre causada pela vacina, poucos foram os que saíram. Toda a frente da hospedaria havia sido tomada e dividida para a venda de produtos baratos para a viagem dos imigrantes. Eram produtos de lojas pequenas e baratas, lojas de dez ienes. Os imigrantes compraram, primeiramente, roupas de trabalho. Depois, compraram panelas, sabonetes, bacias para lavar roupa, galochas, espátulas de arroz, escovas japonesas, entre outros artigos. Se encomendassem vestidos simples, no dia seguinte eram entregues. Os últimos cinco dias foram reservados para finalizar os preparativos para a viagem rumo ao país do sul: exatamente como um bando de andorinhas, enfileirado no alto dos fios elétricos para atravessar o céu em direção ao sul, num dia claro de meados de outono. Os imigrantes, reunidos em grupos, estavam nos arredores da hospedaria feito andorinhas enfileiradas nos fios elétricos, preparando-se para a partida.

Magoichi comprou uma roupa de trabalho, Onatsu encomendou um vestido verde simples e colocou uma carta na caixa de correio, escondida do irmão. O senhor Oizumi comprou uma garrafa grande de saquê. A família Katsuta resolveu não comer a comida horrível da hospedaria: decidiu jantar em um restaurante. Saborearam um empanado de suíno e voltaram à hospedaria depois de comprar o jornal. Estavam com um ar de bem-estar que há muito tempo não sentiam, como se um vento de vida tivesse soprado sobre eles.

O filho do senhor Katsuta, ao retornar à hospedaria, começou a tocar bandolim. O senhor Horiuchi, que estava um pouco resfriado, enrolado em um cobertor disse, inesperadamente:

– Vocês não vão dançar? Dancem, dancem, vamos!

Ninguém sabia dançar.

– No Brasil, as pessoas costumam dançar bastante. Nas noites de sábado, os negros e os mulatos se reúnem e dançam com o pé. Eu fico pensando, qual será a graça? – disse o senhor Horiuchi.

– Os japoneses também dançam? – perguntou o músico.

– Não, os japoneses não dançam. Os negros costumam perguntar por que os japoneses não conseguem dançar.

O senhor Katsuta abriu o jornal enquanto palitava os dentes e suspirou: "Ah! Mil e novecentos, doze mil e quinhentos", fez as contas no peito[10]. Depois, pediu ao senhor Horiuchi mais explicações. Naquele dia haviam sido publicados os novos termos oficiais de garantia do preço da fiação.

– Como vai ser isso aqui? Esses políticos só fazem esse tipo de coisa. O que o partido *Seiyûkai*[11] diz é verdade. O gabinete do governo da administração civil não é muito bom. Para um pouco o bandolim!

... O *Seiyûkai* considerava a situação atual um beco sem saída, pois a política de austeridade adotada pelo ministério, sobretudo no que se referia às condições decididas pela comissão de preços de fiação, no dia 8, levara em consideração o ânimo dos investidores e comerciantes, em especial os financiadores, e dera ênfase à proteção dos lucros ou das perdas de industriais e comerciantes, desconsiderando totalmente a atividade da fiação, em especial a dos criadores

10. Desde o período Edo (1603-1867), as pessoas costumavam fazer contas escrevendo os números, de forma imaginária, no peito.

11. Partido político dominante na época.

de bicho-da-seda. A política administrativa da economia de consumo do ministério não fazia mais do que expor claramente a perda da oportunidade de se liberarem recursos financeiros, visando proteger o lucro do setor financeiro; sacrificava, assim, os pequenos e médios comerciantes, industriais e trabalhadores rurais... – acabou de ler o jornal e, dando um passo, disse:

– Pois é. No Japão há mais de dois milhões de criadores de bicho-da-seda. A política do ministério está sacrificando todos eles, que estão com extrema dificuldade! Desse jeito, como é que se pode estabelecer um sistema de economia agrícola? Falar de política de contenção é bom, mas quem é que vai receber esses benefícios? Será que algum agricultor irá se salvar? Será que os agricultores vão poder passar, pelo menos, um dia menos árduo? Dizem que vão aumentar os recursos para a educação obrigatória do governo, mas qual será esse valor, por aldeia rural? Eu não cheguei a fazer as contas, mas não chegaria nem a trinta ienes. É? Diga-me por que é que aqui estão mais de mil imigrantes; isso, por si só, significa que os agricultores não conseguem sobreviver. O fato de os produtores rurais não poderem sobreviver indica, desde o princípio, que os políticos estão tratando-os como bobos. Fornecer duzentos ou trezentos ienes para as viagens de navio é a coisa mais lógica, assim eu penso.

A voz foi se levantando gradativamente e, enquanto discursava, batia o jornal; mas o senhor Horiuchi continuou com os ombros cobertos e, com o habitual jeito calmo, começou a falar:

– Eu acho que os imigrantes são como folhas secas. Viveram na aldeia rural enquanto puderam – enquanto eram como folhas verdes... Quando não puderam viver mais, secaram e caíram. Ao cair, então, juntaram-se aqui, não é? O alojamento é como um local onde se juntam montes de folhas secas, sopradas pelo vento. E essas folhas, quando chegarem ao Brasil, brotarão de novo a partir das folhas secas.

– Hum – fez o senhor Katsuta. "Eu não sou uma dessas folhas secas", pensou.

No quarto número nove, do quarto andar, o senhor Oizumi tomava saquê frio, com o rosto já vermelho.

– Passando o vapor fica quente, não é?

– Qual é melhor, brasa ou vapor? – perguntou a mulher.

– O saquê frio aquece na barriga – disse o senhor Mugihara, e os dois riram alegremente.

– Não está um pouco quente demais? – perguntou Magoichi.
– Se for brasa, basta jogar cinza nela.

– É verdade – respondeu o senhor Mugihara.

– Não tem como parar, nem tirar o fogo, parece prático e ao mesmo tempo não é.

Todos riram de novo. Ninguém sabia que era possível regular o fluxo do vapor com a válvula.

A esposa do senhor Mugihara, deitada junto de seu filho, disse:

– Não estou me sentindo bem, parece que estou com febre por causa da injeção.

A velha Monma estava deitada desde cedo, reclamando por estar com gripe, e também febre por causa da injeção; queixava-se tanto que dava vontade de repreendê-la.

Em um quarto separado por um corredor, do outro lado, o senhor Miura, que era de Aizuwakamatsu, cantava sua música predileta enquanto tomava saquê, dando a impressão de que se encontrava muito próximo dali.

– Que alegria é aquela, naquele quarto? – perguntou Magoichi e, baixinho, acompanhou o canto, enquanto experimentava a roupa de trabalho e desatava o cinto.

O senhor Oizumi disse:

– Ah, vamos tomar uns goles também – e segurou desajeitado, na mão esquerda, um copo de alumínio com saquê. Voltando-se sorridente para sua esposa, começou a balançar seus ombros avantajados e cantar:

– "Ah, peixes que evocam Akita, de Oga, o olho-de-boi."

Katsuji e Magoichi também cantaram junto:

– "Pintura de Noshiro, grãos de Hiyama, motivos das disputas de Odate!"

As esposas também se juntaram, e todos riram muito. A mulher do senhor Oizumi disse, observando o rosto risonho e cambaleante do marido:

– Que alegria é essa?

Magoichi acabara de vestir a roupa de trabalho e disse:

– Ei, mana, está bom?

– Parece um soldado – disse Yoshizo.

– Parece que está num lugar de treinamento de rapazes – disse o irmão mais velho de Yoshizo.

– É verdade... o que acha, senhor Oizumi? – perguntou Magoichi.

O senhor Mugihara intrometeu-se:

– O senhor Sato já terminou o exame de alistamento militar?

– Ah, ainda, esse ano eu... por pouco ia ser recrutado. Com certeza ia passar. Parece que fugi de medo e estou com um pouco de receio.

– Ah, veio fugindo – disse Yoshizo, de repente. O tom de sua fala parecia repleto de ódio.

– Imbecil! – disse Magoichi, enfático. – Você está pensando que sou um sujeito que tem medo de ser soldado?

– Da boca para fora dá para dizer qualquer coisa.

– Seu bobo, não fala tanta besteira, você vai se ver comigo.

No entanto, Yoshizo não se deu por vencido. Parecia querer vingar-se do tratamento de bobo que todos os dias recebia e enfrentou-o, sério.

– Eu estou me lembrando do que você disse! Não disse que, se não fosse ao Brasil até abril, seria chamado para o exército, e que por isso queria ir logo?

– Eu disse, e o que tem isso? – falou Magoichi.

No quarto da frente, o senhor Miura, batucando algo, começou a cantar o *yagibushi*[12]:

– "... Do alto da torre de quatro lados, sim,

Magnífico é reger..."

– Eu disse sim, e daí? Se for para o exército vou ter que esperar dois anos. Por isso vou logo, entendeu?

– Então você não quer servir, e isso não é leal!

– O quê?!? – Magoichi, que estava de pernas cruzadas, avançou um dos joelhos e preparou-se para a briga. – É sério? Sério mesmo? Seu animal! O que você é? Você é retardado. O retardado é leal? Besta! Pergunta para minha irmã... viu mana, eu disse alguma vez que não queria ir para o exército?

Onatsu, com o rosto ruborizado de vergonha e ar tristonho, olhou para o irmão e disse:

– Pare com isso!

– Não precisa perguntar para sua irmã que está claro – disse Yoshizo, tranquilo.

– O que é que você entende disso? – Magoichi voltou-se novamente para ele.

– Sobre sua falta de lealdade.

– Ah, é? Fala de novo!

– Você não é leal.

Magoichi levantou-se e pôs o pé na beira da cama. De um salto, pulou a passagem entre as camas e tentou avançar sobre Yoshizo. Nesse momento, a velha, ameaçadora, levantou-se preguiçosa, retirou a piteira que estava sob o travesseiro e bateu duas ou três vezes seguidas no pescoço de Yoshizo, que gemeu, gritando de dor: – Ai, que dor!

12. Melodia originária da região de Yagi, localizada entre as províncias de Gunma e Ibaraki, na parte central da ilha de Honshu. Difundiu-se, a partir de 1917, para todo o país, e é cantada como acompanhamento do *bon odori* (dança folclórica).

– Esse traste! – resmungou ela, balançando as costas. Esse era seu modo sarcástico de agir. O certo teria sido bater com a piteira em Magoichi; a começar por este, todo o pessoal do quarto ficou atônito e não se moveu. Onatsu sequer conseguia levantar o rosto; puxou a calça da roupa de trabalho do irmão, que ainda encarava Yoshizo.

Naquele clima gélido e silencioso, chegou aos ouvidos do pessoal o *yagibushi*, cantado alegremente pelo senhor Miura:

– "... De todas as meretrizes,

Shiraito, a cafetina, sim, é especial..."

Terminado o canto, ouviu-se risadas e palmas e, quando outras canções estavam para começar, o senhor Mugihara disse para si mesmo: "Olha, vamos nos preparar para dormir". Aproveitando a oportunidade, o senhor Oizumi guardou a garrafa de saquê, e a filha do senhor Mugihara desatou a faixa do quimono. Sem dar importância à velha, que continuou sentada na cama, balançando as costas, melancólica, Yoshizo e Katsuji, somente de camiseta e ceroula, cobriram-se. Magoichi tirou a roupa e levantou-se para ir ao banheiro, assobiando. No entanto, aos ouvidos alheios, aquele assobio era inconveniente e deplorável.

Ao voltar para sua cama, ao lado da janela, ele exclamou – Epa! – e deitou-se. Onatsu estava na cama vizinha e, atrás de uma cama vazia ao seu lado, estava a família Mugihara. Magoichi fumou um cigarro na cama; estava com dificuldade para dormir. Momentos depois, ouviram-se passos, e as luzes se apagaram: eram dez horas da noite. O quarto estava vagamente iluminado pela luz que entrava no corredor através das janelas de vidro fosco. Magoichi estava certo de que era leal; no entanto, começou a ter dúvidas de que realmente o seria. Teve a impressão de que o pessoal do quarto estava desconfiando dele. "Na hora em que briguei com Yoshizo ninguém me apoiou: isso é a prova de que estão desconfiando de mim." Sentiu o sangue subir à cabeça e, gradativamente, começou a perder a autoconfiança: estava inseguro como se fosse, de fato, um covarde.

Virou a cabeça e, baixinho, chamou a irmã, que não respondeu. Imaginou que, perguntando a ela, as coisas ficariam claras. Na verdade, queria que ela o consolasse.

Onatsu não dormia; estava entregue aos seus pensamentos. Dentro do quarto ouvia-se o ronco forte do senhor Oizumi. "Será que o senhor Horikawa já dormiu? Quantos dias a carta vai levar para chegar?" Uma vez mais, ela pensava no conteúdo da carta, extremamente curto: de qualquer modo, não conseguiria escrever uma carta longa, tal era sua natureza, de poucas expressões. Não conseguira elaborar uma redação com insistentes palavras de amor, ou plena de etiqueta. Dessa forma, a carta limitou-se a meia página escrita a lápis. Para escrevê-la, ela foi, à tarde, até o auditório vazio, com o intuito de não ser vista, e escreveu pensativa, ruborizada e cheia de vergonha:

"Li sua carta. Volto daqui a um ano. Tenho muita pena de meu irmão e, por isso, preciso ir. Não se zangue e espere por mim. Continue com boa saúde. Eu também estarei bem. Com certeza voltarei; portanto, por favor, espere por mim sem zangar-se, até logo. Lembranças a todos da tecelagem, até logo".

"Dentro de um ano, se o senhor Horikawa acabar se casando com alguém da fábrica, não vou poder fazer nada." Tal pensamento não deixava de ser uma preocupação. Entretanto, Onatsu, que era uma moça do País das Neves[13], estava acostumada às pressões e, também, à resignação; assim, depois de algum tempo suspirando, seu espírito foi se tornando mais sereno e obediente: "Já que havia se distanciado tanto, não adiantava afligir-se, pois de nada resolveria!"

Em seguida, virou as costas para o irmão, cobrindo-se até aos lábios, e dormiu serenamente.

13. Expressão referente às províncias do norte de Honshu, famosas pela neve e pelo frio rigoroso.

10 DE MARÇO, terceiro dia da vida no alojamento. Um dia terrivelmente frio.

Na parte de manhã, foram dadas aulas de português. Não havia tempo hábil para se ensinar desde o alfabeto; além disso, diziam que era mais necessário conversar do que escrever. Assim, o mestre deu aulas utilizando apenas o silabário para termos estrangeiros. Os imigrantes escreviam em seus cadernos algo semelhante a ininteligíveis frases chinesas ditas durante o sono, e murmuravam-nas.

– "Bom dia", *ohayô*. "Boa noite", *konban'wa*. "Como vai", *gokigen ikaga desu*. "Sim senhor", *hai anata*. Não era de muita valia, mas não havia outro jeito. Quando terminaram as aulas, ao sair para o corredor, o filho assanhado do senhor Katsuta, batendo nas costas do marido de sua irmã mais nova esnobou, dizendo: "Como vai?" O interlocutor atrapalhou-se, dizendo que era cedo demais para se falar "como vai"; ele havia se confundido com "boa noite". O senhor Miura, que era bom cantor, começou a se queixar a um homem do mesmo quarto:

– Olha, 1 é "um". Então, 2 é "2 um" e 3 é "3 um", né? Por que 2 é "dois", e 3 é "três", há, há, há.

À tarde, houve uma palestra sobre a saúde no Brasil, e as pessoas reuniram-se no auditório. Era apenas para falar sobre a prevenção contra a malária e a administração do cloreto de quinina. Havia vários tipos de doenças, mas disseram que bastaria que se cuidassem para não as contrair. Era um assunto mais do que conhecido.

Terminada a palestra um desconhecido, carregando uma maleta, veio entrando no dormitório número nove do quarto andar. Abriu a porta e, voltando-se para Onatsu, que estava sentada na cama dobrando o sobretudo de gala do irmão, perguntou:

– Esta cama está vaga, não é?

– Sim – respondeu Onatsu, afobadamente.

Era Komizu, assistente de supervisor e funcionário de uma revista de colonização, que iria viajar naquele navio.

Os irmãos Monma, o senhor Oizumi e mais alguns observavam com desconfiança a arrumação que ele fazia, pois não parecia ser imigrante. Komizu percebeu que o clima estava pesado, e logo voltou-se para Magoichi, que estava próximo. Com um ar sorridente, ensaiou algumas palavras:

– Desde quando vocês... desde o dia 8 é que estão aqui?

– Sim, hoje é o terceiro dia.

– Ah, é? Sei... vão partir daqui a cinco dias, então? Já terminaram os preparativos?

– Não. Ainda não, vamos começar a partir de agora. O senhor está sozinho?

– Sim, eu estou sozinho, há, há, há – riu dentuço, sem motivo e, depois, acrescentou: – Viu, o senhor supervisor, quanto ao serviço, está acertado para eu ajudar.

– Ah, o senhor supervisor é? – Magoichi, deixando transparecer susto e respeito, disse: – Ah, é por isso que estava achando que ele não poderia ser um imigrante.

Komizu, ao invés de responder, riu sem motivo. O senhor Oizumi cumprimentou-o, dizendo – Muito prazer. Sua esposa também curvou a cabeça. O Senhor Mugihara também cumprimentou-o. Sua esposa, ao ouvir que se tratava de um supervisor, recolheu as pernas, que estavam estendidas; ela e Otsune entreolharam-se. Talvez estivessem pensando que até a falta de modos seria repreendida pelo supervisor. A velha Monma, sozinha como sempre, ignorou-o totalmente.

Komizu, pela recepção de todos, sentiu-se seguro: – Não, não – respondeu aos cumprimentos, e puxou um cigarro importado de um maço com base de metal, e acendeu-o. Onatsu sentiu-se incomodada pelo fato de ele ter se sentado na cama ao lado; lentamente, foi se afastando para o lado de seu irmão e encostou-se na janela.

Após o jantar, novamente, fizeram compras. Em grupos de cinco a sete, as pessoas saíram de uma vez, e foram invadindo as lojas.

Onatsu saiu apenas com seu irmão e, andando lado a lado, tocando seus ombros, disse a ele, que vestia roupa de trabalho:

– Você parece desanimado hoje, aconteceu alguma coisa?

– Hum, não tenho nada – disse o irmão.

– Então está bem, mas… – disse a irmã, levantando o tom de voz, desconfiada. Foi então receber a roupa ocidental que havia encomendado no dia anterior; depois, comprou meias e sapatos. O irmão, sem nada comprar, fumava em silêncio. Ao saírem da loja já escurecia, e começou nevar um pouco. – Olha, está nevando! –, disse Onatsu, e acrescentou:

– Por isso é que estava tão frio desde cedo.

– Viu, mana… – disse o irmão, estranhamente formal. – Eu queria ouvir a sua opinião. Talvez seja verdade que eu não sou um homem leal.

A irmã não respondeu de imediato. Estranhou o fato do irmão ainda estar sofrendo por aquele assunto.

"Eu sou mulher e talvez não possa entender", pensou, e sentiu pena do irmão. Ele achou que sua irmã também estava perturbada e, no íntimo, exaltou-se com um sentimento de sacrifício heroico pela lealdade.

– Já que estão dizendo que sou desleal, não quero mais ir ao Brasil! – disse, decidido. Ele queria que ao menos a irmã acreditasse em seu verdadeiro sentimento.

Onatsu continuou caminhando calada por muito tempo. A neve começou a aumentar de intensidade, e seus flocos foram se espalhando, caindo sobre os corpos curvados dos dois.

Quando se aproximaram da entrada do alojamento, ela finalmente falou, serena e cheia de amor:

– Não dê tanta atenção ao que Yoshin-san está falando.

Ao ouvir isso, o irmão ficou ainda mais triste e sentiu-se traído. Queria que sua irmã dissesse algo para limpar com firmeza as desconfianças do outro; assim, ele ia continuar pensando que, mesmo chorando, deveria abandonar a ideia de ir ao Brasil. Indeciso, foi subindo a longa escadaria até o quarto andar. Dos lados da escadaria, ouvia-se a cantoria animada, a algazarra das crianças e a orquestra de harmônicas. Ele pensou: "Quero dormir cedo esta noite".

Naquela noite, Onatsu teve um sonho vergonhoso, e seu pescoço estava suado. Ao despertar ela viu, logo à sua frente, de forma vaga, o rosto pálido e sem óculos do assistente Komizu; parecia ser uma continuação do sonho. O quarto estava vagamente iluminado pela luz do corredor, e quente e abafado pelo vapor do sistema de aquecimento. Ouvia-se apenas o ronco do senhor Oizumi e o ruído da neve que, batendo nos vidros da janela, acumulava-se na escuridão da noite.

Onatsu era uma moça que mal conhecia meios para se defender; não procurou chamar por socorro, e sequer tentou acordar o irmão, que dormia na cama ao lado, distante menos de sessenta centímetros. Serenamente, virou o rosto, fechou os olhos e, como se tivesse perdido os sentidos, continuou deitada.

Como naquele quarto as camas estavam dispostas cinco de cada lado, a culpa talvez fosse do sistema de distribuição das camas. Magoichi também fora descuidado, pois deveria ter mudado a posição da cama e deixado sua irmã dormir junto à janela. Parecia até que ela ignorava o assistente Komizu: quando ele voltou para sua cama, Onatsu virou-lhe as costas, puxando o cobertor até os lábios, e tentou dormir.

Para ela, essa não havia sido a primeira experiência; imaginava que todo homem fosse como Komizu, que costumava atacar mulheres de forma inesperada. Com o senhor Horikawa também havia sido assim. Seu pai estava doente e, cinco ou seis dias antes de seu falecimento ela fora, após o expediente da fábrica, à sala do supervisor pedir uma folga no dia seguinte, para cuidar do pai, quando fora atacada da mesma forma. Nessa ocasião, ela também não soube se defender; muito pelo contrário e, desde então, passou a gostar de Horikawa, um homem magro, esguio e alto, de rosto pálido mas bem-feito. Ela não era uma mulher depravada, mas nada conhecia sobre honra; pensava que as mulheres eram sempre usadas daquela forma pelos homens. Ela ouvia o barulho da neve que batia na janela e tentou dormir, lembrando-se das densas nevascas de sua terra natal. Nesse momento, sob o cobertor, a mão de Komizu veio se estendendo e segurou a sua.

– Desculpe... – ouviu-o sussurrar junto à sua orelha.

Ela, simplesmente, fechou os olhos e ficou imóvel.

DIA 11 DE MARÇO. A neve da noite anterior acumulara-se por cerca de três centímetros e, sobre ela, o sol primaveril brilhava intensamente. De repente, a paisagem ao redor do bairro San'nomiya iluminou-se; no entanto, sob a neve, alastrava-se uma epidemia de gripe. Em razão disso, a escola primária de San'nomiya decretou descanso coletivo de uma semana. A gripe atingiu também o alojamento e, naquela manhã, a de um menino de um ano do quarto número trinta e um evoluiu para pneumonia.

Terminada a refeição da manhã, imediatamente, procedeu-se à vacinação de todos os imigrantes. Tais vacinas e injeções preventivas eram medidas aplicadas para que os navios pudessem atracar nos portos durante o percurso. Hong Kong e Cingapura eram considerados os locais mais perigosos. Por volta de 1928, houve um grande incidente, quando o navio Hawaii Maru, depois de atracar em Hong Kong teve, entre seus imigrantes, casos seguidos de pacientes com cólera. À medida que os óbitos se sucediam, as estruturas familiares iam-se desfazendo uma após a outra, até que, em Cingapura, o atracamento do navio foi proibido, tendo finalmente que retornar ao Japão.

Depois da vacinação houve, no auditório, uma palestra sobre a religião no Brasil. Um padre sorridente e bochechudo da igreja católica de Kobe, vestindo uma batina preta, subiu no palco, com um excesso de amabilidade que chegava a causar uma sensação desagradável. Ele falou sobre Deus misericordioso.

O senhor Oizumi, que não tinha interesse por assuntos religiosos, observava através da janela as gotas de degelo que pingavam, brilhando sob a luz do sol. Disse para o senhor Mugihara, que estava ao lado:

– Que tempo bom, não é? É porque parou de nevar e o céu ficou limpo.

– Esse ano também teve muita neve no meu povoado – respondeu o senhor Mugihara, sossegado.

– Ah, com certeza o trigo vai desenvolver bem – o senhor Oizumi pensou na roça de trigo semeada e abandonada antes de vir para ali.

– É verdade... é verdade, mas antigamente a boa safra era realmente boa, mas a boa safra de hoje não vale nada. O preço fica baixo... no fim, dá na mesma!

Sua esposa olhou para o lado, movendo o queixo na direção do padre, e disse:

– Sei lá, esse tal Deus misericordioso, não dá para saber se é verdade ou mentira.

O padre, sem dar qualquer importância aos comentários inoportunos, foi dando sequência ao assunto. Depois, comprometeu-se a levar somente as pessoas interessadas para uma visita a uma igreja católica, a partir das treze horas. Assim, terminado o almoço, ele visitou, um por um, os sessenta e cinco quartos, convidando os interessados a irem visitar a igreja, e pediu que se reunissem no jardim em frente.

Magoichi estava recostado à janela, observando a paisagem reluzente do degelo que, em sua terra natal, só poderia ser observada a partir do mês de abril. Ocorria, simultaneamente ao degelo, o início das brotações e o florescimentos dos famosos *fuki*[14], ameixeiras,

14. Planta silvestre da família do crisântemo, que se desenvolve bem em locais frios. Suas folhas e flores são comestíveis.

cerejeiras, pessegueiros, pereiras, macieiras, entre outros, que eram como uma expressão de cem tipos de flores que se entrelaçavam ao mesmo tempo...

– Senhor Sato, vamos? – o senhor Mugihara o convidou, mas ele recusou, dizendo que não queria ir, e sua irmã Onatsu também não foi. Depois que os irmãos Monma saíram em algazarra, vestindo roupas de trabalho, ficaram a avó e a esposa do senhor Mugihara. Quando todos desapareceram, Magoichi chamou a irmã e ambos saíram para o balcão, ao lado do auditório. Na sombra do corrimão ainda havia neve. No lindo bosque de cedro do Himalaia do vizinho Hotel Toa, viam-se as idas e vindas de magníficos carros com suas latarias brilhantes e a neve que caía dos galhos. Magoichi, caminhando e chutando a neve que sobrara no terraço, disse:

– Viu, mana, eu... – mas não conseguiu tocar no assunto principal. A irmã, com a brisa tépida do mar batendo em seu penteado, observava-o com os olhos semicerrados, a fim de evitar o excesso de luz que irradiava da neve que deslizava dos telhados das casas.

– Na verdade, mana, eu não posso ir ao Brasil deixando a coisa como está, entende? De qualquer modo, mesmo que eu tenha de sofrer muito, não quero que digam que sou covarde. A mana também não gostaria de ter um irmão desleal, né?

A irmã, com um ar desinteressado, contemplava a neve brilhante que deslizava, e não respondeu.

– Viu, vou consultar o senhor supervisor e estou pensando em desistir da imigração – disse o irmão, baixinho.

O senhor supervisor... era aquele homem que na noite anterior havia atacado Onatsu de surpresa. Ela lembrou-se da palma macia de sua mão. Se desistisse da imigração, poderia encontrar novamente o senhor Horikawa. Se o irmão fosse aprovado no exame de alistamento militar e fosse ao exército, ela poderia se casar com o senhor Horikawa, vestir um lindo traje de noiva e fazer um belo penteado, enfeitando o cabelo com o *tsunokakushi*[15]. Para ela, o ocorrido com Komizu não significava nada em relação ao senhor Horikawa, e não tinha qualquer sentimento de culpa ou arrependimento. A seu ver, aquela atitude era típica dos homens, e ela a desconhecia totalmente. Ou seja, ela não havia feito absolutamente nada.

– Me perdoe, fiz você se preocupar tanto, fiz muito mal, por favor – disse o irmão, seguidamente.

– Pois bem, mas como é que vamos fazer com os Monma? – disse Onatsu, sem encarar o irmão.

– Eu não sei como fazer mas, de qualquer modo, é certo que não vão poder viajar – disse o irmão, indignado.

O pessoal que iria visitar a igreja, conduzido pelo padre, foi andando em direção à igreja próxima, que ficava no centro da cidade, formando uma fila em uma rua de ladeira com degelo; uns vestiam roupa nova de trabalho, e as mulheres calçavam sapatos aos quais não estavam acostumadas. A igreja estava vazia, sem ar de presença humana; viram um homem sem roupa crucificado, a imagem de uma mulher carregando um bebê sem roupa, e admiraram-se com a altura do teto. Cada um, com uma medalha cor de chumbo pendurada no pescoço, veio voltando. Segundo o padre, aquela medalha era usada por aqueles que acreditavam no Catolicismo, e bastaria estar com ela para que os brasileiros se tornassem amistosos e passassem a confiar neles; tratava-se, portanto, de uma preciosa fortuna. Conseguiram obter aquela medalha pagando vinte ienes cada um (distribuição a preço de custo).

Quando os irmãos Monma voltaram, Magoichi imediatamente conduziu os dois ao terraço. Ele disse então que havia decidido desistir da imigração e prestar o exame de alistamento militar. Disse-o firme e orgulhoso, com um ar de satisfação por ter tentado limpar a desconfiança e com a alegria de poder vingar-se. E quando avisou

15. Capuz branco dos noivos japoneses.

que a família Monma também teria de desistir da imigração, Katsuji afobou-se:

– A esta altura dos acontecimentos, fazer uma coisa dessas é demais, Mago-san, não temos motivo para voltar – disse ele, sem consideração.

– Nós já fizemos muitas compras e não temos dinheiro nem para a passagem de trem para voltar.

Magoichi não respondeu às recriminações e, dizendo apenas que iria chamar o senhor supervisor, desceu as escadas correndo.

Quando os dois irmãos ficaram a sós, Katsuji, de repente, deu um forte empurrão no irmão mais novo:

– Viu? No que deu você falar demais?

– Não falei nada demais. Aquele que foge dos exames de alistamento não é leal – disse o irmão mais novo, insistente. O irmão deu-lhe um tapa no rosto.

– Não que tenha fugido, seu bobo, quando Mago-san chegar, pede desculpas.

O irmão mais novo, com ar tristonho, olhou para o irmão e viu que em seu peito brilhava a medalha de católico.

Magoichi, depois de procurar por vários lugares pelo assistente Komizu, encontrou-o do lado de fora da entrada, tomando sol e conversando com a família Katsuta. Eles já eram velhos conhecidos devido às relações de empreendimento da colonização. Komizu despediu-se da família Katsuta e, quando estava para entrar, Magoichi saiu quase voando.

– Senhor supervisor, tenho um assunto que gostaria que ouvisse. Poderia vir até o terraço?

Komizu assustou-se e empalideceu. Logo pensou que haviam tomado conhecimento do ato condenável cometido na noite anterior. A fisionomia de Magoichi aparentava muita seriedade e exaltação e, além disso, o local do encontro seria no terraço.

– Eu, eu... – ele começou a gaguejar – estou... estou ocupado.

– Não dá para me ouvir um pouco? Os Monma também estão esperando no terraço.

"São três. Ou serei surrado ou terei de pedir perdão pelo crime que cometi", pensou. Começou suar na testa. E imaginou sua figura tão sem caráter, miserável e maculada, exposta diante dos três.

– T... tenho um assunto a resolver agora. N... não poderia ser mais tarde?

– Ah, mas trata-se de um assunto importante...

Komizu, se possível, queria fugir da exposição da vergonha e pedir desculpas, em particular, a Magoichi, e encerrar o assunto.

– Que coisa desagradável, pois, isto é, que... – assim, gaguejando muito, perguntou temeroso, em voz baixa:

– De que se trata?

– Na verdade, tenho uma determinada razão e estou pensando em desistir da imigração – disse Magoichi.

– É? – disse Komizu, prolongando o tom.

Aliviado, julgou que havia sido uma bobagem, "Vou parar de fazer besteiras como aquela", pensou, tranquilizando-se. Ouviu as batidas fortes de seu coração. Depois, subindo a escadaria, desprezou a bondade do rapaz do interior.

Subindo a escadaria semiescura até o quinto andar e saindo para o terraço, ofuscado pelos raios do sol forte da tarde, pôde ver os dois irmãos Monma, que continuavam brigando. Formou-se um círculo de quatro e, primeiramente, Magoichi explicou as discussões da noite anterior, chegando até o resultado da decisão final. Komizu, ouvindo a explicação dada no difícil dialeto da região nordeste, pensava naquele rapaz que sofria com o problema tolo do exame de alistamento e com a questão da lealdade; e sentiu que era algo raro mas que, ao mesmo tempo, causava pena.

Ao terminar a explicação, Katsuji disse, desanimado:

– Você fala em voltar, mas nós não temos nem dinheiro para a passagem de trem para voltar.

– Cala a boca! Se for pelo dinheiro da passagem, basta pedir emprestado – soltou Magoichi.

– Ei, não precisa exagerar – disse Komizu, com um riso de escárnio e ar de superioridade. Neste momento, ele queria vencer Magoichi, subjugá-lo, fazer com que o obedecesse. Isso porque ele tinha medo do rapaz. Não só pelo momento de fraqueza que tivera ao atacar sua irmã, mas também pela sua franqueza, retidão de caráter e vivacidade. No conceito de Komizu, não havia qualquer sentido em desistir da imigração por tal argumento. Assim, queria convencê-lo e conquistar sua confiança; tal qual o criador de cavalos que tenta domar o animal enfurecido, tentou acalmá-lo, receoso:

– Viu, você não precisa se remoer tanto, entendeu? Não é só você que tem de prestar exame de alistamento e veio para a imigração. Quem vai pensar que alguém está fugindo do alistamento? – e, com os dentes saltados à mostra, deu uma risada.

– Estão pensando, de verdade, que fugi – disse Magoichi, exaltado.

– Pede desculpas! – disse Katsuji. O irmão, calado, abaixou um pouco a cabeça.

– Não é verdade, se for pensar como você, poderão também desconfiar das pessoas que vão prestar exame no ano que vem. Se disser uma coisa dessas, ninguém mais poderá ir como imigrante. Não é verdade? Há, há, há...

– Já que estão desconfiando de mim, acho melhor não ir – disse ainda Magoichi, muito nervoso.

– Tem razão, mas quem é que desconfia? Por isso, desistir da imigração é um prejuízo só seu.

– Sei perfeitamente que esse prejuízo é meu! – teimou o rapaz.

– Deixe o prejuízo de lado – insistiu Komizu. – Veja, essa é a sua obstinação, obstinação de homem, não é? Viu, há, há, há, há, há! Mas carregue essa obstinação, consiga êxito logo e se torne proprietário, viu? Não é isso? É uma rara oportunidade de se empreender um desenvolvimento além-mar. Ei? Viu, se você perder por causa dos exames, isso significa que a perda será do governo, não é mesmo?

Por diversas vezes, esforçou-se em se contrapor aos hábeis argumentos de Komizu mas, sem perceber, enquanto ouvia sua conversa, começou a pensar que o problema que o vinha atormentando naqueles dois últimos dias parecia não ser mais tão importante. Então, começou a perder o ânimo para contestar as palavras do parceiro até que, no final, dizia apenas "sim, sim", e continuava ouvindo. Finalmente disse, de maneira categórica: – Sim, entendi.

– Viu, entendeu? Então, vamos acabar com essa preocupação e vamos seguir adiante, nos esforçar, não é amigo Monma? – disse Komizu.

Magoichi, encarando Yoshizô, disse com determinação:

– Yoshin-san, você ainda está desconfiando? Se estiver, diga claramente.

– Não, já chega – disse Komizu.

– Pede desculpas, idiota! – o irmão mais velho cutucou com força, de trás para a frente, a cabeça do irmão mais novo. Ele voltou-se para lado do irmão e, empurrando o peito, disse: – Não me empurre!

– Disse para você pedir desculpas, pede desculpas – e empurrou-lhe novamente a cabeça. Yoshizô, de repente, começou choramingar e resmungou:

– Todos estão judiando de mim, todos! – gritou como que se queixando. Agora ele é quem estava se sentindo como desleal, com uma estranha sensação de tristeza.

Dentro do alojamento tocava o sino que anunciava o jantar. Magoichi inclinou a cabeça para o supervisor e agradeceu:

– Não sei o que dizer, causei muito trabalho.

– Não, não foi nada, há, há, há, há, daqui em diante, com boa amizade, vamos nos esforçar. Vamos jantar – juntos – disse Komizu. Agora, bem-humorado, foi à frente, descendo a escadaria. Ao chegar no quarto andar, Magoichi entrou correndo no quarto número nove e trouxe sua irmã; explicou a ela que, graças à interferência do senhor supervisor, seria possível viajar novamente.

– Agradeça ao senhor supervisor – disse.

Komizu, ao ouvir isso, ficou meio perturbado, e disse: – Não, não, isso não é necessário – e riu alegre, porém de maneira forçada.

Onatsu ficou ruborizada e, em silêncio, inclinou a cabeça.

Ao se sentarem juntos à mesa do refeitório, Magoichi disse:

– Mana, por favor, prepare o prato do senhor supervisor.

Tanto Komizu quanto Onatsu sentiam-se como se estivessem sendo atormentados por Magoichi.

Depois da refeição, novamente, ao subir a longa escadaria, Komizu segurava em Magoichi; ele sentia que a presença do rapaz era incômoda, mas este tinha-lhe confiança, com sua pureza de sentimentos. Depois Magoichi perguntou-lhe se, chegando no Brasil, seria possível retirar a irmã do registro familiar de Katsuji. No entanto Komizu, não sabendo se isso seria possível de fato, respondeu que como o supervisor da Companhia de Imigração viria no dia seguinte, perguntaria a ele.

Quando anoiteceu, a esposa do senhor Mugihara experimentava um vestido cor-de-rosa que comprara pronto e, vestindo-o sobre a camisola vermelha ria, debochada:

– Olha que luxo! Parece que rejuvenesci. Como não tem faixa, parece que estou nua. Que tal, senhor Oizumi, está combinando?

A filha Otsune, Onatsu e também a esposa do senhor Oizumi vestiram roupas ocidentais. A velha Monma estendeu à frente dos joelhos, tristonha e sem ânimo, o vestido de gola preta com tira branca que seu filho mandara confeccionar, e observava-o. – Mãe, experimenta também – disse Katsuji, ao que ela limitou-se a levantar o olhar e, suspirando, observar, ao longe, as luzes dos navios do porto.

Até todos daquele quarto terem adormecido, Komizu não retornou. Na verdade, ele estava refugiado no quarto do senhor Katsuta, no terceiro andar; estava agora querendo evitar Magoichi. Tentara, anteriormente, conquistar sua amizade mas, agora, queria novamente distância. Por sua natureza recalcada e furtiva, sentia-se oprimido, e não conseguia mais encará-lo de frente. Assim ele ficou, até tarde, jogando com os filhos do senhor Katsuta, em cujo quarto começava o jogo de baralho; eles pretendiam ir ao Brasil levando até as cartas do baralho. O senhor Horiuchi havia saído e, como estava demorando para voltar, o senhor Katsuta, que não tinha com quem conversar, dispôs-se a ler as cartas. Como as camas da família Nakatsue, cujo patriarca havia sido preso, estavam vazias, as pessoas sentaram-se ali em posição norte-sul e começaram a jogar. No entanto, a injeção que tomaram no dia anterior havia sido aplicada no braço esquerdo, e a vacina daquela manhã havia sido aplicada no braço direito. Assim, não conseguiam mover este braço, batendo desajeitadamente as cartas com a mão esquerda. Havia pedidos de rapazes dos quartos vizinhos para inclusão nos jogos e, até o horário em que as luzes eram apagadas, a competição era animada.

Quando Komizu voltou para o quarto número nove, Onatsu, do mesmo modo, dormia em seu colchão.

NA MANHÃ SEGUINTE, chegou de Tokyo o supervisor Muramatsu, do transporte de imigrantes, que havia sido enviado pela Companhia de Promoção Ultramarina, responsável pela imigração. Ele foi conduzido pelo funcionário do alojamento para o terceiro andar, no quarto do senhor Katsuta, e jogou sua bolsa sobre uma das camas da família Nakatsue.

Era um sujeito valente, de origem militar, da ilha de Kyushu e, quando estava servindo o exército, certo dia embebedara-se e balançara o fuzil no ar, chegando a atingir um oficial, ocasião em que teria sido julgado pela corte marcial. Era esse tipo de homem.

O senhor Katsuta percebendo, num relance, que não se tratava de um imigrante, perguntou polidamente:

– Com licença, o senhor por acaso seria supervisor?

– Sim! – disse ele bem alto. – Dessa vez vou pedir para cuidarem bem de todos vocês.

Ele achava que, tratando os imigrantes amigavelmente, conseguiria maior confiança por parte deles. Na verdade, era evidente que ele os desprezava mas, de fato, tratava-se de uma boa estratégia. O casal Katsuta pôs, respeitosamente, os braços sobre a cama e apresentou-se, cumprimentando-o e dizendo "muito prazer".

Na parte da manhã, novamente os imigrantes tiveram aulas de português. *Arigatô* é "obrigado" e *sayonara* é "até logo", dizem. Quanto mais se ensinava, mais se atrapalhavam e nada entendiam.

À tarde, houve a verificação dos passaportes e trâmites para aqueles que pretendiam remeter dinheiro via consignação. O supervisor Muramatsu e Komizu, seu assistente, ajudaram os funcionários do alojamento no trabalho. O senhor Katsuta, deixando quinhentos ienes no bolso, solicitou os trâmites para a remessa de dois mil e quinhentos ienes. E os imigrantes que, mesmo querendo enviar, não tinham dinheiro, ficaram à toa em seus quartos. O senhor Kurokawa, de Kyushu, que estava no consultório médico por não ter dinheiro para voltar, havia sido reprovado, mas depois fora aprovado para a imigração; naquele lugar, todos os dias, na parte da tarde, juntavam-se uns cinquenta ou sessenta pacientes com tracoma. Ao fundo da multidão, ouviu-se o choro de uma criança, semelhante a um latido, e os pacientes esticaram os pescoços, preocupados: era a filha do senhor Kurokawa. O médico, suportando o mau cheiro, fez uma incisão na ferida de sua cabeça, de onde escorria pus, e tentava cortar mais curto o cabelo, que estava sendo carcomido pelos piolhos. Ela se queixava de dor, e não só chorava, como derrubava a caixa de instrumentos médicos; por fim, até arranhava as mãos deste, que ordenava ao pai que a segurasse, empurrando seu corpo sobre a cama. No entanto o pai, como um animal bruto, permanecia de pé, atônito e, de vez em quando, como que voltando a si, batia no rosto da menina, que chorava ainda mais. O médico suspirou e recuou a mão, observando-a sob os óculos – Parece uma verdadeira louca! – disse como que vomitando. Sua mãe, carregando no colo o bebê anêmico que parecia vagar pela linha da morte, simplesmente cochilava da manhã até à noite.

A criança com pneumonia, do quarto vinte e um, do terceiro andar, não estava passando bem. A febre oscilava ao redor dos quarenta graus, e o pequeno peito, totalmente queimado pela mostarda, estava vermelho. O médico, de vez em quando, fazia-lhe uma visita, e a enfermeira, quando chegava a hora, vinha para trocar-lhe a atadura com mostarda. A criança, com febre alta, tinha o rosto belamente corado, e a mãe, esquecendo-se dos incômodos cabelos que lhe caíam no rosto, continuamente contava a respiração da criança. As crianças inocentes do mesmo quarto brincavam com bolinhas de pano, ou cantavam junto ao travesseiro. As doenças não eram apenas aquelas: a epidemia de gripe foi gradativamente aumentando o número de vítimas. O senhor Miura, que gostava de cantar, desde a noite anterior estava com problemas na garganta, e não cantava; o senhor Horiuchi, que viajava pela segunda vez, também estava gripado, e seu estado avançava para uma parotidite. A anciã Monma, desde cedo, não havia se levantado e, no início da noite, solicitara a visita do médico, que fez um rápido exame e disse que se tratava de uma simples gripe, não precisando se preocupar; mas ela pareceu ter ficado com raiva, por ter sua doença tratada com tanta simplicidade. Apesar disso, não perdia a mania de, vez por outra, levantar-se batendo a piteira, o que provocava um ruído irritante.

A pessoa que mostrava o ânimo de sempre era o senhor Oizumi. Quando vestia a roupa cáqui de trabalhador – talvez pela sua avantajada constituição física, o rosto saudável queimado de sol, o corte de cabelo em escovinha onde se viam poucos cabelos brancos, e até o jeito das conversas francas – parecia um magnífico oficial. Naquela noite também, como de costume, colocou uma garrafa de quatro *gô* diante de seus joelhos, cruzou as pernas sobre o colchão, pesadamente, e disse um pouco tenso, com o rosto vermelho:

– Já que vou para o Brasil, vou me matar de trabalhar... não é, senhor Mugihara?

– É verdade – respondeu ele, levantando o rosto escuro, cheio de rugas.

– De qualquer jeito, não adianta ficar no Japão e morrer de fome, não é?

– É isso mesmo... – o companheiro concordou. – Qualquer um que pudesse viver tranquilo, não se tornaria um imigrante. Não é?

Eles se consolavam dessa forma: alimentavam alguma esperança, mista de resignação. Não só eles, mas quase todos os imigrantes tinham esperanças. Havia uma conotação de quase desabafo, depois de tanto cansaço das lutas árduas e da pobreza; por isso, era uma esperança sem perspectivas de futuro. Quando, inicialmente, haviam vindo para juntar-se ali, alguns eram perseguidos; outros, fracassados; outros, ainda, como dizia o senhor Horiuchi, eram folhas secas amontoadas pelo vento. Todos estavam silenciados pela insegurança e pela tristeza mas, ao se juntarem a outros companheiros de luta, com os quais tornavam-se, a cada dia, mais íntimos e encorajadores, aos poucos iam se esquecendo de que eram folhas secas. E agora, como constava do texto do cartaz da propaganda para recrutar imigrantes, haviam conseguido considerar-se pioneiros do grande salto para o exterior, e imaginavam-se desbravadores de infinitas terras férteis. Quando ali chegaram, ainda não estavam com o espírito preparado o suficiente para irem embora do Japão; sofriam de insegurança, hesitação, solidão e saudade da terra natal. Entretanto, agora pareciam estar prontos, inclusive espiritualmente. Dessa forma, talvez, dali a três dias – data da partida –, sequer deixariam cair uma única lágrima, como se fossem milionários indo a uma viagem de passeio para o exterior, calmamente postados no convés do navio.

Novamente, chegou uma carta do senhor Horikawa, supervisor das operárias da fábrica. Da outra vez, convenientemente, Onatsu recebeu-a sem que ninguém soubesse mas, desta vez, fora Magoichi quem a recebera, na porta de entrada, da mão de um funcionário do alojamento.

– Mana, é uma carta. Quem é Horikawa? – disse o irmão em voz alta, na frente de todos.

– É uma pessoa da fábrica – respondeu. No entanto, sem abrir a carta, escondeu-a entre as dobras do quimono. Vendo aquilo, o irmão pensou: "Esse é o segredo da minha irmã", e achou que o fato de ela ter um segredo era algo bonito. Sem saber o porquê, ele se sentiu alegre e sorriu por dentro. Mas, por descuido, havia feito com que a irmã fosse junto com ele para o Brasil, sem se dar conta da crueldade de seu ato.

Aquela carta havia sido escrita antes de ter recebido a resposta de Onatsu; por isso, continha repetições de ressentimentos anteriores. Ao final, registrava a situação atual da fábrica: talvez ao redor do mês seguinte seria fechada e, caso isso acontecesse, também pensava em se tornar imigrante.

Tal problema não se restringia somente àquela fábrica, visto que a ocasião era justamente o ápice das grandes dificuldades por parte da maioria das pequenas indústrias. Em 1927 – ano 2 da era Shôwa –, em razão do pânico financeiro, o Banco Konoe, de Osaka, faliu e, como consequência, as pequenas e médias fábricas de tecelagem passaram a sofrer dificuldades financeiras; ademais, nessa mesma ocasião, houve um aumento de impostos na Índia, o que provocou a decisão do governo de intensificar a redução das atividades de pequenas e médias fábricas. Tal política era, na verdade, um mecanismo de defesa próprio das grandes fábricas, e as demais, por não possuí-lo, ficavam sujeitas ao aniquilamento. O senhor Horikawa estava prestes a perder o emprego, assim como muitas colegas operárias.

Naquela noite, novamente, Onatsu estava perturbada com o ronco impetuoso do senhor Oizumi, e pensava em um destino que se ia embaralhando. Se pudesse tornar-se imigrante juntamente com o senhor Horikawa, não precisaria constituir relação familiar com os Monma e, assim, formariam uma família perfeita de imigrantes, de três pessoas. Caso o senhor Horikawa viesse a se tornar imigrante depois, ninguém poderia saber se eles se encontrariam ou não no Brasil.

Komizu não estava ao seu lado. Com a desculpa da chegada do supervisor, mudou-se para o quarto do senhor Katsuta. Quando ia levando sua bagagem, disse para Magoichi, num tom de justificativa:

– Eu, né… com o senhor supervisor, né… tenho muita coisa para combinar e também muito trabalho, há, há, há, há.

– Então, vou visitá-lo depois – disse Magoichi, como se fosse correr atrás dele.

Komizu virou-se afobadamente, rindo com os dentes à mostra e, dizendo – Por favor, por favor – fechou a porta e saiu. De fato tinha seu serviço mas, assim que terminou a mudança, Muramatsu convidou-o a sair, dizendo:

– Eu não gosto deste alojamento, dá a impressão de causar sufoco. Viu? Nem deu para comer o jantar, parecia sujo. Além disso, aquele velho, Katsuta, você o conhece, não? Um cara asqueroso.

– P…por quê? – disse Komizu, amedrontado, como se tivesse sido rejeitado.

– Só ele é o dono da verdade. Um sujeito chato, reclamando que o preço do café abaixou, e tal… não gosto dele.

Os dois entraram no restaurante. Enquanto Muramatsu fazia sua refeição, Komizu falou, tomando chá:

– Eu estou muito preocupado, tempos atrás, no Buenos Aires Maru… sobre aquele incidente, se alguém perguntar, qual a melhor resposta a dar?

– Ninguém sabe disso – disse o supervisor, sem titubear. – Mesmo que alguém saiba, não precisa dar importância.

– Mas, senhor, se alguém perguntar, vou ficar em dificuldade.

– Não, o que é isso, vamos tapear. Diga que aquilo foi um boato – dizendo assim, mostrou um ar saudável e soltou uma risada.

Tal incidente acontecera cerca de dois meses antes, quando o navio Buenos Aires Maru, que saíra para a viagem dos imigrantes, chegou no porto da Cidade do Cabo. Nessa ocasião, o navio Manila Maru, que estava de volta do Brasil, atracou também, e vários passageiros imigrantes que estavam de volta foram visitar o Buenos Aires Maru, e espalharam a informação de que, no Estado de São Paulo, o preço da mão de obra dos trabalhadores havia abaixado e, com isso, os imigrantes começaram a passar fome – "por essa razão, nós também estamos regressando ao Japão". Os imigrantes que, desde o princípio, estavam viajando com uma vaga esperança, ouvindo aquilo, imediatamente perderam-na e então, a cada minuto, sentiam aumentar a insegurança. Na manhã seguinte, quando o navio já iniciava a travessia do Oceano Atlântico, realizou-se uma grande reunião de avaliação da situação interna do navio; finalmente, um total de mil imigrantes – a unanimidade – exigiu do comandante do navio que retornasse ao Japão. Entretanto, a ideia do supervisor Muramatsu em enganar os imigrantes tinha a sua razão de ser. Ele estava na empresa e trabalhava no setor de investigação; portanto, conhecia o Brasil e também os imigrantes. Ele não achava imoral enganá-los; muito pelo contrário, estava certo de que tal iniciativa tinha boas intenções. Se tivessem de viver na mesma pobreza, seria melhor para os imigrantes viverem a pobreza no Brasil. Isso porque ser agricultor no Brasil era o mesmo que não ter obrigações: não havia um dispositivo do sistema governamental que os obrigasse a cumprir a legislação, o sistema de tributos e o recrutamento militar. Assim, ele acreditava que, mesmo sendo pobre, era possível ser um pobre feliz; por isso, não demonstrara qualquer interesse pela preocupação de Komizu e, quando se satisfez com a refeição, voltou rapidamente e estendeu o registro dos imigrantes sobre a cama. Dali para frente, começariam os preparativos para a vida dentro do navio. Em primeiro lugar, foi confiado a Muramatsu o registro diário de supervisão do transporte e também o de selecionar, dentre os imigrantes, os responsáveis pelas diferentes atividades: jornal interno do navio, saúde disciplinar, exercício físico, refeições, responsáveis pelos jovens, senhoras etc. A todos seriam entregues braçadeiras diferenciadas por cor e, dessa forma, pretendia-se organizar a vida cotidiana dentro da embarcação.

DIA 13 DE MARÇO, sexto dia no alojamento. A partida seria dali a dois dias, e a atmosfera, de tanto comer e ficar à toa, parecia estar se tornando gradativamente tensa. Todo o período da manhã foi ocupado pela aplicação da vacina contra o tifo intestinal, dessa vez nas costas. O bebê desnutrido, a criança com pneumonia, o senhor Horiuchi – que estava com parotidite –, uma mulher grávida e outros em estado febril por causa da gripe, num total de trinta e seis pessoas, foram dispensados da vacina.

Grande parte do período da tarde foi dedicada às compras. Os preparativos para finalizar as bagagens urgiam, pois estavam programados para o dia seguinte o empacotamento e a revista das bagagens; era, portanto, de extrema necessidade que as compras fossem feitas naquele dia. Todos os compartimentos estavam movimentados com o vaivém dos passageiros, que ora anotavam a lista e corriam à venda, ora retornavam por lembrarem de algum item esquecido.

O que realmente mudou foi a paisagem do corredor: todos os homens trajavam roupas de trabalho de cor cáqui, e metade das mulheres usava vestidos ocidentais simples de verão. Mulheres usavam meias frouxas caídas até as canelas, jovens vestiam paletós maiores que o seu tamanho, homens de meia-idade, quase idosos, andavam de pescoço ereto devido ao colarinho apertado, crianças usavam o mesmo traje de trabalho de seus pais, como se aquilo fosse uma brincadeira. Dessa maneira, pelo menos quanto ao visual, começavam a assumir o aspecto de imigrantes.

Três homens trajados dessa maneira visitaram o supervisor Muramatsu no terceiro andar, após o almoço. Puseram-se desengonçados diante dele, como se fossem recrutas em traje de gala. Um deles rompeu o silêncio, tentando disfarçar o forte sotaque de Osaka, sem sucesso:

– Bem, senhor supervisor, temos, bem, temos um pedido a fazer. Isto é, na verdade, senhor, tenho um conhecido, ele é da minha aldeia e já está no Brasil. Bem... digo, a gente está aqui, na verdade, para ver se o senhor não dava um jeito de fazer a gente ir para o mesmo lugar desse meu conterrâneo. Ele se chama Goro Ida e foi para lá na primavera passada.

O supervisor e seu assistente ocupavam-se da escolha dos membros da comissão representativa dos imigrantes, que havia iniciado na noite anterior. O supervisor virou-se para o grupo, respondendo com um "hahã..." demasiado longo.

– De onde vocês são?

– A gente é de Osaka, nós três.

– Se são de Osaka, como era mesmo o nome do agente representante de lá... era Okajima, se não me engano...

– Pois é para ele mesmo que a gente pediu.

– Vocês consultaram o senhor Okajima sobre esse assunto?

– Sim, o senhor Okajima conhece bem o Goro Ida.

– O que disse o senhor Okajima? Disse que era possível ir para onde esse senhor Ida se encontra?

– Pois, senhor, ele disse que isso não seria provável.

– É claro. As coisas não são como vocês pensam. Ainda se fosse para atender um ou dois, quem sabe, mas são muitos. Se todos começarem a pedir a mesma coisa, não terá fim.

– Sim, senhor. O senhor tem toda razão – o homem curvou-se com reverência.

Nesse momento, o filho do senhor Katsuta, que assistia à cena abraçado ao bandolim, começou de repente a tocar, com vigor, a canção da moda:

"Na escuridão da noite, a angústia não tem fim".

Interrompido pelo som por um instante, o supervisor calou-se, mas logo continuou:

– A propósito, caso o dono dessa fazenda onde trabalha esse tal de Ida estiver precisando de mais trabalhadores, tudo bem, mas se não for o caso, não podemos forçá-lo a aceitar vocês.

– O senhor tem toda razão – novamente o homem se curvou. Então, imediatamente, Komizu emitiu o palpite:

– Para onde vocês forem mandados não vai fazer diferença. Não é mesmo? Todos estão indo para uma roça desconhecida. A maioria não tem nenhum conhecido lá. Não é, senhor Muramatsu? Há, há, há. Fique tranquilo. Não precisa se preocupar tanto.

– Sim... mas será que não poderia dar um jeito mesmo? – disse o outro homem, abaixando a cabeça e forçando um sorriso, na tentativa de ser simpático. Então o supervisor gargalhou – Há, há, há –, o que lhe ruborizou o rosto. O outro sorriu, embaraçado, esfregando as palmas das mãos, e ainda insistiu em repetir:

– Mas não tem jeito mesmo...

Isso irritou o supervisor, pois sentiu-se subestimado por aquele homem. "Está tentando me fazer de marionete, apelando para a emoção", pensou. Seu senso de amor-próprio emergiu; de repente, ele mudou o tom de sua fala e disse, severamente, encarando aquele homem:

– A colocação dos trabalhadores nas fazendas é rigorosamente imparcial. Ninguém poderá escolher – e sacudiu o rosto. – Não se trata só do caso de vocês. É para todos. Portanto, quanto a esse assunto, não posso me comprometer com nada.

Os três homens curvaram-se juntos. Abaixaram o olhar, enrijecendo seus corpos e, desculpando-se novamente pela falta de modos retiraram-se, acanhados. Muramatsu virou-se para Komizu, rindo:

– Daqui para frente só vão aumentar esses pedidos.

– Pois é, também no navio. Principalmente quando aproximar do porto de Santos. Há, há, há.

– Então quer dizer que enviar os imigrantes para as fazendas onde se encontram seus conhecidos causa alguma inconveniência? – intrometeu-se subitamente o senhor Katsuta, antes que o riso insignificante de Komizu desaparecesse.

– É claro que não – afirmou o supervisor com convicção, já se colocando na defensiva com a intromissão daquele resmungão antipático.

– Humm... então, qual é o motivo de não permitir que os imigrantes possam ir para onde desejam? Seria muito bom se eles se ajudassem entre si. Penso que deveriam estimular isso na medida do possível.

Muramatsu procurou e encontrou uma caderneta dentro da maleta, abriu uma página e mostrou-a ao senhor Katsuta, sem lhe dirigir a palavra. Tratava-se de um pequeno manual: *Regulamentos do Supervisor para o Envio de Imigrantes*, onde uma das cláusulas dizia: "É estritamente proibido ao supervisor comprometer-se com imigrantes no tocante ao envio a local desejado". – Hahaam!! – exclamou o senhor Katsuta, mostrando admiração num primeiro momento; segurou a caderneta acima de sua cabeça com um gesto de respeito e, ao devolvê-la, disse:

– Nesse caso, a Companhia de Incentivo à Imigração é que é negligente... conforme os senhores disseram agora há pouco, mesmo que os imigrantes queiram ir, não se sabe se o dono da fazenda teria interesse em contratá-los. Mas o fato de o fazendeiro registrar o pedido do envio de imigrantes na filial de São Paulo da Companhia já confirma o interesse. É claro que sabe. Não concordam comigo?

Não estão querendo ter esse trabalho usando a igualdade como desculpa. Não, é claro que não estou reclamando do senhor, senhor supervisor. Só estou querendo ser racional. A lógica é essa.

A cada fala repetitiva, sua voz tornava-se mais alta e irritante. Muramatsu deixou-o falando sozinho, e retomou a procura pelo membro da comissão da lista de imigrantes. Só lhe respondeu dizendo que se tratava de um processo administrativo dispendioso, que implicava também o surgimento de algum dano. Ao final, até o senhor Horiuchi, de cabeça enfaixada, interferiu em tom de repreensão, dizendo – Deve ser mais difícil do que aparenta ser... – Era um murmúrio que mais parecia um solilóquio mas, como era o único a conhecer o Brasil de fato, tinha um peso digno de um conhecedor da causa. Foi o suficiente para fazer calar o teimoso senhor Katsuta, ao menos por um instante.

– De qualquer maneira, ainda bem que o senhor Katsuta não é um imigrante a ser colocado em algum lugar.

O supervisor disse, irônico:

– Não me interprete dessa maneira. Estou falando da lógica em geral. Não estou tratando de casos particulares...

– Ah, sim, é claro que sei. Sei muito bem disso.

O supervisor continuou, gesticulando com a mão:

– Quem não concorda comigo, não precisa ficar sob a minha supervisão. Quem está descontente com a companhia, que recuse o tratamento dela. Não é mesmo? O que acham?

Isso significava, no final das contas, desistir da imigração. O senhor Katsuta ficou desconcertado e disse-lhe para não ficar tão zangado. Seu filho, sem saber se tocava ou parava de tocar o bandolim, brincava com a palheta e, dedilhando as cordas, fingia afiná-las.

Os irmãos Monma empalideceram quando, já por volta de meio-dia, perceberam que o dinheiro não seria suficiente. As quatro famílias do mesmo quarto faziam compras em grupo e combinavam de acertar depois, para sair mais em conta. No entanto, ao efetuar o pagamento naquele dia, a família Monma comprara mais do que suas posses permitiam. Faltavam dez ienes.

– E agora, o que se vai fazer?

Questionado por Magoichi, Katsuji abaixou a cabeça, Yoshizo fingiu nada ter a ver com o assunto e a matriarca, cheia de ira e vergonha, que lhe faziam saltar as veias da testa, permaneceu sentada, tentando conter a irritação.

– Deve ter algum dinheiro guardado, não? – murmurou Katsuji.

– Nesse caso, é bom ir retirar – disse Magoichi que, em seguida, ouviu a resposta:

– Não tenho o carimbo. Não posso fazer nada.

Perguntado sobre esse carimbo, disse tê-lo deixado aos cuidados de um tio, em sua terra. Isso deixou o senhor Oizumi e o senhor Mugihara boquiabertos: estavam indo para o Brasil com uma poupança de, até aquele momento, trinta ienes, que nem poderiam retirar.

– Que estúpidos! – deixou escapar Magoichi.

– Um telegrama, mande um telegrama. A carta demora e não vai dar tempo.

– O que é que mando dizer? – disse Katsuji.

– O tio sabe que tem trinta ienes na poupança?

– Acho que sim, não é, mãe?

– Presta atenção. Pede para enviar um vale telegráfico de trinta ienes imediatamente, que você vai estar enviando a caderneta. Entendeu? Se seu tio não confiar, aí, nada feito. Envia a caderneta registrada, agora mesmo.

Magoichi fez o texto, consultando o senhor Mugihara. Katsuji lia-o ainda pensativo, ao que se intrometeu Yoshizo:

– Apressa ou não vai dar tempo para o próximo trem.

Essa observação provocou a gargalhada de todos. Ele ainda achava que o telegrama era transportado por trem. Seu irmão sentiu-se envergonhado diante de todos e disse, irritado pela zombaria:

– Seu idiota, o telegrama não vai de trem.

– Se não for de trem, do que é que vai? De avião?

Katsuji, após repensar, começou a dizer se não seria melhor devolver o sobretudo de sua mãe. Tratava-se de uma peça que custara vinte e cinco ienes e que, provavelmente, não teria utilidade no Brasil.

– Sim, mas não foi feito sob encomenda?

À pergunta de Magoichi ele respondeu, envergonhado:

– É, foi por encomenda.

– Como é que dá para devolver o que foi encomendado? Experimente levar de volta para a loja. Vai ter que ouvir um monte de reclamações.

Depois disso, o tímido Katsuji nada mais disse e foi enviar o telegrama.

Depois do jantar, à medida que a claridade da janela desaparecia, começavam a aparecer as luzes do porto. O vento sul soprava do mar, a noite era agradável e o ar, puro. O senhor Oizumi tirou sua garrafa predileta de sete *gô*, a mulher do senhor Mugihara, deitada languidamente, entregava suas pernas às mãos de Otsune para serem massageadas, e Onatsu arrumava o conteúdo da mala, preparando-se para a revista das bagagens.

– O quarto de lá está quieto – disse o senhor Oizumi ao senhor Mugihara, ao que sua esposa falou:

– O cantor daquele quarto está gripado, com uma toalha enrolada no pescoço.

– Ah, será que é uma epidemia de gripe? Temos que fazer uma visita, então – respondeu o marido.

– É mesmo, o saquê não tem o mesmo sabor sem cantoria – respondeu o senhor Mugihara, o que provocou um riso alegre do casal.

– Tá pronto, prontinho – disse Magoichi, amarrando um cordão na mala que sua irmã acabara de arrumar, e acrescentou:

– A qualquer hora, dá para partir.

– Já acabaram de fazer a mala? A nossa vamos terminar amanhã – disse o senhor Mugihara.

– É bom ser só um casal e sem filhos. Quem tem filhos é trabalhoso que só vendo.

– É impossível… – Magoichi respondeu rindo, e continuou:

– Ter filhos entre irmãos, né, mana.

Sua irmã ruborizou-se e abaixou a cabeça. Seu irmão achou graça e brincou:

– Então, mana, pode ou não? Como é, responde!

– Vocês da família Sato não têm pai nem mãe? – dirigiu-lhes a palavra o senhor Oizumi, desfiando uma lula seca.

– É. Nós somos sozinhos no mundo. Não temos pais nem irmãos.

– Humm… e vocês se dão bem… não é mesmo, senhor Mugihara? Dá até inveja!

– É verdade!! – respondeu a mulher do senhor Mugihara, que continuou:

– É de dar inveja. Quisera eu ter um irmão que nem o Magoichi!

– Ei, jovem Sato, vê se toma cuidado, ela está interessada em você – disse o senhor Oizumi. O quarto inteiro explodiu em gargalhadas. Magoichi gesticulou, cômico, e disse:

– Quanto a mim, fico muito feliz, mas acho que o senhor Mugihara vai ficar enciumado.

Outra gargalhada. Entre risos, o senhor Mugihara disse que iria matar os dois.

– Isso não, por favor, vai fazer minha irmã chorar – disse Magoichi. O senhor Oizumi sentiu um amor fraternal sincero em suas palavras e, com expressão grave, disse:

– Isso é verdade. Tem razão.

– Pois então – disse Magoichi, contagiado pelo tom sério.

– Nunca fiz minha irmã chorar tanto como desta vez. Não é mesmo, mana? Estou indo para o Brasil sacrificando a minha irmã. É isso mesmo!! Ela já está na idade de se casar, mas vai viajar só por minha causa. Prometo que volto para cá daqui a um ano para procurar um noivo para ela!

Onatsu, sem nada para fazer e acanhada por estar sendo alvo do assunto, encostou-se à janela para apreciar a paisagem noturna da cidade que se estendia ali embaixo. Lá do fundo da cidade ouvia-se ora longe, ora perto, o som interrompido da sineta da edição extra do jornal. O senhor Oizumi, mastigando insistente uma lasca de tentáculo de lula seca, assentia com a cabeça, sem cessar:

– Será que dá para voltar em um ano? – disse o senhor Mugihara.

Magoichi, sentado sobre a mala que acabara de amarrar respondeu, colocando um cigarro na boca:

– Durante um ano a gente tem que ficar na fazenda, mas depois é livre, não é?

– É, mas as passagens de navio custam quinhentos ienes as duas. Fora os duzentos que vai precisar para retornar ao Brasil. Será difícil conseguir setecentos ienes num ano.

Magoichi levou um choque. Foi um lapso não ter pensado nisso.

– Além disso, no início do primeiro ano tem muitos gastos com as compras. Precisa se acostumar com o trabalho, não tem crédito, não acha que tem que se contentar só em sobreviver? – disse o senhor Oizumi gentil, palavra após palavra, como que passando a mão sobre a cabeça do rapaz.

– A não ser que tenha muito dinheiro agora. Se não for o caso, será que não é difícil mesmo em dois anos? Se as coisas andarem nos conformes, talvez em três anos... Não concorda, senhor Oizumi?

– É bem possível.

– Mesmo me endividando, pretendo voltar – disse Magoichi com determinação. – Não posso esperar nem dois nem três anos. É cruel demais para a minha irmã.

– É verdade – respondeu com a voz baixa o senhor Mugihara.

– Se conseguir crédito para o empréstimo, principalmente porque você é jovem, Sato, também vai voltar para o Japão e precisar de um fiador... é claro que seria muito bom se conseguisse.

O senhor Mugihara não conseguiu prosseguir. Não suportaria reduzir a pó as esperanças daquele jovem. O ambiente tornara-se silencioso.

– Vou consultar o supervisor a respeito – balbuciou Magoichi, encerrando o assunto, como que se dirigindo ao senhor Mugihara e, ao mesmo tempo, no íntimo, consolando a irmã. Onatsu continuava a olhar a paisagem fora da janela. Ouvia o som interrompido do toque da sineta da edição extra do jornal, e trazia o peito dilacerado pelos cacos de sonhos despedaçados. "Se não posso voltar nesses três anos", pensava, "escrevi uma mentira para o senhor Horikawa. Certamente ele vai se casar com outra, sem esperar a minha volta. Não me arrependeria por sacrificar uma vida inteira em benefício do meu irmão, meu único irmão mas, no íntimo, gostaria de estar emigrando daqui a três anos, com o senhor Horikawa".

Magoichi percebeu o sofrimento da irmã, vendo o seu silêncio. E, por isso mesmo, não conseguiu lhe dirigir nenhuma palavra. Pela primeira vez, percebeu a gravidade da carta que viera daquele homem. Ele se arrependeu e, não conseguindo encará-la, dormiu de costas para ela. Da janela podia-se ver a lua no alto do firmamento. O vento batia no vidro da janela incessantemente. O senhor Oizumi dormia um sono tranquilo, roncando em paz. A velha Monma gemia, provavelmente por causa da febre que voltara.

No meio da noite, um funcionário do alojamento entrou e chamou em voz alta:

– Dona Kura Monma está?

Era o vale telegráfico.

MANHÃ DE 14 DE MARÇO. No último dia no alojamento iniciou-se a inspeção das bagagens no jardim, ao lado do armazém. Os imigrantes eram submetidos à revista de funcionários designados, expondo todo o conteúdo da bagagem. Aqueles que portavam barris de *shoyu* ou peças de roupas de seda eram advertidos, por serem mercadorias tributáveis. Os Katsuta levavam muitas peças de seda. O senhor Katsuta virou-se para a esposa e disse:

– Fiquem calmos, na hora do desembarque cada um de nós vai enrolar essas peças no corpo.

No entanto, os passageiros cuja condição era de imigrante não possuíam pertences valiosos. A grande maioria recebia apenas orientação de como empacotar as bagagens que, estando prontas, eram identificadas e depositadas no armazém, e ali permaneciam confiadas à Companhia de Navegação até chegarem ao Brasil. Somente quando o navio estivesse atravessando a linha do Equador, as bagagens seriam devolvidas para a retirada das roupas de verão. Essa confusão durou até o entardecer.

Nesse ínterim, o médico responsável encontrava-se no consultório, elaborando o relatório do estado de saúde dos passageiros, que seria endereçado ao médico do navio:

1. Pacientes com tracoma 182
   (dentre estes, 72 praticamente recuperados)
2. Paciente com tuberculose 1
3. Paciente desnutrido 1
4. Paciente com nefrite 1
5. Pacientes com parotidite (caxumba) 2
6. Pacientes com influenza (gripe) 31
7. Mulheres grávidas 16, …

O supervisor Muramatsu dirigiu-se à filial de sua companhia em Kobe para informar-se acerca de sua acomodação no navio e, em seguida, foi inteirar-se a respeito das bagagens que ficariam aos seus cuidados. Estas continham materiais volumosos para a realização de gincanas no navio, apresentações artísticas, competições de sumô, edições de jornais, entre outras atividades.

O assistente de supervisor foi abordado por Magoichi, depois de acabar de ajudar na organização das bagagens; queria saber se teria como trazer a irmã de volta ao Japão depois de um ano.

– Isso acho muito difícil – disse Komizu. Só o fato de ter que viajar a bordo com Magoichi já era suficiente para aborrecer-se, quanto mais prolongar a conversa. Portanto, quis encurtá-la e respondeu, muito objetivamente:

– Nos primeiros dois ou três anos creio que não vai sobrar nada.

Magoichi trazia duzentos ienes na pochete que carregava sempre consigo, mas a quantia era irrisória. A sensação de que, cada vez mais, o sonho acalentado do Brasil se desbotava, tornava-o melancólico e roubava-lhe o vigor do braço ao amarrar sua mala de vime. Quanto à irmã, continuava aparentemente serena desde a noite anterior. Isso angustiava ainda mais o coração de Magoichi.

Após o jantar, terminadas as últimas compras e de volta das últimas saídas, restava passar a última noite no Japão. Para que os hóspedes a apreciassem satisfatoriamente, prorrogaram especialmente o uso da luz até às onze da noite.

Desde cedo ouvia-se o cantarolar do senhor Miura, que conseguira curar a gripe em um dia. Quando sua cantoria começou, ela parecia alegrar e iluminar pelo menos cinco ou seis quartos ao seu redor. Encorajado pela música, o senhor Oizumi enfileirou três garrafas de saquê à sua frente, dizendo ser a noite da despedida. Havia preparado também uma grande quantidade de lulas secas como acompanhamento. O senhor Mugihara, Katsuji e também Magoichi foram convidados a juntar-se à companhia, para brindar com saquê frio.

– Vamos cantar nós também.

Apesar do convite do senhor Oizumi, o coração de Magoichi estava longe de ter vontade de cantar. Sua irmã estava sentada à beira da janela, olhando serena o porto e a lua. Seu traje de borboleta púrpura vibrante, a faixa de musselina amarrada às costas e a sola branca brilhante da meia nova faziam-no lembrar o zarpar do dia seguinte.

A filha do senhor Mugihara brincava com um jogo de barbante com o irmão menor, em silêncio. O filho do senhor Oizumi massageava o ombro de sua mãe sorridente.

– Sabe, meu marido, né – disse a esposa do senhor Mugihara –, quando fica bêbado, não sossega enquanto não cantar a canção do peão.

– Ora, então não podemos deixar de ouvir. Vamos lá, fique logo bêbado para cantar para a gente.

Então, o senhor Oizumi encheu generosamente o copo de alumínio do amigo com saquê.

Do quarto distante, ouvia-se o som do conjunto de gaita. No quarto da família Katsuta havia começado o jogo de cartas, com a participação de jovens vizinhos e até do supervisor e seu assistente. Misturava-se também o som do bandolim. Em algum quarto alguém, sem parar, ensaiava uma luta com os punhos, aos gritos. Havia um homem que caminhava pelos corredores, cantarolando uma canção de bêbados, e também um jovem que assobiava sentado na janela; tudo parecia uma grande noite de prazeres. No entanto escondia-se, em algum lugar, a angústia da véspera do embarque. Tanto aqueles do grupo de cantoria como os jovens embriagados sentiam, no íntimo, um estranho silêncio, ao dar um passo fora dos quartos, que os fazia parar repentinamente de cantar e pensar na própria condição. Assim, a solidão das folhas secas ao vento penetrava-lhes o peito, de repente. Nesse momento as vozes da cantoria soavam insuportavelmente vazias; por outro lado, a alegria parecia interminável. Quanto mais sentiam solidão, mais procuravam saquê; quanto mais profunda a tristeza indefinível, maior era a vontade de se embriagar. Era fraqueza: por não suportarem a tristeza da solidão, buscavam consolo no saquê e nos amigos, procurando apoio ao segurarem suas mãos, desesperados. Por essa razão, o divertimento tomava o rumo de um confuso estado de excitação: o senhor Miura teimava em dançar o *yagibushi*, a dança em homenagem aos finados e, ao tentar alguns passos trôpegos, acabou quebrando o vidro da janela do corredor. Em outro quarto, quando alguns jovens saltavam no corredor para lutar sumô, surgiu um bêbado disposto a fazer o papel de juiz, atraindo espectadores dos quartos vizinhos.

Havia, também, no meio daqueles homens barulhentos, os que ficavam insensíveis à confusão e à tristeza. Era o caso da família Kurokawa. Indiferente ao filho desnutrido e moribundo, o chefe da família esvaziava a sua magra carteira para beber por prazer, fazendo algazarra na companhia de todos. Magoichi estava de pé, junto à irmã, num canto isolado do corredor. Debaixo da janela ouvia-se o som da gaita e avistava-se a iluminação da torre do Hotel Toa. Magoichi aproximou o rosto ao da irmã e dirigiu-lhe a palavra, com a língua enroscada e bafo de saquê:

– O que vamos fazer se não conseguirmos voltar depois de um ano?... A mana tem que voltar logo, né?...

Magoichi era mais alto, e Onatsu parecia alheia ao assunto, contemplando a escuridão externa, como que enfeitiçada.

– Perdão, mana – disse o irmão, com voz trêmula. – É como se você tivesse sido enganada por mim.

Rebentou, do quarto próximo, o coro do hino militar:

"... Aqui, distante centenas de quilômetros da Pátria..."

Um bêbado, que passava no corredor, parou na frente dos dois irmãos e, de repente, começou a cantar:

"... A vida é curta, ama, menina..."

Todos os corredores e quartos transformavam-se num caos de cantoria e embriaguez. E nesse corredor fétido de saquê, o médico vestido de jaleco branco entrava no quarto número vinte e um, do terceiro andar, acompanhado de uma enfermeira. A criança com pneumonia não estava bem.

Magoichi, após pedir perdão e repetir as mesmas palavras para a irmã, babava como um bêbado chorão, dizendo:

– Não posso continuar egoísta mais do que já fui até agora. Mana, faça como você achar melhor, diga-me o que fazer, que vou obedecer você.

Onatsu, por sua vez, continuava sem expressão, e disse a ele para fazer o que quisesse. Era a mesma Onatsu de quando seu irmão lhe cobrou a derradeira decisão, à beira do poço, ao entardecer, sob a neve, em sua aldeia natal. Era uma operária tecelã, de vinte e três anos e maçãs do rosto rubras.

– Perdão, mana!! Prometo que vou trabalhar, estou disposto a tudo para poder voltar o quanto antes.

Um funcionário do alojamento, trajando um uniforme que o fazia parecer um policial, veio subindo a escada, dizendo que estava na hora de apagar a luz e foi andando, apagando as luzes dos quartos onde ainda continuava a cantoria.

Nos quartos escurecidos à força, todos, sem exceção, pensavam na partida do dia seguinte. Afinal, a última noite chegava ao fim.

Magoichi, que tanto perturbara a irmã, acabou adormecendo inocente, embriagado. Os quartos silenciaram totalmente. Onatsu, só, abriu os olhos depois de dar um suspiro. Em seguida, debruçou-se sobre a cama e começou a escrever uma carta ao senhor Horikawa, à luz da claridade que vinha do corredor.

DIA 15 DE MARÇO, ÚLTIMO DIA. Manhã nublada em que soprava o vento frio do norte.

Assim que despertou, ainda deitada no leito, a esposa do senhor Mugihara falou:

– Ah, quem me dera poder ficar aqui assim, para sempre.

Era uma impressão extremamente sincera e sem rodeios; por isso, todos os que a ouviram gargalharam a uma só voz. No entanto, tais palavras espelhavam também o sentimento de todos.

Até mesmo durante o café da manhã predominava um ar de agitação. Após a refeição, todos juntaram as bagagens contendo os objetos de uso pessoal, preparando-se para a partida.

Às nove da manhã soou o gongo no corredor: era a última vez que o ouviriam. Ao sinal, todos os imigrantes apresentaram-se no auditório.

Ali foram entregues, primeiro, as placas com a numeração dos beliches do navio. Em seguida, receberam instruções sobre os cuidados e o plano do cotidiano no navio. Na sequência, foram apresentados o supervisor Muramatsu e seu assistente, Komizu, bem como o comissário do navio, que cumprimentou os passageiros. Por fim, surgiu o diretor do alojamento, com sua linda e alva barba pendendo até o peito, que dirigiu palavras aos imigrantes, enaltecendo suas contribuições no quadro bem-sucedido do desenvolvimento além-mar. Pediu que todos se levantassem, elevou suas mãos enrugadas sobre a cabeça e gritou:

– *Banzai*[16] aos imigrantes contribuintes do desenvolvimento além-mar!

Levados pelo brado, os mais de novecentos imigrantes repetiam em coro os *banzai*. Repetiram por duas e três vezes. Era um *banzai* realmente vigoroso. E, sob aquele ressoar, a criança acometida de pneumonia morreu: errou o caminho para o sul e acabou partindo para o paraíso do oeste, como ensinara Buda. Os pais da criança seguravam firmemente as suas mãos, uma de cada lado, escutavam os passos barulhentos dos corajosos imigrantes que deixavam o auditório descendo as escadarias, tentando entender aquele fado incom-

16. Expressão equivalente ao "viva" do português.

preensível. O que ia nos seus corações estava por demais distante da multidão de imigrantes.

Chegou a hora da partida. Os jovens tornavam a amarrar os cadarços de seus calçados, as mulheres afastavam as madeixas das têmporas, tiravam as bagagens das prateleiras e colocavam-nas nos ombros. Em seguida olhavam ao redor.

– Humm, não esquecemos de nada?

– Se não esquecemos, vamos indo, todos juntos.

Em grupos, cada um mergulhado em seus pensamentos, saíam de seus quartos, formando um fluxo no corredor. Os grupos encontravam-se nas escadas, transbordando e congestionando a entrada principal. Então, caminhões lotados de bagagens grandes, que os imigrantes depositavam, saíam do armazém dos fundos e desciam a ladeira, produzindo roncos ruidosos com seus motores. Os pedestres eram ultrapassados muitas e muitas vezes por esses caminhões e, andando, formavam multidões de carregadores com suas costas curvadas sob o peso das bagagens.

Os irmãos Monma e os Oizumi também formavam um grupo de hóspedes do mesmo quarto. Os homens usavam as medalhas católicas, que brilhavam sobre a roupa cáqui de trabalhador, e suas mulheres e filhas caminhavam incomodadas com os sapatos, desconfortáveis para quem não tinha o hábito de usá-los. Assim, deixaram o alojamento.

Lá fora o vento norte uivava violentamente e, dos dois lados da ladeira de chão avermelhado, já familiar àqueles que ali haviam passado tantas vezes quando iam às compras, os donos das lojas, que se haviam tornado familiares, saíam com um sorriso simpático, a fim de se despedirem de sua clientela.

O supervisor Muramatsu e seu assistente Komizu permaneciam de pé em frente ao alojamento, esperando o carro de aluguel. Muramatsu comentou, olhando o prédio de cinco andares de cima a baixo:

– Ter de construir um prédio tão grande significa o grau de dificuldade que os lavradores estão passando, não...

– Sim, claro, claro – concordou Komizu, olhando o edifício também da mesma maneira.

Lá no alto, podia-se avistar as mulheres que haviam sido contratadas para a limpeza, já iniciando seus trabalhos. Duas horas mais tarde, o alojamento ficaria totalmente limpo e teria as portas dos quartos trancadas e suas janelas cerradas, exceto o quarto número vinte e um, que abrigava um defunto e sua triste família.

As lojas em frente ao alojamento perderam toda a clientela, e metade delas fechou as portas. Tudo ali se tornara deserto. Tudo estava vazio.

Assim, os lavradores tiveram seus destinos selados. No entanto, dali a dez dias, todas as portas e janelas se reabririam para receber outros mil imigrantes.

Quando o carro chegou, os dois fiscais pegaram suas malas e entraram. O cortejo dos caminhões ainda continuava. O carro entrou também no mesmo cortejo e começou a descer a ladeira. A sineta da edição extra do jornal soava, atravessando a fila de carros.

– Sobre que assunto será a edição extra? Será sobre a Conferência da Redução dos Armamentos em Londres? – disse Muramatsu.

– Provavelmente. Viu o jornal de hoje? Os EUA estão cedendo na questão do controle do navio suplementar.

– Humm. De qualquer maneira é um mundo problemático. Eu o odeio. Não tenho o mínimo interesse na redução dos armamentos.

– Está sabendo da prisão de Tsurumi Taisuke ontem em Osaka?

– Ah, é? E por quê?

– É o caso Meiseikai. Ah, o Satake Sango também foi preso. Acho que foi antes de ontem.

– Tomara que todos eles sejam presos. Nem me importo – disse Muramatsu, como que mandando tudo às favas. – Vou também aprontar alguma coisa – e gargalhou.

– Não concorda comigo? No mundo de hoje é mais esperto aquele que ganha dinheiro, mesmo que burle a lei.

Komizu riu junto também. Mal acabara de rir, viu o perfil de Onatsu cruzando à sua frente; foi por um instante, trajava um vestido verde, mas logo foi ficando para trás.

– Que cidade mais maçante é Kobe – comentou Muramatsu. – O alojamento também foi maçante.

– É verdade – respondeu Komizu, absorto. "O rosto daquela mulher estava vermelho em contato com o vento frio", pensou. O carro atravessava sob o viaduto da estação San'nomiya. O trem passou sobre suas cabeças, fazendo um barulho estrondoso.

Onatsu caminhava com o grupo de pessoas do mesmo quarto. A mão que segurava a trouxa estava congelada, e o vento desalinhava seu cabelo solto, sem chapéu, caindo sem parar sobre o seu rosto. Guardava no bolso a carta endereçada ao senhor Horikawa. Pensava em postá-la durante o caminho mas, para isso, havia olhares demais; estava cercada pelos colegas de quarto. Além disso, seu irmão não desgrudava dela. "Volto em três anos. Espere por mim até lá", mas continuara: "Se não voltar em três anos, case-se com outra pessoa. Eu desistirei de você". Para Onatsu, tais frases traduziam o limite de sua capacidade de expressão. Um caminhão ultrapassou-os de novo. Magoichi disse, rindo, à irmã:

– Mana, olha, aquele automóvel carregava nossas bagagens!

Onatsu baixava o olhar cada vez mais. Sentia quase uma vertigem, tamanha a saudade que minava do fundo de sua alma pelo apego que tinha por sua aldeia. A despreocupada mulher do senhor Mugihara emparelhou-se ao seu lado e disse:

– Prefiro mil vezes o tamanco, como quer que caminhe com o calcanhar esfolado?

Deixou passar de novo a caixa de correio vermelha, sem postar a correspondência; ela perdia cada vez mais a vontade de enviá-la. O inelutável da realidade, misturado com um suspiro, enchiam o coração daquela mulher.

Ventava muito no terceiro cais; era o vento que soprava no início da primavera. Entre os mastros amarelos fincados e expostos ao vento frio do mar, atravessava um varal de bandeiras de vários países, que ondulavam horizontalmente ao vento forte. Em meio à bandeira estampada com a letra "O", de Osaka Shosen (Navio Mercante de Osaka), tremulavam a bandeira verde-amarela da República do Brasil e a bandeira azul sinalizadora da partida.

Na proa daquele navio gigante, que flutuava com uma faixa branca atravessando o ventre negro e robusto, havia a inscrição do nome do navio, nas escritas japonesa e inglesa: "La Plata Maru".

Um braço de guincho cortava o vento ao içar as enormes bagagens dos imigrantes, do cais ao convés. Passando por baixo dessa operação, os imigrantes concentravam-se nas imediações do passadouro de embarque para apresentarem seus passaportes para uma rápida inspeção. O cais estava congestionado de gente, era quase impossível trafegar ali. Os vendedores de frutas, gasosas, serpentinas e outras miudezas costuravam com habilidade por aquela multidão. Os imigrantes que tinham seus passaportes examinados subiam ao passadouro e ficavam de pé no convés, uma vez que foram proibidos de descer do navio. Não havia mais possibilidade de pisar em terra japonesa. O próximo porto onde o navio iria atracar seria o de Hong Kong.

Os imigrantes que embarcavam no navio, após perambularem perdidos, carregando as bagagens nos ombros, quando finalmente encontravam a escada que conduzia aos compartimentos, desciam. Surgia, então, um compartimento enorme, iluminado com cinco ou seis lâmpadas de carbono, e com grades de ferro em dois andares contornando as paredes, lembrando gaiolas de pássaro. Eram os beliches. Havia quatro desses compartimentos, os quais acomodavam de cento e oitenta a duzentos e vinte pessoas.

Esses compartimentos, transformados em quartos, nada mais eram do que porões localizados sob o convés principal, forrados de placas de ferro por todos os lados, com cinco janelas circulares de cada lado do navio. No centro daquele quarto havia a escotilha de um outro porão, que ficava no andar inferior; agora, a superfície daquela escotilha teria uma nova função: seria transformada no refeitório dos imigrantes e, também, na sala de lazer e fumo.

Mal entrou nesse local, o senhor Oizumi disse:

– Ora, mas isso parece mais um depósito.

No entanto, esmagado e deslumbrado pelo enigmático interior do navio que vira pela primeira vez, não tinha uma noção clara de que iria dormir e acordar durante quarenta e cinco dias naquele lugar. Mesmo que houvesse alguém que pudesse discorrer sobre tal realidade, logo se calaria ao lembrar-se da honra em viajar com a passagem paga pelo imperador, bem como as refeições, no alojamento.

A etapa seguinte, que seria a de encontrar o número do beliche, era a que exigia mais perseverança. Entretanto, o grupo do senhor Oizumi estava distribuído em um bloco só.

Assim que encontraram as respectivas camas, acomodaram seus pertences nos arredores, e só depois tiveram a preocupação de reconhecer seus vizinhos. Depois, circularam pelos corredores e pelas escadas para averiguar como seria viver os próximos dias no navio.

A família do senhor Katsuta alojara-se em um pequeno quarto especial da terceira classe, dividindo o espaço com o senhor Horiuchi, que viajava pela segunda vez.

Aquilo se devia ao tratamento diferenciado dispensado aos imigrantes investidores. E o assistente de supervisor Komizu também acomodou-se no quarto vizinho, de condição semelhante. O balanço do navio era sentido menos nesses quartos, e as camas eram de armação de madeira, não de ferro. Quanto ao supervisor Muramatsu, alojara-se em uma cabine branca da primeira classe, com uma vista maravilhosa, localizada na popa, que tinha guarda-roupa, balcão para lavatório com espelho e, ainda, direito a um mensageiro exclusivo que, a um toque de campainha, vinha atendê-lo prontamente. Muramatsu mandou servir chá preto para recepcionar as sete ou oito pessoas de suas relações da empresa e amigos que vieram despedir-se dele. Ocupava-se, ora apertando as mãos das visitas, ora recebendo cumprimentos de despedida.

O bebê desnutrido foi recolhido na enfermaria, que ficava na popa. O médico de bordo, ao lançar um primeiro olhar a ele, zangou-se, ao invés de ficar pasmo. Saiu da enfermaria muito irritado e, ao deparar-se com o comissário de bordo que bajulava uma dama americana, passageira da primeira classe, foi comunicando:

– Não posso me responsabilizar pela vida daquela criança. Nunca vi estupidez tão grande!

– Bem, não sei o que dizer... – disse o comissário, não sabendo o que fazer, mais em relação à indignação do médico do que com a situação do bebê.

Soou o primeiro gongo de partida do navio. Eram três e meia da tarde.

Ao ouvir o gongo, os imigrantes que se encontravam nos quartos subiram ruidosamente ao convés no navio. Alguém lançou uma serpentina vermelha em direção ao cais. Como se aquilo fosse um sinal, incontáveis fitas violetas e amarelas começaram a voar desordenadamente, em sentidos vertical e horizontal. O vento marítimo soprava de encontro ao navio e suspendia a rede de serpentinas.

No cais enfileiravam-se de trezentos a quatrocentos alunos de uma escola primária próxima ao porto e, todas as vezes em que um navio de imigrantes desembarcava, vinham prestar homenagem, revezando.

As crianças, felizes em ver a partida de um navio gigante, disputavam para pegar as serpentinas que os imigrantes lançavam. A grande maioria dos imigrantes nem tinha parentes ou amigos para se despedir.

Onatsu, aproveitando a confusão, afastou-se de seu irmão e caminhou só em direção ao convés, do lado oposto ao cais, local frequentado apenas por comissários de uniforme branco, que atravessavam o local como que escorregando, apressados, além de alguns imigrantes que apareciam esporadicamente perdidos no corredor. Lanchas deslizavam, expelindo fumaças em círculo. Gaivotas sobrevoavam a água como pedaços de papel ao vento. A lancha deixava um rastro branco sobre a água. Na parte lateral do navio havia um enorme buraco, de onde jorrava água, como uma catarata.

Onatsu tirou do bolso a carta endereçada a Horikawa, aquela que acabou não enviando e que, naquele momento, pensava já não ter sentido postar. "Partirei com a falsa promessa de voltar em um ano. Já que era impossível pedir que esperasse por três anos...". Ouvia-se o alvoroço do outro lado do convés, tão próximo como a distância de sua mão.

Passou alguém que parecia ser um oficial da Marinha, pelo traje com detalhe dourado nas mangas. Onatsu arremessou a carta do parapeito, sem rasgar, intacta, com envelope e tudo; a carta adquiriu uma cor azulada ao bailar ao vento norte, e caiu na água densa e oleosa. "Senhor Eiji Horikawa, de Natsu Sato, adeus". O vento brincava com a mecha do cabelo desprotegida do chapéu que lhe batia no rosto.

Goong, goong, começou a soar o segundo gongo de partida. Ele vinha se aproximando, rodando pelo corredor. Onatsu, como que perseguida pelo gongo, retornou à companhia dos demais.

Aquele convés estava tão cheio de gente que impedia a passagem. O mensageiro de uniforme branco gritava, aos berros, abrindo caminho, às cotoveladas, por entre a multidão:

– Por favor, os que vieram se despedir desçam do navio, desçam imediatamente!!

Surgiu então um coro de *banzai*. Um coro que soava como uma grande onda. Um grito do qual nem se podia identificar as palavras.

A malha das serpentinas formada entre as costas do navio e o cais tornava-se, a cada minuto, mais fina.

A velha Monma estava de pé, escoltada por seus filhos. Katsuji entregou na mão de sua mãe um rolo de serpentina, mas ela não mostrava nenhum entusiasmo. Os filhos do senhor Katsuta competiam, aos gritos, para ver quem conseguia lançar serpentinas mais longe.

A banda começou a tocar. Então, as crianças da escola primária, que enchiam o cais, soltaram as bandeirinhas até então enroladas. Era a bandeira do sol nascente. E, sacudindo-as vigorosamente, começaram a cantar, acompanhando a banda:

"Avante, companheiros, além-mar
Ao Brasil, terra prometida,
Conquistar fortuna desconhecida
Eis o corajoso desbravador".

As vozes melódicas transformavam-se em uma bela e grande ressonância, e subiam pelos lados do navio em meio ao uivar do vento. Então, os imigrantes começavam a gritar os *banzai* em uníssono; simplesmente começaram a gritar. Em meio a esse barulho ensurdecedor, Onatsu reconheceu a voz do irmão:

– Mana, venha, venha cá.

E o irmão empurrou-a para frente, abrindo caminho à força por entre a multidão. Emocionado, gritou ao seu ouvido:

– Mana, joga isso.

Entregou-lhe uma serpentina vermelha. No entanto, a irmã relutava em lançá-la. Ele insistia dizendo: – Joga, joga.

– Para onde vou jogar? – disse em voz baixa.

– Qualquer lugar, qualquer merda de lugar. Joga pra aquele lado. Qualquer lugar, joga pro Japão, é isso mesmo, joga pro Japão! – respondeu e gargalhou.

Onatsu arremessou, mas a serpentina caiu e enroscou em meio à malha de serpentinas, e era impossível enxergar se alguém havia conseguido pegar a outra ponta.

Quatro ou cinco mensageiros do navio removeram o passadouro de embarque. E fecharam o portão do alcatrate.

– Tem mais aqui, joga essa também.

O irmão ofereceu-lhe a serpentina roxa. Onatsu jogou-a também. "Adeus, senhor Horikawa!"

Soou o terceiro gongo de partida. Eram quatro da tarde.

A grossa corda amarrada no cais foi solta: o navio estava livre. A hélice começou a girar. Uma espuma branca começou a boiar na parte traseira do navio. Os escolares cantavam agora com maior intensidade. No convés, soavam freneticamente os gritos de *banzai*. A rede das serpentinas tornara-se mais apertada e, agora, mais parecia uma superfície, impedindo a visão da outra ponta. O polêmico senhor Katsuta também levantava os braços para berrar os *banzai* várias vezes. Seus filhos já estavam roucos. O senhor Horiuchi, ainda com a bandagem na cabeça, movia sua cabeça ainda imobilizada e dizia ao senhor Katsuta:

– Só de pensar que não preciso mais voltar ao Japão, sinto-me livre. É verdade, sim. O Japão me sufocava!

Magoichi, que estava ao lado, olhou de relance para aquele homem enfaixado. "Um homem que detesta o Japão, tenho nojo de gente assim", pensou. De repente, pensou em si próprio, fugindo do alistamento militar. "Não, não estou fugindo", pensou, mas sentia-se sufocado pois, no íntimo, algo dizia que o estava fazendo.

Quando percebeu, a distância entre o navio e o cais parecia ter aumentado. A superfície densa de água oleosa começou a estender a sua dimensão.

"Ei, já está andando!!", alguém gritou. Então, os *banzai* começaram a ficar ainda mais frenéticos. As serpentinas começavam a se esticar ao sopro do vento. Aquelas que haviam se esticado ao máximo começaram a se romper, uma após a outra. As malhas eram rasgadas à força, com grande fragilidade, desenhando um arco ao vento norte. Quando a última serpentina se rompeu, o navio já havia se afastado por quase quarenta metros. Ao aumentar a distância, os gritos de *banzai* atingiam o limite máximo da voz.

O senhor Miura, o cantor, gritava com a voz já rouca. Não era de alegria, nem de comemoração, mas apenas expressava emoção. E pelo rosto escorriam fios de lágrimas.

Ao afastar-se da margem, o navio começou a mudar de direção. Então, os imigrantes continuaram gritando, mudando para a popa do navio. As bandeiras do sol nascente ondulavam na costa, e o coro musical ainda atravessava as águas, formando uma grande ressonância. Pouco a pouco, os gritos de *banzai* adquiriam, no íntimo dos imigrantes, um tom histérico de dor e de tristeza.

Então, as lágrimas começaram a jorrar intensamente. Duas lanchas aproximaram-se para prestar uma última homenagem de despedida. Gaivotas começaram a bailar sobre o céu, na parte traseira do navio. A ressonância do motor começou a vibrar no chão do convés.

O senhor Oizumi parou de gritar, ao perceber o tom doloroso do seu *banzai*. Então, o senhor Mugihara, que estava ao seu lado, também se calou, e enxugou os olhos em silêncio. Assim, os gritos de *banzai* foram perdendo o ânimo, um após outro. Todos seguravam em suas mãos um pedaço de serpentina. Magoichi, ao parar de gritar, suspirou fundo; afinal, agora não seria mais preso. Não teria mais de cumprir o serviço militar. Aliviado, olhou ao redor: não viu sua irmã. Ficou nas pontas dos pés e procurou de novo pelos arredores, mas ela não estava. Ele começou a caminhar, empurrando a multidão. Metade dos homens ainda gritava. Encontrou logo o senhor Oizumi:

– Não viu minha irmã?

– Não vi, não.

De novo, ele mergulhou na multidão. Dessa vez, viu Komizu conversando com o supervisor Muramatsu.

– Seu supervisor, não viu a minha irmã?

– Não, não vi. Eu estava lá em cima na primeira classe até agora – disse Komizu.

Magoichi começou a ficar preocupado. E experimentou chamar, – Mana... – Ouvia-se as cantorias que ainda vinham do cais, mas que se tornavam cada vez mais distantes e interrompidas, misturando-se ao vento e à ovação de "vivas" do navio. De repente, soou a sirene do vapor, estremecendo o corpo inteiro da embarcação. Quando terminou de tocar, ainda o eco soou de longe.

– Yoshizo, não viu minha irmã?

Yoshizo virou-se para Magoichi, com sua medalha católica reluzente:

– Não sei. Não estava perto de você agora mesmo?

Magoichi acelerou os passos. Atravessou a multidão e, quando chegou no fim do corredor, desceu a escada num salto:

– Mana!

Aproximou-se das camas designadas a eles e viu. Onatsu estava aos prantos atrás da cama, meio caída no chão, meio apoiada sobre a mala de vime.

– Mana!

O irmão gritou, como que vomitando suas entranhas, e segurou o ombro da irmã. Estava extremamente triste e irado. Lágrimas vieram de uma só vez.

O som do motor vibrava a placa de ferro do chão, *dadaá, dadaá*... A onda que se quebrava do lado de fora da janela redonda no alcatrate externo fazia-se ouvir alto, *zazá, zazá*... A velocidade do navio aumentava.

2. *Rota dos Mares do Sul*

FOI O ÚLTIMO ADEUS ao Japão, quando duas lanchas de despedida e seis ou sete gaivotas, que voavam sobre a popa, desistiram de acompanhar o navio e retornaram. A embarcação contornou a ponta da doca e deixou o porto. Atrás da popa formava-se um rastro branco de ondas sobre o mar, e pedaços de serpentinas, em cinco cores, tremulavam do parapeito. O navio deu uma volta no Estreito de Kidan e, lentamente, foi seguindo em direção sul-sudoeste.

A parada seguinte seria em Hong Kong. Ainda no início da primavera, a superfície do mar era fria; e, ao crepúsculo adiantado, as ondas começaram a escurecer rapidamente. Os cumes das cordilheiras escuras de Rokkô foram desaparecendo sob o céu, e as luzes da cidade de Kobe, gradativamente, iam se reduzindo. As pontas das serpentinas, que os imigrantes haviam amarrado nos parapeitos, como última ligação afetiva com a terra natal, estavam sendo desatadas pelos marujos e lançadas ao vento norte. Instantes depois o navio, como que livre do peso do Japão, aumentou a velocidade. O vento estava forte, e o navio balançava.

O dormitório triangular e pontiagudo que ficava à frente de todos era o A.F. Ali estavam cerca de trinta imigrantes de Hokkaido. O dormitório seguinte era o A, onde havia cerca de duzentos imigrantes, provenientes de Aomori, Akita e Iwate. Já no dormitório B foram alojadas duzentos e quarenta pessoas provenientes de Fukushima, Niigata, Nagano e Kanagawa. No centro do navio havia sete pequenos quartos, destinados aos imigrantes empreendedores; cada quarto comportava de cinco a dez pessoas. O dormitório D era destinado aos imigrantes provenientes de Shiga, Hyôgo, Okayama e Hiroshima, totalizando duzentos e trinta pessoas, e no último dormitório estavam mais de duzentos imigrantes provenientes da ilha de Kyushu. Os dormitórios A.F e o último – o E – localizavam-se nas duas extremidades do navio, onde os solavancos eram bem mais fortes. Ao iniciar o percurso, todos os que ali estavam começaram a passar mal. O dormitório C, do centro, ficava próximo à casa das máquinas, e o barulho do motor estremecia os travesseiros.

Às cinco da tarde começava a refeição. Na entrada para os dormitórios havia um alçapão, que normalmente ficava fechado com uma tampa feita de tábua. Sobre ela havia mesas enfileiradas e bancos de madeira: este era o refeitório dos imigrantes. As pessoas de cada dormitório, divididas em três grupos, faziam três refeições ao dia: um pedaço de peixe salgado, um talo de espinafre e cozido de cevada.

O teto de chapa de ferro, preso com parafusos, estava fosco, e as lâmpadas de carbono sobre as mesas iluminavam de maneira ofuscante. Ao redor das janelas existiam inúmeras camas, que davam um aspecto de gaiolas amontoadas e, dos fundos escuros e úmidos, ouvia-se sons desagradáveis de gargantas de pessoas que passavam mal com os solavancos do navio.

– Mana, não quer ir comer? – disse Magoichi, passando a mão no ombro de Onatsu, que estava deitada na cama de grade de ferro. A irmã balançou levemente a cabeça. Estava coberta até as maçãs do rosto, e sua testa, à mostra,.estava pálida.

– É melhor comer, senão vai se sentir pior.

Onatsu nada respondeu. Desde a partida do navio ela se refugiara, chorando, naquele quarto, e nada dissera até então. Na cama acima da sua estava a velha Monma, gemendo de enjoo, que também se mantivera muda desde o embarque.

Magoichi se afastou da irmã e dirigiu-se à mesa da refeição. Ali estavam Yoshizo, Katsuji Monma e outros, fazendo suas refeições afoitos, sem nada sofrer do efeito do enjoo. O *hashi*[1] que se dirigia para o peixe foi parar no espinafre no momento em que o navio se inclinou.

– Ei, o meu *hashi* está desviando.

– Não consigo pegar esse peixe, será que ainda está vivo?

Dois ou três marujos, vestindo apenas uma camisa, passaram correndo entre o quarto e a cozinha. O senhor Oizumi convidou o senhor Mugihara, que estava no mesmo dormitório, e os dois tomavam uma garrafa de saquê frio.

– Se estiver enjoado, o melhor remédio é saquê. Se ficar embriagado com saquê, não fica enjoado com o solavanco do navio. Enjoo com embriaguez ficam quites.

– Enjoo com embriaguez não tem efeito dobrado.

– Isso mesmo, um anula o outro, é a melhor coisa. Melhorou, senhor Mugihara?

– Ah! Parece que melhorei um pouco, mas para chegar até o Brasil teremos quarenta e cinco dias, e se tomarmos saquê todo esse tempo, não vamos aguentar.

– Que nada, para mim saquê é sempre bem-vindo, muito bem-vindo. Há, há, há...

O refeitório do dormitório C, que era a terceira classe especial onde estavam alojados os imigrantes empreendedores, localizava-se no andar de cima, de onde era possível visualizar as luzes da ilha de Shikoku, através das janelas redondas. A refeição desse local, que era

1. Palitos utilizados como talheres.

um pouco melhor, estava começando. Ao lado dos Katsuta, uma família de posses, estava Komizu, o assistente do supervisor, mexendo em seu bigode ralo e comendo o cozido de cevada. Ao seu lado fazia a refeição o senhor Horiuchi, que estava com parotidite, e a família Kanuma, que viajava ao Brasil pela segunda vez. O senhor Kakutaro Kanuma era proprietário de uma considerável área de terras no Brasil; ou seja, era um vencedor. Levava os pais, que ainda continuavam trabalhando na lavoura no Japão, para que pudesse cuidar deles; assim, juntamente com a esposa, voltou à terra natal, e agora estavam naquele navio, em quatro, atravessando o mar rumo ao Brasil. O pensamento de buscar os pais idosos no Japão era o de criar raízes no Brasil. Mesmo que conseguisse êxito com o café, enquanto seus pais estivessem vivendo no Japão, o sentimento de apego ao país natal não iria sossegá-lo. Depois de levá-los do Japão, o Brasil iria se tornar a sua terra natal; portanto, para ele, aquela viagem significava separar-se definitivamente do Japão. Dessa forma, os imigrantes enraizavam-se profundamente na colônia e ali se estabeleciam. Aquele que levava o pai idoso era o mais decidido; no entanto, do olho esquerdo de Kyobei Kanuma lágrimas escorriam sem parar. O médico de Kobe preocupou-se, pensando que fosse tracoma mas, ao examiná-lo, constatou que se tratava de um olho postiço de vidro. Kyobei Kanuma era idoso, próximo dos setenta anos, mas era alto, de constituição óssea firme, e ainda poderia trabalhar perfeitamente como lavrador. O velho estava com uma roupa de trabalho de cor cáqui, mas sob aquele uniforme, era possível imaginar um trabalhador rural de traje xadrez típico dos camponeses, pois trazia o corpo como que impregnado de terra. Ele comia, em silêncio, olhando somente para o prato e a tigela. Seu filho Kakutaro tentava puxar conversa mas ele, que já estava com dificuldades de audição, não lhe respondia. Aquele grupo possuía condições financeiras um pouco melhores do que os demais imigrantes, mas o cardápio era o mesmo: um pedaço de peixe salgado e um talo de espinafre.

No andar superior a todos havia o restaurante da primeira classe, onde várias mesas, silenciosas, estavam postas com toalha branca; dos lustres do teto pendiam armadilhas para repelir pernilongos. Ali estavam os rapazes Tomita e Miyai, que haviam sido enviados para a América do Sul pelo Ministério dos Negócios de Imigração e Colonização, e também um tenente da marinha, que estava sendo enviado para Hong Kong. Sentados junto a uma mesa, saboreavam elegantemente lagosta frita, bife grelhado à moda do interior, entre outras iguarias, enquanto na mesa do comandante do navio, Muramatsu – o supervisor dos imigrantes –, parecia um pouco afoito, passando manteiga no pão e comendo apressado. Ao terminar a refeição, ele e Komizu dirigiram-se à sala do chefe do escritório para os cumprimentos. O chefe era um homem de cerca de 34 ou 35 anos de idade, bem extrovertido, que não fugia à regra dos marinheiros que haviam estado na Alemanha após a Primeira Grande Guerra. Muito à vontade e com uma expressão de extrema autoconfiança, ofereceu-lhes uísque com chá, e começaram a conversar. Aos dois foi atribuída uma sala denominada "escritório dos supervisores", de cerca de seis metros quadrados, que ficava ao lado da sala do consultório médico, e ficou combinado para que iniciassem imediatamente os trabalhos.

Às oito da noite foi determinado que todos os chefes de família se reunissem no refeitório especial da terceira classe. Entretanto, das duzentas e nove famílias, apenas cinquenta e três compareceram; dentre os ausentes, uns diziam estar enjoados, outros arriados pela gripe desde Kobe. Durante a reunião houve a apresentação do comandante e dos tripulantes de alta categoria, e também um comunicado por parte do médico sobre a vacinação contra o cólera, que seria feita a partir da manhã do dia seguinte. Além disso, os funcionários administrativos discorreram sobre os cuidados que deveriam tomar no cotidiano do navio: economia de água potável, ordem para o banho, mecanismos de uso do toalete, local e horário de lavagem das roupas. Depois disso, o supervisor Muramatsu salientou que, para os dormitórios A, B, D e E, deveriam ser indicados, dentre os imigrantes, um chefe e dois subchefes para cada quarto, os quais estabeleceriam relações com o supervisor para ajuda nos trabalhos.

Veio a primeira noite de viagem e, do lado de fora da janela circular, estendia-se o mar escuro. Na linha do horizonte cintilava o brilho prateado da lua, que acabara de despontar, como que flutuando sobre a água. Uma vez que se via a lua à esquerda da popa, deveriam estar navegando pelo estreito de Kidan, rumo ao sul da ilha de Shikoku. A vibração do motor a diesel ecoava pelos travesseiros, e a noite tornava-se difícil para os imigrantes. Em um canto escuro do dormitório A, o senhor Oizumi roncava alto, sem demonstrar qualquer mal-estar. Magoichi, sem conseguir dormir, retirou um estojinho de baixo do travesseiro e acendeu o cigarro. Ao seu lado estava Onatsu e, sobre seus olhos, o fundo da grade de ferro da cama onde dormiam os membros da família Monma, bem próximos à sua cabeça. Aquela cama não era, absolutamente, mais confortável do que a da hospedaria de Kobe.

– Quanto será que já navegamos? – perguntou Onatsu. Ela também não estava conseguindo dormir. "Adeus, Japão! Quanto devemos ter nos distanciado de Kobe?" Vinham-lhe à memória as figuras dos alunos da escola primária, que cantaram para os imigrantes a música da despedida, no cais do porto. As crianças ingênuas e sem pecado que, daquela forma, deram o adeus. Surgia-lhe também a imagem da tristeza daquelas pessoas que estavam indo embora para um outro país, sem retorno. A grandeza do mundo a sensibilizava.

– Pois é, deve ter navegado de duzentos a duzentos e quarenta quilômetros.

O pensamento jovial do irmão mais novo não conseguia perceber, nas palavras da irmã, um grande sentimento de tristeza. No momento da partida, ao ver a irmã chorar sentiu, pela primeira vez, Onatsu como um peso. Até então ela atendia aos seus caprichos sem reclamar, até coisas quase impossíveis. Apesar de Magoichi ser atencioso com a irmã, na realidade abusava de sua benevolência. Passar por noiva de Katsuji – com este usando o sobrenome dela –, ir ao Brasil, resignar-se ao casamento com o senhor Horikawa, a tudo ela cedera em favor dele que, por sua vez, não percebia o próprio egoísmo. No entanto, ao vê-la chorar em Kobe, pela primeira vez, ele sentiu necessidade de saber com que pensamentos ela saíra do Japão. O irmão percebeu uma grande carga de responsabilidade perante a irmã, e era-lhe quase impossível visualizar um meio para compensá-la; assim, começou a sentir Onatsu como um peso. Com isso, não conseguia mais continuar sendo egoísta; muito pelo contrário, pois qualquer palavra que lhe era dirigida pela irmã pesava-lhe como uma censura.

– O próximo porto onde irá atracar será no Japão ou no estrangeiro? – perguntou Onatsu, depois de algum tempo. Mesmo que fosse um porto no Japão, não haveria motivos para se animar, pois nada se conheceria dali; mas pensou que talvez pudesse, mais uma vez, lamentar a despedida do Japão. Magoichi, como que traindo a esperança da irmã, disse:

– É outro país, disseram que chegaremos no dia 20.

Onatsu sentiu um vento frio trespassando seu corpo, enrolou bem o pescoço com o cobertor e encolheu as pernas na cama estreita. O porto seguinte a atracar, fosse ele estrangeiro ou não, não teria qualquer diferença para ela. Não só para Onatsu, mas para todos os imigrantes daquele navio, os quarenta e cinco dias de viagem marítima seriam uma página em branco em suas vidas. O objetivo era a vida cotidiana no navio e a fazenda no Brasil, chegando a um destino que não passava de algo sem significado. Bastaria chegar com saúde; seria, portanto, um período cansativo. Ouviam as ondas e sentiam o enjoo do mar, que interrompiam o sono; por outro lado, pensando que pouco a pouco aproximavam-se de seus destinos, acabavam alimentando algum sentimento de esperança.

Na manhã seguinte, ao se levantarem das camas desconfortáveis e esticarem seus ombros e peitos enrijecidos, os imigrantes diziam: "Bem, ainda faltam mais quarenta e quatro dias".

MENOS DA METADE das mesas para a refeição matinal estava ocupada. A vida estranha do navio fez com que muitos perdessem o apetite.

A partir das nove horas começou a vacinação contra o cólera. Cada vez que um navio de imigrantes partia, os médicos, acompanhados de duas enfermeiras, embarcavam de Kobe até Hong Kong; seguindo a ordem, começaram as aplicações a partir do quarto A.F. No total, seriam aplicadas injeções em 949 pessoas; sem se importarem se as pessoas estavam com enjoo ou gripe, iam espetando as agulhas. A esposa do senhor Mugihara, ao ser levantada à força, imediatamente vomitou sobre a cama. A vacinação terminou às duas da tarde.

No período da tarde, os trabalhos se intensificaram: constituiu-se a Associação de Jovens, e houve uma festa de inauguração; à noite, foi formada a Associação de Senhoras, quando também houve uma outra festa. O senhor Muramatsu encarregou-se do comando e, dentro da associação de moços, foram designados os responsáveis pelos diferentes setores, a fim de se organizar a manutenção interna do navio: setores de saneamento e disciplina, de atividades físicas, cultural e artístico, e de comunicação. O filho do senhor Katsuta foi indicado chefe do setor cultural e artístico, e Momono, o marido pró-forma de sua irmã, o membro diretor. Magoichi foi designado membro diretor do setor de saneamento e disciplina, e passou uma faixa cor-de-rosa em volta do braço (um tipo de braçadeira, com diferentes cores, que indicava cada comissão). Ao serem definidos os responsáveis, imediatamente o setor cultural e artístico, usando um mimeógrafo do escritório do supervisor, começou o trabalho de impressão do jornal interno do navio. Era o informativo *La Plata*, do qual constavam os discursos de felicitação da partida, do supervisor, e também os cuidados da vida cotidiana dentro do navio.

Como presidente da Associação de Senhoras, foi designada a senhora Matsumoto, de cerca de trinta anos, ex-funcionária de uma indústria em Shinshu. Era a segunda esposa de um homem que era pai de uma criança, e com quem estava viajando. Para auxiliar a presidência foram designadas doze conselheiras, e Onatsu foi incluída no grupo. Ao terminar a reunião as diretoras, portando pás e vassouras, começaram a limpeza dos dormitórios. Ficou definido que, gradativamente, seriam abertos diferentes cursos que serviriam para oferecer noções necessárias às vidas cotidiana e futura. Primeiro seria o curso de panificação, a ser ministrado por um padeiro do navio. Depois, o de método prático para costurar roupas ocidentais simples; ficou acertado que tal curso seria ministrado por um homem, dentre os imigrantes, que conhecesse as técnicas de confecção de roupas ocidentais para adultos e crianças, e que inclusive tivesse uma máquina de costura de mão. Com a constituição da Associação de Senhoras, o assistente de supervisor Komizu, de repente, animou-se. Com jeito esnobe e ar formal, começou a falar:

– Dentro de pouco tempo, vou dar início ao curso de condicionamento físico, e aqueles que se interessarem, devem aprender sem falta. Será muito útil em emergências no Brasil, onde há poucos médicos. Eu estudei as técnicas por dois anos e tenho diploma; por isso, estou habilitado a ensinar qualquer pessoa.

Essa promoção pessoal de Komizu não agradou ao chefe:

– Ei, você, o que é essa tal técnica de condicionamento físico? – perguntou do escritório, como que caçoando.

– É a técnica de condicionamento físico, não conhece?

– Não sei, seria uma espécie de massagista?

– Não, é diferente de massagem. É para massagear os nervos.

– Então é massagem.

– Não é, massagista massageia os músculos.

– Massageia também os nervos. Está bem, mas de qualquer modo não invente vários cursos por sua conta, e peça primeiro a minha autorização!

– Sim, mas esta técnica deve ser ensinada sem falta, senão vão ter problemas após a colonização.

– Que nada, não vão ter problemas, não – falando assim, o chefe deu uma risada debochada.

Terminados os trabalhos de um dia e, finalmente, organizada a vida dentro do navio, os dois supervisores estavam exaustos. Muramatsu, ao final, foi à sala do médico, e perguntou pela situação da saúde dos imigrantes, anotando no caderno de apontamentos:

1. Tracoma (pessoas que necessitam de tratamento) – 123
1. Bebê com desnutrição – 1
1. Nefrite – 1
1. Parotidite – 2
1. Influenza – 33
1. Mulheres grávidas – 16

No quarto do hospital estavam internados a criança desnutrida da senhora Kurokawa, e um homem chamado Yamashita, com nefrite.

No Brasil, o beribéri estava sendo tratado como qualquer outra doença transmissível e, portanto, era proibida a entrada no país de pessoas com tal doença; por isso, aquele que na realidade estava com beribéri estava sendo tratado como se estivesse com nefrite – assim prestou explicação o médico.

Muramatsu voltou ao seu quarto, a fim de escrever o diário de supervisão daquele dia. A situação das associações de moços e senhoras, e a perfeita organização interna do navio, tinham de ser relatadas com ênfase. Quanto à situação da sanidade, no momento, era melhor que fosse relatada como ruim para que, à medida que o tempo fosse passando, melhorasse. Para empresa pessoal, tal tática serviria como fonte de informações importante, e influenciaria no aumento de seu salário e na sua ascensão no posto de trabalho.

Ao redor das onze da noite, Komizu ajudava o membro do setor cultural na reprodução de informações no mimeógrafo, quando um rapaz com a braçadeira do setor de saneamento, chamado Yokoi, entrou correndo:

– Senhor supervisor, venha cá um momento!

– O que foi?

– Há uma pessoa sem cama.

– Pessoa sem cama? Mas foi contado o número de pessoas e as camas foram distribuídas de acordo. Qual é o dormitório?

– Está dormindo junto ao restaurante da terceira classe especial.

Komizu, torcendo os lábios, saiu afobado para verificar.

Sobre um banco duro do restaurante da terceira classe especial, um menino de cerca de dez anos estava sentado, enrolado em um cobertor, e ao seu redor cinco ou seis imigrantes observavam, calados.

– É você? Onde é o seu quarto? – perguntou Komizu, apressado.

O menino, com cara de inocente e voz rouca, respondeu:

– Não tenho...

Aqueles que rodeavam o rapaz, ouvindo o linguajar de Kansai, deram risada.

– Não tenho é demais! – falou Komizu, e todos caíram na gargalhada. – Seu pai e sua mãe estão em que quarto?

Então o jovem rapaz olhou para Komizu como que incomodado, e respondeu de má vontade, sem demonstrar qualquer interesse:

– Eu estou sozinho.

Diante dessa resposta, até as pessoas que estavam rindo se assustaram. Um menino de cerca de dez anos, viajando sozinho de navio para o exterior era algo absurdo.

– Onde embarcou?

– Em Kobe.

– Para onde você está indo?

– Tenho um tio no Brasil.

– Ah é, tem alguém que vai cuidar de você?

– Uma pessoa que trabalha na venda daqui é quem vai cuidar de mim.

Ao ouvir isso, Komizu sentiu-se enganado. Mas a resposta fora tranquila, como se quisesse dizer: "Está se intrometendo onde não é chamado". Parecia que o menino havia cortado os cabelos recentemente, e a grande cabeça esverdeada causava uma impressão sinistra e destoada; a expressão cínica parecia demonstrar que não se incomodava com a própria solidão. Perguntaram sobre o tal rapaz da venda, e puderam então esclarecer a situação: aquele menino era um passageiro clandestino. Na noite anterior, no dormitório C, onde havia uma cama vazia de uma parturiente, ele dormia tranquilamente, quando foi flagrado por um rapaz. Morava em Osaka, mas os parentes haviam morrido; então, confiando na história de que talvez existisse um tio no Brasil, resolveu embarcar em um navio que fosse para lá. O rapaz da venda explicou rindo que, chegando em Hong Kong, iria providenciar o retorno do menino ao Japão. A feição tola e o linguajar com forte sotaque de Osaka deixaram Komizu melancólico. Depois, com passos tranquilos, voltou para o escritório, colocou o rosto na janela circular e, através dela, inspirou o vento marítimo.

Na noite anterior, a lua emergira a bombordo do navio, ligeiramente em direção à popa; no entanto, naquela noite, ela havia virado totalmente para trás. Em meio às ondas que explodiam em espumas brancas sob a popa do navio, insetos noturnos[2] reluzentes voavam sobre a popa, iluminando a corrente de água. E, não muito distante dali, algo semelhante a um navio de carga, fracamente iluminado,

2. Pequeno inseto, de cerca de 1 a 2mm de diâmetro, de cor vermelho fosco, que vive na superfície do mar. Durante a noite, emite uma luz esverdeada; no entanto, não se trata de vaga-lume.

passou, cruzando a rota. A oeste-sudoeste, com velocidade de quinze nós, a embarcação navegava em direção ao extremo sul da Ilha de Kyushu e da grande Ilha de Amami. Durante a noite o navio ultrapassou o extremo sul da Ilha de Kyushu e, na manhã seguinte, desde cedo, sopravam os ventos do sul, tornando a temperatura mais alta.

Às nove da manhã, após a refeição matinal, foi realizada uma reunião de diretores, no restaurante da terceira classe especial, com a presença dos chefes e subchefes dos dormitórios, do diretor da Associação de Jovens, e da diretora da Associação de Senhoras. Independente da existência ou não de pauta, tal reunião era feita todas as manhãs para se discutir questões burocráticas. Ao final da reunião, o supervisor Muramatsu e seu assistente, Komizu, ficaram de transmitir os avisos necessários ao restante da tripulação.

Naquela manhã foram passados alguns informes sobre o banho e a lavagem de roupas. O ofurô seria preparado duas vezes por semana. Das nove da manhã às cinco da tarde, os imigrantes seriam divididos em cinco turnos e separados por cada dormitório para tomarem banho. Quanto à lavagem de roupas, todos os dias, das oito da manhã até às quatro da tarde, os imigrantes seriam também separados em cinco grupos e efetuariam a lavagem na lavanderia da popa. Fora desses horários não seria fornecida água limpa, não sendo permitido lavar roupas. O supervisor teria como dever não apenas cuidar da vestimenta, alimentação e acomodações, mas também da saúde, banho, lavagem de roupas e sanitários.

O item seguinte referia-se aos telegramas para o Japão. Como a partir do dia seguinte a transmissão direta de telegrama sem fio deixaria de operar, os funcionários do navio estariam atendendo o dia inteiro todos aqueles que quisessem enviar um telegrama, e que seriam cobrados 80 *sen*[3] o pulso. Depois houve um aviso dirigido ao setor esportivo e aos membros da Associação de Moços para que, aqueles que quisessem praticar esportes no convés, seriam empres-

3. 1 *sen* equivalia a 1/100 de iene.

tados apetrechos como quimono de judô, tatame e materiais para *kendô*. Qualquer um poderia retirar e utilizar tais equipamentos esportivos, contanto que solicitasse autorização ao diretor de esportes, o senhor Okada. A recomendação era para que todos aproveitassem ao máximo esses recursos, pois o cotidiano no navio costumava ser sedentário com a falta de exercícios.

Depois de vários dias de viagem de navio os rapazes, que estavam entediados, ao redor do meio-dia estenderam tatames ao lado da escotilha do convés número quatro e começaram a lutar judô. Os imigrantes, que estavam igualmente entediados e sem ter o que fazer, cercaram o local para apreciar a luta. Era uma cena estranha: dois rapazes se atracando, sob um céu límpido, tendo ao fundo o oceano de um verde intenso, estendendo-se ao infinito.

Como a temperatura estava elevada, bem próximo da popa, na primeira escotilha, havia muita gente tomando banho de sol. Os imigrantes, pais e filhos, surgiam dos quartos, que mais pareciam tocas, calçando chinelos de palha de arroz; ao saírem para o convés, apertavam os olhos ofuscados pelos raios reluzentes do sol, e sentavam-se para tomar sol, como animais que saem da hibernação com a chegada da primavera.

– Veja, voou, voou, como voa bem! Deve ter voado uns sessenta metros – o senhor Mugihara, encostando o corpo no parapeito, gritava com admiração ao ver a beleza dos peixes-voadores que emergiam na superfície do oceano e voavam.

– Ei, mana, vem ver, são peixes-voadores – chamou Magoichi, e Onatsu, que tomava sol recostada à tubulação, aproximou-se do irmão.

– Viu? Como voam! Olha, olha! Com a força do nado pulam para cima – dizia Magoichi, bastante entusiasmado, enquanto Onatsu apenas respondia – É verdade. Parecia estar sempre pensativa.

A sala dos médicos estava bastante agitada. Na hospedaria de Kobe fora entregue aos médicos do navio o aviso: "Pacientes com tracoma precisam ser tratados durante a viagem". Eram cento e dez pessoas, que vinham à sala do médico o dia inteiro, sem cerimônia e sem horário marcado. Um após outro retiravam-se, com expressão chorosa. Por outro lado, a gripe que trouxeram de Kobe estava se disseminando razoavelmente dentro do navio, e muitos vinham se queixando ao médico de dor de garganta, febre, entre outros sintomas. Como não precisavam pagar nada, os imigrantes traziam qualquer problema ao consultório médico, considerando que era uma oportunidade boa para se fazer consultas.

Naturalmente, o médico estava atarefado, mas as duas enfermeiras também estavam sobrecarregadas de trabalho. Quando anoitecia, e elas ficavam um pouco menos atarefadas, cada uma se revezava para queixar da situação a Komizu:

– Claro que são diferentes dos pacientes de terra firme, eles não costumam seguir as recomendações do médico. Depois que partimos de Kobe, passam diariamente pela consulta trezentas pessoas. Além disso, tivemos também que vacinar todos os imigrantes... é a primeira vez que vejo tanta gente gripada. Sinto que emagreci. Em todas as viagens isso acontece comigo. Esta é a quarta viagem, até Santos costumo emagrecer uns seis quilos. Mas na viagem de volta recupero o peso de sempre. Normalmente sou gordinha, e não chamo a atenção, mas a senhora Shibata parece um peixe seco, dá muita pena – durante as conversas, as duas mastigavam soja salgada tirando-as, de tempo em tempo, do bolso do avental.

A refeição do navio era cevada cozida. Quando entraram na hospedaria de Kobe, os imigrantes achavam que não poderiam reclamar, uma vez que estavam sendo custeados pelos recursos do governo; muito pelo contrário, tinham um sentimento de gratidão. No entanto, gradativamente, começaram a expor seu descontentamento com frequência. Com isso, um funcionário gordo do escritório foi à sala do supervisor fazer um pedido:

– Olá, senhor Komizu, tenho algo que gostaria de lhe pedir.

– De que se trata?

– É sobre o cozido de cevada. Em todas as viagens surgem queixas; seria possível escrever sobre o assunto no jornal informativo?

– Ah! É isso? Eu também estava pensando em escrever sobre o assunto.

– O cozido de cevada é indispensável. Vamos, imediatamente, publicar no jornal de hoje.

O assistente Komizu, como se tivesse entendido na hora, prontificou-se e ordenou a impressão ao diretor do setor cultural e artístico:

"Sobre a cevada cozida

"Atualmente, no navio, está sendo servido, todos os dias, o cozido de cevada no lugar do arroz; por favor, não se queixem dizendo que é ruim, pois ele é imprescindível para a saúde. A longa viagem de navio ocasiona falta de exercícios e, certamente, vão surgir pacientes com beribéri. No Brasil, o beribéri é considerado da mesma forma que o tracoma – como uma doença transmissível – e o desembarque de pessoas com essas doenças é proibido. Para se prevenir esse pavoroso beribéri, é necessário alimentar-se de cevada. Entendam isso muito bem, e solicito que não reclamem do cozido de cevada. Da mesma forma, nos dias de tempo bom, sugiro que saiam ao convés e pratiquem exercícios etc., etc."

De fato, tudo aquilo era verdade mas, na mesma ocasião, surgiram boatos estranhos: "As refeições do navio são um serviço contratado ao chefe da cozinha do navio e, caso saia menos que o orçado ele ganha, sozinho, a diferença. Por isso, aos passageiros importantes da primeira classe, são oferecidas refeições fartas que, por serem em número reduzido, não redundam em grandes prejuízos. Quanto aos imigrantes, estes são numerosos e, caso se reduza um *sen* por pessoa, considerando que há novecentos imigrantes, seriam nove ienes por refeição. Sendo três refeições ao dia, seriam vinte e sete ienes e, se até Santos levava-se quarenta e cinco dias, o total seria de 2 150 ienes. Todo esse valor vai para o bolso do chefe da cozinha.

Por essa razão, é bastante dispendioso financeiramente se tornar um chefe de cozinha mas, ao se conseguir tal posição, em dois ou três anos todos eles acumulam uma fortuna considerável. Consequentemente, as refeições do navio pioram, em contrapeso à fortuna do chefe da cozinha".

Essa era mais uma conversa profissional, e não poderia tornar-se do conhecimento dos imigrantes. Os rapazes da terceira classe, para matar o tempo, devem ter falado e espalhado entre os imigrantes. O chefe da cozinha daquele navio era um homem de Kyushu, forte, acima de cinquenta anos de idade; fumava quase sem parar, segurando entre os lábios um cigarro Westminster, bem perfumado.

A maioria dos marujos de categoria superior, ao anoitecer, juntava-se na sala com o chefe do escritório. Às vezes, o supervisor Muramatsu também participava do encontro. Naquela noite, primeiro, chegou o chefe da cozinha. O funcionário gordo do escritório, Okamatsu, veio entrando, exibindo o ombro avantajado. Em seguida, o chefe da casa das máquinas entrou, juntando as golas do roupão de banho, o que indicava que acabara de sair do ofurô, ostentando um ar límpido. Então, o chefe do escritório colocou o uísque, e o chefe da cozinha ordenou ao rapaz para que trouxesse aperitivos como presunto, peixe seco, entre outros. Dali a pouco entrou o segundo condutor, que acabara de folgar do turno de vigia das pontes do navio.

– Olhe, a reunião noturna ordinária já começou, não? Esta noite temos visitantes ilustres.

– De quem é a vez das conversas eróticas desta noite? É do chefe do escritório, não?

Assim, iniciava-se a animada reunião. Todos eles já haviam viajado para muitos cantos do mundo, em diferentes navios, e as histórias eróticas, consequentemente, também haviam se espalhado. Mesmo num momento de descontração como aquele, o comandante do navio mantinha a sua postura. Houve um visitante, entre os passageiros da primeira classe, que estava promovendo uma pequena festa, onde estava incluso o primeiro condutor.

Apenas o médico, sozinho, saiu do quarto, que ficava ao lado do consultório, para o corredor, expondo a barriga enorme e vestindo um roupão, à procura de alguém para conversar. No corredor havia bancos destinados aos pacientes que aguardavam a consulta. Assim, estava se tornando hábito o médico jogar conversa fora com as enfermeiras. Como esse corredor ficava no meio dos corredores da frente e de trás, passavam por ali imigrantes que bebiam saquê para matar o tempo, e crianças que brincavam.

De repente, a enfermeira Shibata soltou uma voz amedrontada e se levantou: ela viu uma mulher sendo carregada por um homem, que vinha subindo, cambaleante, as escadas que levavam para o dormitório B.

– O que aconteceu?

O homem que carregava a mulher, de roupa de trabalho, falou com a respiração entrecortada:

– Por favor, veja o que ela tem. Não está bem – levou-a até a sala do médico e deitou-a na cama.

Os dois eram do dormitório B; era o irmão mais novo do chefe do quarto, o senhor Yoshio Fujiki, e sua esposa. O marido tinha apenas vinte e dois anos. A mulher também deveria ter a mesma idade.

O médico, esticando o pescoço comprido, deu o resultado do diagnóstico, dizendo:

– Ela está com três meses e meio de gravidez e está com enjoo.

– Desde que subiu no navio não fez nenhuma refeição – o jovem marido estava preocupado com a esposa grávida.

– Hum! O que estava comendo?

– Um pouquinho de maçã e leite e, além disso, laranja.

A paciente, com os enjoos da gravidez e do navio, sentia que seus órgãos internos estavam totalmente descontrolados. Com os cabelos cortados curtos à moda, e com o rosto maquiado, supunha-

-se que ela havia se arrumado bem para viajar ao exterior; no entanto, os cabelos estavam totalmente desarrumados e o rosto, pálido e inchado. Ela não parava de gemer e suspirar na cama.

Pela avaliação do médico não apresentava sintomas tão preocupantes; entretanto, a paciente sofria terrivelmente.

– O que está acontecendo? – perguntou a enfermeira.

Então o médico, do jeito que estava, de pé e com roupão, respondeu:

– É um pouco mimada e egoísta, não consegue suportar um simples enjoo – disse o médico.

De qualquer maneira, ele receitou remédios e resolveu mandá-la de volta para o dormitório.

– Dá pena ver uma mulher grávida amontoada com outras pessoas no dormitório – disse a enfermeira Shibata, demonstrando um sentimento de solidariedade feminino.

– É verdade... caso a situação seja preocupante, poderíamos colocá-la na enfermaria. Vá lá e fale isso a ela.

A enfermeira, imediatamente, desceu correndo as escadas.

O supervisor Muramatsu, voltando da reunião ordinária da noite para o seu quarto, começou a escrever com papel carbono o relatório diário ("Relatório de Viagem dos Imigrantes"), a ser enviado à sua empresa. No convés do andar inferior, a cantoria de músicas modernas dos imigrantes ia desaparecendo na noite marítima que ia se aprofundando e, ao lado da popa, a superfície do oceano dourado claro prenunciava o aparecimento da lua.

"18 DE MARÇO

"Nove horas de manhã, reunião ordinária.

"Por sugestão dos chefes dos dormitórios, devido à falta de auxiliares no horário das refeições – o que deixa os funcionários da cozinha extremamente atarefados –, é desejável a ajuda de cinco pessoas, em forma de rodízio. Estou de acordo e, obtendo o consentimento dos chefes do escritório e de cozinha, tal sistema pode ser colocado em prática a partir de amanhã cedo. Pode-se perceber, através desta resolução, que os resultados obtidos até agora são satisfatórios. Esse é, sem dúvida, resultado de meu aconselhamento com os senhores veteranos, bem como da orientação do diretor, para os quais apresento os meus sinceros agradecimentos.

"Às dez horas, visita ao senhor Tomita, secretário do ministério, e ao senhor Miyai, para a solicitação de abertura de uma escola primária e do curso de português dentro do navio, e seleção de professores para ambos os cursos. Os dois, considerando o assunto de grande importância, concordaram de imediato. Está prevista a abertura dos cursos em breve, imediatamente após a partida de Hong Kong.

"Às onze horas, vistoria interna do navio – nenhum problema.

"Quanto à associação de senhoras, todas colaboram nas faxinas; os compartimentos tornaram-se limpos e higiênicos, e o serviço está sendo elogiado pelo comandante e até pelos subordinados. No transporte dos imigrantes, é a primeira vez que ocorre tal fato, que é o resultado da seleção dos membros das associações, desde seus presidentes.

"Às quatro horas da tarde, edição do jornal.

"Avisos sobre os cuidados na prevenção do beribéri e incentivo à prática de exercícios físicos.

"Quanto ao esporte, o judô está sendo praticado diariamente no convés, o que é de grande valia no sentido de aumentar o entusiasmo dos rapazes, que vão lutar como desbravadores de novas colônias.

"Quanto à sanidade, não há novidades. A transmissão da gripe parece ter estacionado, e está havendo redução de pacientes com febre.

"Rogo que nesta viagem não haja perda de uma pessoa sequer, e que possamos desembarcar na terra de esperanças sem problemas. A temperatura está gradativamente aumentando. Logo chegará o tempo de calor intenso. Minha responsabilidade aumenta a cada dia.

Pensando dessa forma, e chegando até aqui, resta-me remoer solitário na cama, na tentativa de dormir."

O relatório dos resultados do transporte de imigrantes relacionava-se ao futuro da posição do supervisor Muramatsu e, assim, ele se esmerou nas palavras.

O sino estridente soou pelo céu da noite. Eram onze da noite.

19 DE MARÇO

Desde cedo soprava o vento sul, e a temperatura estava alta. Todos os marujos trocaram suas calças para brancas. O supervisor Muramatsu trocou a roupa de inverno por um conjunto leve, de cor clara.

À tarde, a terceira edição do *La Plata* foi mimeografada. Quanto às cartas a serem enviadas ao Japão, seria mais vantajoso juntar uma quantidade maior delas; para isso, deveriam ser levadas ao escritório do supervisor, e a remessa custaria nove *sen*. Hong Kong era um local onde havia doenças transmissíveis, e talvez os imigrantes não pudessem desembarcar ali; por ser um porto estrangeiro, no dia seguinte todos deveriam usar roupas ocidentais e, durante a estadia, não deveriam carregar os bebês nas costas, pois as pessoas caçoavam, dizendo que os macacos é que fazem isso, etc., etc. – eram esses os avisos, e foram acrescentadas notícias provenientes do Japão via telegrama: a ida do ministro a Kamakura, com a finalidade de repouso; o fato de os partidos políticos estarem tensos devido à proximidade das reuniões extraordinárias – reunião sobre a redução de armamentos em Londres, que se encontrava em impasse; solicitação do ministro Wakatsuki de baixar a resolução, etc., etc. No entanto, no interior do navio dos imigrantes, tais notícias recentes do Japão pareciam assuntos distantes, e não provocavam quaisquer comentários entre as pessoas.

A partir do período da tarde, os imigrantes começaram a trazer cartas para a sala do supervisor. No entanto, ocorrera uma confusão que acabou gerando estranheza: nas lojas próximas à hospedaria de Kobe, estavam vendendo envelopes de cartas que seriam enviadas do Brasil para o Japão. Nesses estava impresso "Japon – via New-York". Os imigrantes enviariam cartas, de Hong Kong, nesses envelopes; dessa forma, as correspondências sairiam de Hong Kong com destino a Nova York e, posteriormente, voltariam ao Japão. Com isso, certamente levariam três meses para chegar ao destino. No intuito de se evitar tal problema o supervisor teve de apagar, um por um, os termos em inglês impressos no envelope.

O supervisor saiu para acertar a questão da permissão de desembarque aos imigrantes com o chefe do escritório; este achava que, como a varíola, naquele momento, não constituía um problema sério, caso os imigrantes quisessem, o desembarque seria permitido. Entretanto, o supervisor Muramatsu, pensando no trabalho que iria dar, resolveu não autorizar o desembarque; decidiu restringi-lo somente àqueles que precisavam fazer algumas compras indispensáveis, ou que tinham parentes ou conhecidos ali. Nesse momento, o assistente Komizu entrou na sala de Muramatsu, com um ar embaraçado:

– Pois é, não seria melhor permitir o desembarque aos membros da diretoria da Associação de Moços e aos diretores dos dormitórios? Alegaram o desembarque como reconhecimento aos trabalhos que estão prestando. Todos estão ávidos por desembarcar. É a primeira vez que veem um país estrangeiro, é natural. Além disso, ainda resta uma viagem longa, acho melhor levá-los em consideração, mesmo porque acho que, assim, eles irão trabalhar melhor. O que o senhor acha?

Seu grande empenho, na verdade, era porque ele também queria desembarcar. Como de costume andara dizendo, a esmo, entre os imigrantes: "Não tem problema, vou dar um jeito para que você possa desembarcar, em caráter especial; não vai ter problema". Tinha também de dar conta das promessas que andara fazendo. Dessa forma, ele tentava adquirir a confiança e o apego dos imigrantes; mesmo porque, na realidade, faltava-lhe autoconfiança.

O supervisor Muramatsu, atendendo a tal apelo, decidiu fornecer autorização de desembarque aos diretores dos dormitórios, aos vice-diretores e aos membros da diretoria da Associação de Moços.

Ao informarem tal decisão os imigrantes, imediatamente, invadiram a sala do fiscal na tentativa de obterem autorização, lotando o corredor:

– Quebrou o vidro do relógio e eu gostaria de consertá-lo na cidade.

– Esqueci de comprar um cobertor em Kobe, estou passando frio e gostaria de comprar um.

Esses foram alguns casos que conseguiram a autorização. Mas, logo em seguida, vieram outros:

– Acabaram os cigarros – ao que o fiscal lhe respondeu:

– O cigarro é vendido à vontade no navio – assim, não obteve autorização.

– Tenho um amigo.

– Como é o nome dele?

– Chama-se Ichiro Kawano e é da mesma aldeia que eu.

– Em que cidade, rua e em que número está morando?

Como a pessoa não tinha a menor noção sobre a cidade de Hong Kong, o fiscal pôde comprovar que se tratava de uma mentira.

Dali a pouco, começaram as reclamações. Se a norma de desembarque fosse aquela, levaria vantagem quem fosse vivo ou mentisse, e os que fossem corretos seriam prejudicados. Isso porque havia um boato entre eles de que algumas pessoas chegavam a quebrar o vidro do relógio de propósito e, assim, conseguiam a autorização. No entanto, as normas não poderiam mais ser alteradas, e o supervisor permaneceu em sua postura irredutível, recusando os pedidos com veemência.

Ao descer para os dormitórios, em toda parte borbulhavam reclamações, que poderiam ser vistas mais como fumaça do que fogo, ou seja, que não se constituíam em uma opinião mais definida. Eles não tinham sequer argumentos para negociar com o supervisor. Desconheciam métodos para unir forças a fim de reivindicarem seus intentos. Não sabendo nem inglês, nem chinês, e ficando apenas de uma a duas horas na cidade, não conseguiriam fazer compras razoáveis, tampouco poderiam apreciar o local. No entanto, quando alguém conseguia autorização para desembarcar, os outros imigrantes sentiam-se injustiçados, e começavam a gritar em protesto: em especial um jovem de nome Kurohiji, do dormitório E, de 25 ou 26 anos de idade. Era um rapaz de Kyushu, bem forte; os músculos dos ombros eram rijos, o que os assemelhava a calos, além de ter estatura bem avantajada. Estava sentado sobre a cama, de pernas cruzadas, tirava fumo de um saquinho e enchia a piteira. Como que latindo, sem dirigir a palavra especificamente a alguém, gritava:

– Se há doença transmissível, não poderiam deixar ninguém desembarcar. Não há lógica em dizer que, sendo membro da diretoria, não irá contrair cólera. Parem de soltar normas que criam mentirosos!

No entanto, ele também não tinha coragem de jogar sua insatisfação diretamente sobre o supervisor. Mesmo quando eles moravam nas zonas rurais, sempre carregavam insatisfações, as quais nem seus próprios ancestrais sabiam a quem levar. Insatisfação acabava simplesmente como insatisfação; em suas mentes seria incorreto um esforço ativo no sentido de reverter a situação. Talvez isso fosse um costume lamentável, ou um hábito resultante de uma política nociva de longa data. "Pôr palavras no caminho da política" – houve um longo período em que o indivíduo que se intrometesse na política era punido; assim, os governantes dominavam a população rural. As queixas foram desaparecendo à medida que a noite se aprofundava. Kurohiji comprou saquê, bebeu e dormiu. Ele sabia que, dessa forma, ao menos conseguiria apagar sua insatisfação.

Quando todos acordaram, a embarcação navegava entre pequenas ilhas, chegando ao cabo onde se podia enxergar a cidade de

Hong Kong. Os imigrantes, de pijama, brigavam para subir ao convés e ver a cidade.

Diante de seus olhos, surgia uma paisagem que jamais tinham visto: era um país estrangeiro. Renovaram os pensamentos acerca da despedida do Japão, e aumentou o sentimento de insegurança. A inexistência de japoneses no exterior não era passível de se transmitir através da linguagem; eles não poderiam voltar com facilidade. Assim, os sentimentos emaranhados transformaram-se em insegurança, e comprimiam-lhes o peito. Os imigrantes sentavam-se na escadaria, cruzando as pernas e abraçando os joelhos, e olhavam fixamente para o país estrangeiro que se aproximava. Era uma montanha de verde jovial. No Japão seria ainda início de primavera, e mal estariam despontando os primeiros capins; mas aquelas montanhas estavam cobertas de um verde brilhante, e os telhados vermelhos e paredes amarelas surgiam nesse meio, como flores belas e alegres. Vários juncos corriam, levantando suas velas de cor cáqui, semelhantes a guarda-chuvas. À medida que se aproximavam, visualizavam os botes de travessia entre as ilhas de Hong Kong e Nove Dragões, carregando montes de passageiros e cargas. O navio La Plata Maru, dirigindo-se à cidade na encosta, atracou no cais de Nove Dragões.

Abriu-se a porta e, quando a escadaria do navio desceu, veio subindo um policial do porto. Era um homem inglês de meia-idade. Atrás dele veio um soldado hindu para vigiar a porta de entrada e, em seguida, invadiram operários chineses, sem camisa. Logo, abriram as tampas das escotilhas, fazendo barulho de correntes, e começaram a descarregar.

Enquanto isso, o navio foi totalmente cercado por pequenos barcos chineses, que estavam carregados de bananas, laranjas e cigarros; fixado na ponta de uma vara comprida, um cesto de bambu era erguido até o navio. Quando os imigrantes colocavam dinheiro dentro do cesto, era-lhes colocado de volta um cacho de bananas, e estendido até o navio.

Cidade de Hong Kong vista a partir de um navio.

Em pouco tempo, em toda a parte do convés montaram-se tendas de artesanatos de marfim e cascos de tartaruga, cigarros, piteiras, frutas, tecidos, entre outros artigos. Os chineses, fazendo uso de um chinês com o qual não conseguiam se fazer entender, falavam freneticamente, e os imigrantes rodeavam de longe, vendo mais as pessoas do que as mercadorias.

Chegou a Komizu um pedido de Okamatsu para que controlasse as mulheres que estavam de roupas japonesas e aquelas que carregavam bebês às costas. Komizu transmitiu imediatamente a Magoichi Sato, que era diretor do setor de saneamento e disciplina da Associação de Moços. Magoichi voltou correndo e, em primeiro lugar, fez com que a irmã vestisse a roupa ocidental, e pediu-lhe para que avisasse a velha Monma para se vestir; depois, andou correndo dentro do navio, cuidando desse assunto.

Tomita e Miyai, passageiros da primeira classe, vestindo conjuntos novíssimos e com a postura bem ereta, foram descendo do navio e, atrás deles, o supervisor Muramatsu. Em seguida, os imigrantes que haviam conseguido autorização de desembarque desceram em massa. Todos vestiam suas roupas de trabalho cáqui, e andavam com as pernas abertas, por não estarem acostumados às roupas ocidentais. Os senhores Oizumi e Mugihara não puderam sair. A família Monma também estava ausente. A partir do meio-dia, apenas Magoichi, com o pretexto de ajudar Komizu na postagem de correspondências, saiu juntamente com o filho mais velho do senhor Katsuta e Momono.

Devido aos serviços de descarga, não se podia utilizar o restaurante como de costume e, no almoço, tiveram de comer sentados nas camas, onde batiam a cabeça, fazendo cair poeira. A refeição era um pedaço de peixe envolto em uma camada espessa de sal, uma porção de cozido de vagem e uma malcheirosa conserva de nabo.

Os imigrantes que desembarcaram subiram na balsa e chegaram na Ilha de Hong Kong, mas não sabiam para qual lado deveriam ir, nem sabiam perguntar os nomes das ruas em inglês. Assim, automaticamente, formou-se um grupo, para que as pessoas não se perdessem na volta; foram caminhando pela avenida principal, à beira-mar, e voltaram por ela. Quando um entrava em alguma padaria para comprar pão, todos os vinte imigrantes invadiam o local, apavorando o proprietário. Depois de cerca de duas horas desde a liberação, todos retornaram ao navio.

Na rua da praia havia escritórios de navegação, de correios e de navegação mercante, onde tremulavam bandeiras japonesas. Ao verem aquelas bandeiras, os imigrantes sentiam saudades e ficavam, todos, quase imóveis de emoção.

– É casa de japonês – era essa a impressão mais importante.

Ao anoitecer, a cidade de Hong Kong, a qual se via na encosta oposta, tornava-se uma paisagem belíssima: as ruas da cidade alcançavam até a metade da montanha alta, e as luzes se acendiam ao mesmo tempo. Então a iluminação, que ia da praia até o alto do céu, refletia-se nas ondas escuras do mar, tornando a paisagem noturna linda e indescritível. Era uma noite quente, e os ruídos dos guindastes que carregavam o navio perturbavam o sono.

Antes mesmo de o supervisor Muramatsu se levantar, Komizu bateu na porta e veio entrando:

– Olá, perdão. É tarde, há, há, há, há... Viu? Hoje é dia 21 de março, dia de festejar a entrada da primavera e, por isso, estou pensando em editar uma edição extra do informativo *La Plata* e, ao anoitecer, no horário da ginástica, cantar o hino japonês. Vamos comemorar, né, vamos fazer isso.

– A, a... – murmurou o supervisor, sem se mover da cama branca. – Ei, você, passe-me o cigarro e fósforo que estão aí... obrigado. Você é quem vai organizar esse hino e a cerimônia, não?

– Sim, faço, sim.

– Então, por favor.

Assim, deu um jeito de mandá-lo embora logo; Komizu mostrou-se um tanto descontente e, respirando afoito disse, indo embora:

– Vai comparecer na reunião desta manhã, não?

O tempo estava quente e o dia, claro; se estivessem no Japão, seria o tempo do mês de maio. Como haviam terminado os serviços de carregamento, até a velha Monma tirou o casaco e sentou-se sobre a tampa da escotilha, batendo a costumeira piteira e tomando sol nas costas. Katsuji estava ao seu lado, tragando um cigarro que trazia uma figura de dragão, chamado Dragon, que havia comprado de um chinês no dia anterior. Sem demonstrar especificamente a sua satisfação quanto ao cigarro, o rapaz disse:

– Mãe, experimenta, é cigarro de chinês – disse.

A velha apenas deu de ombros, como que desprezando. Mas a paisagem verde e viva de Hong Kong, até diante dos olhos daquela velha, era de uma beleza indescritível.

As sirenes de aviso da partida tocavam sem parar. Magoichi vinha saindo do corredor, carregando nos braços cerca de vinte pacotes de Dragon:

– Comprei cigarros; é barato, senhor Monma – e sentou-se.

– Quinze *sen*.

– Quinze *sen*, não fala bobagem, são sete *sen*; vinte pacotes são um iene e quarenta *sen*.

Então Katsuji, com um tom áspero, começou a se zangar. Disse que na noite anterior um pacote era quinze *sen* – comprara dez pacotes, pagando um iene e cinquenta *sen*. Magoichi deu risada:

– Viu, o senhor Oizumi comprou hoje de manhã dez pacotes, e cada um custou dez *sen*. Dez são um iene. Os produtos costumam ficar mais baratos quando se aproxima o horário de partida do navio.

– Eu levei prejuízo, pilantra! Aquele vendedor de cigarros ainda está aí?

– Não está, acabou de descer, segurando no corrimão de corrente.

– Fui enganado! Não dá para descuidar dos chineses.

Para a velha Monma, tais conversas eram quase insuportáveis, e deixavam-na nervosa. Como Katsuji achava que o preço do cigarro, em qualquer lugar, estava definido pelo monopólio, sentiu muita raiva e mordeu os lábios.

Ao lado deles estava um tal de senhor Nanba, da província de Tottori, que comprara terras no Brasil através de uma cooperativa de imigração para colonização; alisava o bigode bem-tratado, contando sobre as condições do Brasil para o senhor Miura, que cantava bem o *yagibushi*:

– O local para onde nós vamos chama-se Colônia Aliança, e os fazendeiros são japoneses. Faz cinco ou seis anos que foi inaugurada, e o resultado também é excelente.

– Como é a *marária*[4], não tem medo?

– Ah! *Marária*? Não tem que temer, não! No *Burajiru*[5] tem uma árvore chamada *yûkariputo*[6], que é uma árvore ótima; tem grande serventia e se desenvolve rápido. Viu, a terra é fértil, por isso, em seis anos, chega quase doze metros de altura.

– Como? Como é que se chama?

– *Yûkariputo*, e serve como excelente madeiramento; no entanto, é fedorento.

– Fedorento?

– Ah, é fedorento, muito fedorento; passando perto dessa árvore já se sente o mau cheiro.

– Que árvore desagradável!

– Não, não é árvore desagradável, viu? Esse *yûkariputo* foi plantado em torno do bairro, na Colônia Aliança. Então, a partir do ano seguinte, parece que a *marária* já – *bata!*[7] – tinha sumido – deu ênfase e riscou um fósforo para acender o cigarro:

4. Malária.
5. Brasil.
6. Eucalipto.
7. Interjeição com significado de "de repente", "de uma vez".

– Desapareceu dessa forma. É estranho... quer dizer, parece que os pernilongos da *marária* não gostam do cheiro do *yûkariputo*.

Entretanto, o senhor Nanba não conhecia o Brasil, e sequer tinha visto uma árvore de eucalipto.

Quando perceberam, o navio já havia se afastado da doca. No dormitório A, de baixo, Onatsu e Otsune estavam deitadas nas camas de grades de ferro, beliscando grãos de soja salgada para passar o tempo. Vez ou outra, a mãe de Otsune, encostada na cama de cima, estendia a mão e pegava um punhado de soja salgada. Essa mulher havia sido advertida por um membro do setor de saneamento e disciplina: "Por favor, ao sair para o convés, use roupa ocidental e calce meias"; por isso, desde o dia anterior, rolava na cama, sem sair. Ela vira Hong Kong apenas de relance, através da janela circular. O navio agora afastava-se do porto, e ela não demonstrava qualquer sentimento. Passando por entre as pequenas ilhas e virando na ponta da península, as paisagens ao redor de Hong Kong não eram diferentes da paisagem da Ilha de Shikoku, vista de longe. O país estrangeiro que os imigrantes viam pela primeira vez, afinal, não era tão diferente. Assim, as esperanças que tinham em relação ao Brasil talvez tivessem sido perdidas mas, por outro lado, não haveria algo que lhes pudesse suscitar medo. Apenas diziam que souberam que as montanhas e mares do estrangeiro não tinham tanta diferença em relação aos do Japão. Mas isso talvez fosse uma grande descoberta: imaginavam o país estrangeiro como um fantasma e, agora, tinham uma impressão mais concreta e amistosa.

A colina do continente foi desaparecendo rapidamente. Passada cerca de uma hora, as ilhas do país estrangeiro perderam suas características, e eram apenas sombra das ilhas. Depois de duas horas, era como quando avistaram a Ilha de Hôko, no caminho entre Shikoku e Formosa e, quando se passaram cerca de três horas, não era mais possível imaginar onde o navio se encontrava. Tudo passara a ser céu e água. Será que Hong Kong era uma simples ilusão de um país estrangeiro? Para aqueles, em especial, que não haviam desembarcado, Hong Kong não representava nada; não tinham nenhum registro na memória sobre aquele local. Apesar de a rota marítima ser Kobe, Hong Kong, Cingapura, Colombo e Brasil, talvez para os imigrantes não passassem de portos que flutuavam, esparsos, no extenso oceano.

Logo após o meio-dia, os imigrantes viram os funcionários carregando sacos de soja para a cozinha. Viram um funcionário de expressão amedrontada, chamado Hosokawa, carregando um saco de trigo, com as costas e os ombros esbranquiçados.

Naquele dia tiveram macarrão no jantar. Sobre o macarrão havia um pedaço de tofu[8] frito, e havia também tofu cortado em cubos, dispostos em vários pratos e distribuídos sobre as mesas.

– Opa! – gritou Ushijima, que tinha um bigode vistoso como o de um guarda de sentinela.

– É tofu.

– É verdade! – disse, elogiando, o senhor Oizumi.

– É igual no continente! Já que tem tofu cortado, temos de tomar uns tragos.

– Será que foi comprado em Hong Kong? – Magoichi, ao dizer isso a Onatsu, disse que vira pouco antes o tofu sendo preparado na cozinha.

Em seguida, iniciou-se o jantar que recordava o Japão. O navio parecia uma cidade grande, como Tokyo ou Osaka. Ali, todas as dificuldades haviam sido sanadas, e todo tipo de indústria produtora funcionava, embora nada fosse produzido ali. Com o macarrão e o tofu, tiveram uma sensação agradável no estômago, como quando estavam em sua terra natal; fazendo barulho com os chinelos de palha de arroz, foram subindo para o convés, onde já estava o assistente Komizu, vestindo o costumeiro uniforme branco e o boné de esporte, à espera deles.

8. Queijo de soja.

– Vamos fazer o *kokumin taisô*[9], portanto, juntem-se na escotilha D; juntem-se todos, rápido!

No entanto, as mulheres de meia-idade não quiseram fazer ginástica. A esposa do senhor Mugihara falou:

– Ah, finalmente tofu, depois de tantos dias, há, há... – deu risada e deitou-se de lado novamente.

Komizu, como de costume, ficou em pé sobre a escotilha e, voltando-se para todos, proferiu alguns ensinamentos: aquele dia era o *higan*, dia do equinócio de primavera, e dia de se rezar pelas almas dos antepassados.

– Hoje os senhores não poderão rezar no templo; por isso, aqui e agora, vamos fazer um voto de silêncio de três minutos.

Ao terminar o tempo de silêncio, conforme havia sido combinado, ao sinal da gaita de um tal Yamada, cantaram o hino nacional japonês duas vezes. Em seguida, começaram a ginástica. Nisso um condutor da primeira classe, que observava do seu convés, desceu e participou do grupo de ginástica; subitamente, os rapazes se animaram. Bem além das ondas, o sol da tarde se escondia, e os raios do sol do crepúsculo tingiram de vermelho a superfície do oceano. O carmim das nuvens, que pareciam em chamas, e da corrente de água do mar, eram de uma beleza estarrecedora. Parecia que o dia já estava mais longo. A temperatura aumentava dia após dia, e o grupo de ginástica suava. Pareceu-lhes que, naquela noite, seria possível dormir sem cobertores.

NO PROGRAMA DO ROTEIRO do navio dos imigrantes, a primeira etapa era até Hong Kong. Isso queria dizer que os imigrantes já estavam começando a acostumar-se à vida no navio, que estavam se acalmando do tumultuado sentimento da viagem ao exterior; de alguma

9. "Ginástica nacional", exercício físico praticado por boa parte da população japonesa.

forma, já haviam visto também um país estrangeiro. Dali em diante seria esperarem passar quarenta dias sem muita atividade. Ou seja, passavam do estágio de sentimento agitado ao estágio de tédio.

O supervisor de transporte dos imigrantes começou a providenciar um pré-programa de vários trabalhos: abrir uma escola dentro do navio; dar cursos práticos sobre culinária e costura; promoção de gincanas e reuniões artísticas; aulas de português, entre outros.

O assistente de supervisor Komizu gostava muito de cuidar desses tipos de atividades. Ele sentia que, com isso, conseguiria maior confiança da parte dos imigrantes. Ele se empenhava, em especial, na Associação de Senhoras, pois tinha um certo dom para o assunto e conseguia, facilmente, relacionar-se de maneira amistosa com as mulheres.

No segundo dia após zarpar de Hong Kong, Komizu combinou com o supervisor Muramatsu para que fosse dado um curso de culinária. De acordo com a conveniência do chefe da cozinha, o curso ficou marcado para acontecer a partir das sete e meia da noite, após o jantar, uma vez que a cozinha ficaria vaga. Após o jantar, terminando de dar as ordens sobre o *kokumin taisô*, voltou correndo para o quarto, trocou a roupa de esporte para um terno, limpou o rosto com a toalha e passou creme, penteou os cabelos e saiu afoito em direção ao restaurante da terceira classe especial. Ali, cerca de vinte mulheres da Associação de Senhoras estavam à sua espera.

– Ah! Deixei-as esperando. Estava muito atarefado com o *kokumin taisô*, há, há, há, há. Senhora Matsumoto, estão todas presentes?

A presidente da associação, de forma polida mas um tanto amedrontada, respondeu:

– Sim, talvez venham mais algumas...

Ela tinha sido operária de fábrica em Shinshu. A vice, a senhora Nagai, que estava aborrecida com a indicação da senhora Matsumoto – "uma operária" – para presidente, não havia comparecido. O marido da senhora Nagai era da província de Shiga, e estava atuando como auxiliar de serviços de engenharia. Ela tinha cerca de trinta anos, era formada em uma escola feminina em nível colegial e ostentava uma atitude orgulhosa.

Finalmente o chefe da cozinha, de avental branco, veio ao restaurante da terceira classe especial. As mulheres o aguardavam, preparando caderno e lápis. Naquele dia, em primeiro lugar, iriam aprender os métodos de panificação, item mais importante.

Para as mulheres, a primeira dificuldade encontrada era a língua estrangeira. Até a farinha de trigo teve de ser traduzida como "farinha de macarrão". Depois, *baking powder*:

– O quê? – imediatamente, houve perguntas.

– É pó de fermento – disse o chefe da cozinha, voltando o rosto fino, queimado de óleo. – Para essa quantidade de farinha de trigo, seriam trinta gramas, ou oito *monme*[10].

Então, todas escreveram seriamente *ba-king* nos cadernos, mas esqueceram do resto.

– Por favor, poderia repetir essa palavra?

– Pó de fermento, isto é, pó para crescer.

Lambendo a ponta do lápis, todas elas passaram a apagar vigorosamente a palavra *baking*, esfregando o papel e, sobre a marca, escreveram "8 *monme* de pó para crescer". O chefe da cozinha, desacorçoado, mexia no giz. Aquela conversa durou cerca de quarenta minutos e Komizu, embora desanimado, acompanhou, sério. Em seguida, as mulheres foram chamadas para a sala de preparo; entretanto, ali também enfrentaram dificuldades com os termos em inglês dos utensílios: *furaipan*[11], etc. Deixaram de lado os nomes dos pratos e começaram a prestar atenção na qualidade boa do fogão do navio, no tamanho da cesta que continha arroz lavado para o almoço do dia seguinte; ficaram assustadas com a quantidade de arroz,

10. Medida de capacidade. 1 *mon* equivale a 3,75 gramas.

11. Frigideira.

com o tamanho da panela, com a grande quantidade de facas que brilhavam. Depois de cerca de uma hora, experimentaram o pão que ficara pronto sem perceberem. Assim, terminava a lição daquele dia. No entanto, de acordo com o relatório do supervisor Muramatsu, "a aula de panificação fora um sucesso".

NA MANHÃ SEGUINTE, cedo, o funcionário de limpeza dos banheiros veio correndo, nervoso, atrás do funcionário administrativo Okamatsu.

– Senhor Okamatsu, é demais!

– O que foi?

– Nada de "o que foi"! Estou trabalhando há muito tempo como funcionário, mas nunca vi imigrantes desse tipo.

– O que aconteceu?

– Não tem nada de "o que aconteceu", desde que zarpamos de Kobe, sabe quantos canos de pias entupiram? São vinte e nove. Hoje de manhã foram mais três, são trinta e dois, viu? Animais! Nunca vi imigrantes que entopem quatro canos por dia.

– Está bem, se descobrir o próximo que entupir, traga-o puxando até aqui que vou dar uma bronca.

– Se achar, eu mesmo darei uma bronca, mas até agora não deu para pegar ninguém, animais!

Com isso, Okamatsu dirigiu-se imediatamente ao escritório do supervisor, e começou a apresentar reclamação severa a Komizu:

– Se o cano entupir novamente, será preciso dar um jeito para que ninguém use o banheiro enquanto não se descobrir quem entupiu o cano pois, se um cano fino como aquele entupir, é o fim. Dê uma volta: de um total de cinquenta e três lavabos, dezenove estão totalmente estragados.

Agradecido, Komizu ordenou imediatamente a Momono, que escrevia o *La Plata*, que acrescentasse aquele assunto no informativo.

Em seguida, houve a reunião ordinária da manhã. Reuniram-se o supervisor, os chefes dos dormitórios e os membros da Associação de Moços. Não havia assuntos específicos para tratar. O chefe dos dormitórios, senhor Ando, comunicou que, do dormitório A, diariamente, três pessoas, em forma de rodízio, estavam ajudando no setor de preparo de refeições.

– Naturalmente, propusemos o sistema em caráter voluntário. Dizem que ficar sem fazer nada não é bom para a saúde, e o setor também está muito atarefado...

Terminando a reunião no restaurante da terceira classe especial, foi dado início ao curso primário. Todo o pessoal do setor cultural e artístico arregimentou as crianças, conseguindo reunir cerca de quarenta delas. Pediram ao senhor Miyai, da primeira classe, que atuasse como professor, mostrando às crianças as razões daquela viagem, começando pela ida ao Brasil, e explicando a respeito da diferença de raças e linguagens; e, para ganhar tempo, cantaram cerca de duas canções, encerrando assim a cerimônia de abertura da escola.

O refeitório da terceira classe especial era o local destinado a todas as reuniões. Terminadas as aulas do curso primário e o almoço, era a vez das aulas de costura de roupas ocidentais. No dormitório B havia um homem que, quando estava no Japão, costurava roupas de mulheres e crianças, e tinha até uma máquina de costura a mão. Ele seria o mestre. Deveria ter cerca de trinta anos de idade, era baixo e tinha uma expressão um pouco assustada. Era a primeira vez que ensinava pessoas, principalmente mulheres; por isso é que estava tenso.

Os membros da Associação de Senhoras estavam sempre com expressão séria mas, na prática, estavam o tempo todo preocupadas com outras coisas. Assim, cerca de trinta senhoras compareceram ao curso, portando panos desmanchados e tesouras, previamente preparados. Eram tecidos novos de seda, musselina e tecidos de roupas de verão de diferentes cores, com os quais pretendiam confeccionar roupas ocidentais. Queriam atravessar a linha do Equador vestindo uma roupa prática e calçando chinelos de palha de arroz, sem meias, pois tinham apenas um par ainda sem uso, comprado em Kobe.

– Daqui para a frente não vão precisar mais de nenhuma roupa japonesa; assim, é melhor reformarem todas, dentro do navio – disse o mestre que, naquele dia em especial, vestia terno e gravata; no entanto, ficara confuso na hora de explicar os padrões de medida. As senhoras descansaram as mãos sobre o caderno, e relembraram a longínqua terra natal. A presidente, a senhora Matsumoto, relembrou a fábrica de tecidos de Shinshu; a filha do senhor Katsuta, de sua suntuosa casa cercada de roças; já Onatsu Sato, do supervisor das operárias, o senhor Horikawa, e de seu falecido pai... A esposa do senhor Mugihara, apesar de o marido estar ajudando na cozinha descascando batatas, sequer compareceu ao curso de culinária, e ficou deitada na cama. Como nem Otsune nem Onatsu estavam ali, não tinha com quem conversar, e ficava olhando para a cama de cima, onde estava a velha Monma:

– Como o tempo esquentou! O navio já deve estar bem ao sul – disse.

– Ah – respondeu a velha, sem entusiasmo.

– Deve ficar mais quente.

– Deve esquentar bem.

– Que calor desagradável, hoje estou com um quimono só.

Em razão do calor, a partir daquele dia, as tampas das escotilhas foram retiradas totalmente e, naquele quarto escuro, entraram belos raios de sol; do convés, Katsuji Monma espiava para baixo, e disse:

– Mãe, tenta subir, aqui não é quente, tem muito vento.

No entanto, para a velha, apenas descer da cama, do andar de cima, já era difícil; resistia até em ir ao banheiro.

Ao redor do término do curso de corte e costura, o irmão mais novo de Fujiki, do dormitório B, veio à sala dos supervisores e, virando-se para Muramatsu, disse:

– Não posso deixar minha esposa, que se encontra com enjoo de gravidez, da forma como está.

Então negociou novamente com o médico e, com a solidariedade da enfermeira Shibata, decidiram imediatamente transferir a moça e acomodá-la na enfermaria, no patamar superior da popa do navio. De qualquer modo, aquela sala era mais higiênica e, como ficava no alto, era mais ventilada e entravam raios de sol; no entanto, como ficava na ponta do navio, a intensidade do balanço era maior.

A mulher, sofrendo com o terrível enjoo e meio atordoada, os cabelos cortados curtos já bem crescidos, arrastava o roupão vermelho listrado apoiando-se no ombro do jovem marido e, pouco confiante, foi subindo as escadas. Depois de algum tempo, sob os raios de sol, chegou na sala de pacientes, cambaleante.

Na popa, camisas, fraldas, cuecas de faixa de pano tremulavam ao vento marítimo, e a fita de medição da velocidade do navio estava sendo arrastada bem atrás, girando em meio às espumas das ondas. Era possível ver aves parecidas com gaviões, que escorregavam sobre as ondas e voavam.

Na sala de pacientes foram acomodados a mulher grávida, o bebê desnutrido da família Kurokawa, o senhor Yamashita, que havia contraído hepatite, e uma velha com edema pulmonar, que não parava de gemer. De vez em quando, os parentes desses enfermos vinham para uma visita. A enfermeira também aparecia, esporadicamente, para observar o estado dos mesmos. No entanto, sem visitas, aquela sala apresentava um aspecto sombrio. Foi possível perceber um tipo de repugnância perante a fragilidade humana, que desmorona com uma doença transmissível. Sob as respirações febris, acompanhadas de mau cheiro, quatro vidas agonizavam. Na entrada havia uma bacia para desinfestação, e a superfície vermelha de desinfetante vibrava levemente com o motor do navio. Ouvia-se as vozes das crianças que brincavam, em algazarra, no convés. Esse ruído alcançava os ouvidos daqueles doentes, como o som de algum país distante e pouco íntimo. Aquela sala parecia simbolizar as dificuldades dos imigrantes, bem como a profundidade da decisão que tomaram de imigrar até o Brasil.

Por outro lado, a viagem era tranquila e sem qualquer problema. Estava previsto que, no dia seguinte, entrariam em Saigon. Como lá grassavam a cólera e o tifo intestinal, foi determinado que não seria concedida a ninguém autorização para desembarcar, ao que não houve qualquer queixa. Os imigrantes pareciam já satisfeitos só com a visita a Hong Kong, tendo matado a curiosidade da imagem de um país estrangeiro. Para eles, enquanto estivessem navegando no oceano, haveria tranquilidade e paz. A navegação noturna permitia que se observasse nitidamente até as nebulosas da Via Láctea, e o céu onde se desenhava o meio globo parecia o teto de um palácio; e, ao redor da proa onde as ondas se levantavam, peixes-voadores voavam, mostrando seus ventres brancos. Dia a dia o tempo ia esquentando, e já era pleno verão, o que fazia aumentar o desconforto na hora de dormir.

Assim o navio, que acolhera um supervisor, um assistente de supervisor, os pacientes da enfermaria e cerca de mil imigrantes, navegava em um oceano escuro em direção ao sul. Até o Brasil restavam mais trinta e seis dias. Naquela noite avistaram o Cruzeiro do Sul sobre as ondas da proa. No Brasil, era uma constelação que brilhava todas as noites sobre as cabeças; era uma espécie de constelação com proteção divina. Os imigrantes ficaram muito tempo de pé sobre o convés, com uma espécie de sentimento amistoso, elevando preces. Era possível pensar dessa forma por serem pessoas que deixavam o país de origem para viverem sob a proteção daquelas estrelas que guiavam seus destinos.

PELA MANHÃ, chegando no porto de Saigon, na Indochina, o sol estava escaldante, a ponto de queimar. O navio começou subir o rio cor de barro, e os fluxos de ondas do motor iam até os barrancos. Dezenas de aves semelhantes a grous voavam. Os dois lados das margens estavam cobertos de vegetação verde, que continuavam como barrancos, planos e de verde bem vivo, dando a impressão de que haviam acabado de brotar.

Nos mastros, foram hasteadas as bandeiras do Japão e da O.S.K. O navio, naquele momento, era um viajante solitário.

Os imigrantes escolheram as sombras no convés para sentar e observar a paisagem exageradamente plana. Como estava quente, todos vestiam apenas uma camisa.

Onatsu foi para a lavanderia, que ficava na popa, levando uma bacia de latão. Ali já estavam quatro ou cinco mulheres do mesmo dormitório, lavando roupas. Yoshizo Monma, de mau humor, lavava as roupas de baixo. Onatsu ficou descalça, agachou-se num canto e derreteu o sabão em pó. Nesse instante, entrou Magoichi:

– Mana, tinha esta, poderia lavar junto? – perguntou, jogando uma camisa dentro da bacia.

– Viu... – disse Onatsu, sem olhar para o irmão. – O senhor supervisor deve ter algumas peças de roupa suja, e acho que não tem tempo para cuidar disso. Se ele quiser, eu poderia aproveitar e lavar agora, junto com...

– É verdade! – disse Magoichi. – Ele é solteiro e não tem mão de mulher, vou perguntar a ele.

O irmão falava alto e ela enrubesceu, com receio de que ele fosse ouvido por outras mulheres. Ela era uma mulher que quase não expressava seus sentimentos, mas isso não significava que fosse apática. Ela tinha uma capacidade admirável de não se abalar com nada, nem de modificar as feições diante de problemas enormes. Jamais extravasava suas emoções, guardava-as em silêncio, sem apagá-las ou esquecê-las. Talvez tivesse se afeiçoado a Komizu desde o acontecido na hospedaria. Da mesma forma, quando foi abraçada por Horikawa não achava, de início, que gostasse dele, mas depois seus sentimentos mudaram. Em seu caráter havia esse tipo de docilidade que não resistia às circunstâncias, e ela acabava por moldar-se ao ambiente. Seria aquele comportamento algo imoral ou, pelo contrário, refletia uma inocência saudável a ponto de ser natural?

Magoichi, ao avistar Komizu no escritório do supervisor, pôs-se em sentido, como um soldado, e disse:

– Senhor supervisor, se tiver alguma roupa para ser lavada, a minha irmã está se oferecendo para fazê-lo.

Komizu mexeu as pálpebras dos olhos sem brilho, por trás dos óculos. Havia algo que lhe cravava o peito...

– O que é isso, não precisa não, obrigado. Eu mesmo faço isso, há, há, há, há.

Mas Magoichi pediu, repetidamente, que deixasse sua irmã lavar as roupas. Komizu, sem poder recusar mais, trouxe de seu quarto uma camisa esporte e um par de meias, e entregou-os a Magoichi.

Na verdade, ele não queria que ela lavasse; torcia para que a relação dos dois arrefecesse e que se distanciassem com o passar do tempo. A única maneira de consolar sua consciência era colocar o passado para dentro e esquecer. Ao pedir para que lavasse suas roupas agora, a relação dos dois estaria novamente viva e isso, para ele, era muito penoso. Ao mesmo tempo, ele estava sendo pressionado pela bondade de Magoichi, assim como fora tocado pelo sentimento bondoso de Onatsu. O que ele sentia por ela, até aquele momento, era apenas medo pela sua covardia e, por isso, só pensava em se desvencilhar dela. Mas agora, renovando-se a meiguice de Onatsu, havia um tipo de sentimento amoroso que tocava seu peito. Era isso o que sentia, e não havia outra forma de chamar a isso senão amor. Komizu sentiu uma alegria plena; sentia um arrependimento misturado a sofrimento e tentava, no fundo, encontrar uma solução. Desmoronava-lhe a resistência em relação a Onatsu que, por sua vez, não resistia contra ele. Ele também não precisava mais resistir. Ao mesmo tempo, queria reconhecer seu erro e tornar-se humilde para pedir perdão.

Onatsu, ao receber do irmão as roupas de Komizu para lavar, sem dizer uma palavra, lavou-as com afinco. Talvez aquela atitude pudesse vir a convidar um sentimento de amor como esposa, mas ela jamais pensaria em forçar Komizu para casar-se com ela. Aquela camisa suja apenas renovou a lembrança do cheiro do corpo dele.

De repente, o navio balançou sob forte barulho de vibrações. Ao sair para o convés, via-se que o navio estava parado no meio do rio, e que a paisagem se limitava a dois armazéns cinzentos ao redor. As terras das margens eram vermelhas, e a superfície da água brilhava onde o óleo boiava. Boias vermelhas de sinalização flutuavam naquela água barrenta e, além, pairava o navio. No mastro havia a marca da companhia japonesa de correios, e na popa, com tinta branca, estava escrito Lion Maru. Um navio japonês estava em Saigon... então, os imigrantes, ao acaso, pensaram em relações internacionais.

Cinco ou seis barcos de madeira chegaram, e operários negros e chineses, magros como corvos, começaram a carregar madeira, que seria transportada até a Cidade do Cabo. Naquele porto não havia nada para se ver e, além disso, como estava distante das ruas da cidade, ninguém poderia sentir o movimento da mesma. Era uma tarde quase sem vento, com o sol quente brilhando sobre o navio; era um dia em que era impossível fazer a sesta, com o calor e o barulho do carregamento.

O assistente Komizu trouxe duas garrafas de soda para Onatsu e o irmão, que estavam sentados em uma sombra abaixo da sala de pacientes. Disse que era em agradecimento pela lavagem das roupas, e que as tinha deixado no refrigerador da venda. Magoichi, agradecido, abaixou a cabeça, e Onatsu enrubesceu, ajeitando as pernas, que estavam à vontade.

O supervisor Muramatsu desembarcou para fazer um passeio, e ficou andando sozinho até o anoitecer. Passou pelo famoso jardim botânico, deu uma volta no parque do Teatro Imperial e entrou em um restaurante de luxo, o Bares Continental, onde fez uma refeição e tomou vinho Bordeaux. Soprava uma brisa perfumada, que passava em meio às plantas tropicais em vasos e, quando começaram a acender as lâmpadas de luz amarela em meio às alamedas verdejantes, morcegos voaram por entre as vigas das pilastras principais do restaurante. Na mesa vizinha, um casal de franceses sussurrava palavras de amor sobre colheres de sorvete. Era justamente o horário do passeio dos emigrantes franceses da colônia. Encerrado o negócio e terminado o jantar, o cavalheiro de roupa branca e leve, sem usar chapéu, conduziu a mulher e os filhos bem-vestidos para um passeio no parque. A cidade toda apresentava um aspecto delicado e, com tal riqueza e cultura, foi escurecendo com a chegada da noite. No entanto, dando um passo em direção às ruas laterais, chineses magros, sujos e cheios de suor puxavam riquixás à procura de passageiros. Muramatsu, subitamente, ficou revoltado com a existência de discriminação contra as raças amarelas.

Ao voltar ao navio, avistou Komizu de pé, na entrada, que disse, bastante afoito:

– Temos um grande problema, não é hora de ficar passeando, senhor Muramatsu.

– O que é? – Muramatsu, meio assustado, fitou o rosto de Komizu. Foi possível perceber a insatisfação de Komizu por não ter podido desembarcar.

– É a repetição do Manila Maru.

– É cólera? – gritou o fiscal.

– Há um paciente com disenteria.

Muramatsu contraiu o rosto e encarou Komizu; não gostou da maneira petulante de sua fala. Não precisava dizer que era igual ao Manila Maru. No ano anterior, a cólera entrara em tal navio, em Saigon, ocorrendo mais de vinte óbitos; com isso, teve de ficar parado em Cingapura, em alto-mar, por mais de um mês, tendo ainda de retornar a Kobe. Foi um grande e problemático acontecimento.

Na época, o Manila Maru foi alcunhado de "Cólera Maru". No entanto, entre cólera e disenteria havia grandes diferenças.

O médico, no refeitório da terceira classe especial, jogava xadrez japonês com o chefe do dormitório A, o senhor Ando. Ao perguntar ao médico, constatou que o paciente era uma criança de nove anos, que fora isolada na outra sala de pacientes; mas seu estado era grave. Para tal situação, o médico estava calmo demais. No dia seguinte seria feita uma grande faxina no navio mas, de imediato, o pessoal do setor de saneamento havia feito uma desinfestação ao redor da sala onde fora detectado o paciente. Pediram que ninguém fizesse visitas a ele.

Naquela noite, o supervisor escreveu algumas frases dramáticas no diário de transportes:

"Desde que partimos de Kobe já são dez dias que transcorreram sem maiores problemas. Oh, oh, que infortúnio! Encontramos essa infelicidade. Caso venhamos a perder uma vida, que espírito terei para redigir este relatório de transportes? No momento, a única medida a adotar é fazer o possível e o impossível para cuidar desse paciente. É o único meio que me resta. A tristeza é tanta, e não tenho palavras..."

Depois disso, tomou duas ou três doses de uísque, confabulou com Miyai por uns trinta minutos e, ao redor das onze da noite, enfiou-se na cama de lençóis branquíssimos, ligou o ventilador da cabeceira e dormiu, tranquilo.

Durante a parada não havia ruído de ondas, mas o barulho do carregamento de madeira era intenso, e os quartos do navio, que não tinham ventilação, exalavam o mau cheiro das respirações e do calor de centenas de pessoas. Os operários negros assobiavam em sinais para enrolar as correntes ao lado das camas dos imigrantes que não conseguiam dormir.

DIA 25 DE MARÇO – dez da noite, partida de Saigon.

Quando iniciou-se a descida do rio, espalhava-se pelo navio a seguinte conversa: na noite anterior um negro, que estava a serviço do carregamento, andara espiando os imigrantes em trajes de dormir, e pegou no seio de uma das moças. Uma outra moça levou um arranhão na coxa e tinha até uma marca preta. Outra foi beijada e acordou. Mas, com vergonha, ninguém gritou.

Durante a parada do navio, o calor abafado da noite anterior prejudicara o sono. Foram colocadas cortinas, apenas pró-forma, que não serviam para quase nada. A moça que teve o seio apalpado era do dormitório D; tinha dezessete anos e era do interior. Quando ela apareceu no convés, os marujos começaram a caçoar:

– É você, né? O que sentiu quando pegaram no seu seio?

– Eu estava pensando em dormir e fechei os olhos; então, o sujeito pegou no meu seio e levei um susto. Depois ele deu uma risadinha e foi para lá, foi só isso.

– Deixe-me ver um pouco, ficou preto? Pediu para o médico dar uma examinada?

– Imagine, não pedi nada disso.

– Isso é mal, peça logo para passarem um remédio. Quando se é tocado por um negro, o local pouco a pouco vai escurecendo e no final apodrece...

A moça ficou pálida e começou a tremer.

O informativo *La Plata* tratou daquele acontecimento com toda a seriedade. Na noite anterior também houve duas ou três vítimas. Dali para frente, enquanto o navio estivesse atracado, os imigrantes deveriam tomar todo o cuidado, deixando as cortinas fechadas, e as mulheres deveriam fazer uso, sem falta, de calcinhas. Ademais, dali em diante o tempo iria esquentar mais; assim, deveriam tomar o máximo de cuidado. Quem havia levado um beliscão na coxa era a esposa do senhor Mugihara, que se encontrava na cama, levantando a barra do vestido e esfregando saliva no local. Houve até quem viesse constatar a cena.

No período da tarde, começou uma grande faxina dentro do navio. Os colchões de palha de cada um eram levados até o convés para que fossem expostos ao sol, e foram dispostos em forma de montanhas[12]. As mulheres da associação, portando vassouras, varriam até mesmo os menores cantos. Depois, o pessoal do saneamento fez uma pulverização. As nuvens de gás carbônico irritavam os olhos e ninguém conseguia permanecer nos dormitórios.

Cerca de duas horas depois, veio uma ordem para que tudo voltasse ao estado anterior. Então, alguns começaram a jogar colchões através das escotilhas e, outros, pulavam sobre aqueles colchões. Foi uma bagunça!

Em seguida, houve um incidente no dormitório D: ouviram um choro desesperado de criança, e cerca de vinte cabeças, com lenços amarrados, observaram do convés. Como os pais estavam ocupados, uma criança brincava sozinha e caíra no buraco de uma escotilha. Embaixo, havia o soalho de lâmina de ferro. Imediatamente, os pais pegaram a criança e correram para a sala do médico. Depois disso, o corajoso Kurohiji, rindo, falou:

– Que nada! Enquanto estiver chorando é porque está vivo.

Cerca de meia hora depois, a criança cantava com uma atadura na cabeça, levemente manchada de sangue.

Acalmada a situação, as pessoas descansavam sobre os colchões, que ficaram macios com o tratamento térmico. Os membros da Associação de Moços vieram carregando mais de cem leques e distribuíram-nos nos quartos. Era uma doação de um fazendeiro que havia progredido no Brasil.

Naquele momento, veio o chefe dos dormitórios para fazer uma reunião extraordinária acerca dos turnos para auxílio na cozinha do navio. Todos estranharam quando, na mesa do centro, foi trazido o *oshiruko*[13] fumegante. Foi-lhes dado um aviso:

12. No caso, os colchões eram encostados um a um, de maneira a formar um "v" invertido.

13. Doce feito de caldo de feijão *azuki* (vermelho), com bolinhos de trigo.

– Hoje teremos lanche; respeitando a ordem da hora do almoço, formem três grupos para que possam comer; cada um tem direito a um prato.

Com isso, todos ficaram alegres e, depois, saíram tranquilos para o convés. E, enquanto as pessoas estavam ausentes, os funcionários, sob o comando de marujos, foram verificar as condições dos ventiladores. Finalmente, estavam se aproximando da linha do Equador.

A PARADA SEGUINTE com pernoite seria em Cingapura. A navegação tranquila continuou por alguns dias, mas logo chegaram dias com calor extremo. As escotilhas ficavam semiabertas mesmo durante à noite e, no convés, foi estendida uma lona para se fazer sombra. Todavia, os quartos do navio pareciam uma sauna. A comida dos imigrantes começou a ser reduzida visivelmente, e todos estavam totalmente entregues ao tédio e ao calor. Os ventiladores, instalados havia poucos dias, ficaram ligados o tempo todo; com isso, as bobinas se queimaram, restando alguns poucos em funcionamento. O sol forte batia na sala de pacientes do convés, como que queimando e, nos quartos, mesmo abrindo-se portas e janelas, o calor era insuportável. No entanto, o bebê subnutrido não suava sequer uma gota: não tinha energia para suar, e sua pele estava pálida, quase transparente. Desde o nascimento ainda não abrira os olhos, e sua capacidade visual estava totalmente comprometida. Entretanto, apesar daquele estado, não melhorava, mas também não morria. A mulher quase débil empurrou na boca do bebê o seio suado, mas a boca parecia um buraco reto, e o bebê não tinha forças para sugar. Ela tinha uma família de onze pessoas; assim, era comum que não visitassem o bebê por mais de meio período. Não suportando ver tal situação, o senhor Satake, denominado chefe honorário do dormitório, foi procurar o pai da família. Mas este também era um homenzarrão quase débil, e não se sabia de que forma entendera a estória de que, caso fosse ao Brasil, não precisaria de um centavo; desde cedo, gastava o pouco dinheiro que trouxera tomando cerveja. Para aquela família de doze pessoas, só restavam quatro ienes e algo. O senhor Satake decidiu cuidar do bebê com sua esposa.

Já o jovem marido da senhora Fujiki visitava a esposa, que estava também na mesma sala de pacientes, duas vezes ao dia, trazendo-lhe melancia com pedaços de gelo. Ela, por sua vez, quando o marido lhe perguntava pelo seu estado, respondia com voz fraca, como a de um zumbido de pernilongo:

– Sim, estou com dificuldades e não consigo comer nada – a voz apagada fazia a frase soar como a fala de um aprendiz de teatro Kabuki.

Já a velha com edema pulmonar, segundo o comunicado do médico, estava com acúmulo de líquido. As linhas vermelhas e verdes do quadro de temperatura estavam violentamente entrelaçadas. A velha mandou que a neta de quinze anos acendesse o cigarro e, sem se levantar da cama, começou a fumar com prazer. O senhor Yamashita, portador de beribéri, dormia encharcado de suor. O paciente com disenteria encontrava-se no outro quarto, isolado, com a porta bem fechada; na entrada havia uma placa vermelha, onde se lia "entrada proibida". O médico dizia que sua melhora estava sendo difícil. Quando aumentava o número de doentes, tinha-se a impressão de que a viagem marítima entrava em sua rota verdadeira.

Quando havia sol, os dormitórios da classe superior, no andar de cima, ficavam em silêncio e sem movimento de pessoas, pois todos tiravam uma soneca sobre os bancos à sombra.

Às três da tarde, o ajudante batia o sino de tábua para avisar que o chá estava pronto.

O supervisor Muramatsu conheceu o senhor Kyu Sei Ei, um chinês que embarcara em Hong Kong. O senhor Kyu era um jovem cavalheiro que estava indo trabalhar na filial do Banco de Cingapura, e era exímio na língua inglesa. Do convés de cima ele via os imigrantes que pareciam queimar com o calor, e perguntou:

– Afinal, para onde vão todos esses japoneses, e para fazer o quê?

Muramatsu explicou, em inglês, os pormenores do transporte de imigrantes. Ao ouvir as explicações, o chinês se admirou e disse:

– O Japão é um país de se dar inveja. O governo arca com os custos da viagem e envia seu povo para o exterior; jamais se poderia pensar em tal coisa na China, nem em sonho. O sistema de administração pública está perfeitamente formado, e toda a estrutura governamental está bem ajustada. Eu tenho inveja dos japoneses.

Na visão de Kyu, certamente, havia uma triste história de quatro mil anos. Nascera em um país fragmentado, e sentia uma tristeza profunda pela falta de estruturação do governo. Como o povo chinês vivia, podia-se dizer, em um estado sem pátria – Muramatsu testemunhara tal fato em Hong Kong e Saigon –, tinha certeza de que o senhor Kyu sentia uma grande tristeza. No entanto, Muramatsu pensava em outra coisa: era correto usar dinheiro público para mandar imigrantes ao estrangeiro, mas a China, desde o princípio, não precisava mandar imigrantes para fora. O Japão, por ser um país pequeno, não tinha condições de cuidar de toda aquela população dentro de seu território, fato que tornou a imigração necessária. Entre o povo inglês, não havia um imigrante estrangeiro sequer. Todos podiam ter suas próprias terras dentro de seu território. O Japão tinha de alocar um orçamento grande para enviar imigrantes ao exterior. Isso, na verdade, expunha a infelicidade do governo japonês. Se aquele raciocínio estava correto, ele sentiu que não seria possível saber quem era mais feliz: os chineses ou os japoneses.

No final da tarde, chegou um aviso do médico: trinta e um pacientes de tracoma com cura total.

– Vejam, vejam, tem piolho, piolho... – com essa gritaria de Katsuta, Komizu despertou. Katsuta, que pegara um piolho de sua camisa branca sobre a cama, mostrou-o para toda a família, e depois esmagou-o, cuidadosamente.

– Viu, isso é um problema, que coisa horrível! De onde você pegou? – indagou a mãe, atrapalhada, fazendo uma careta. Ela vestia uma roupa japonesa de seda, o que conotava a sua posição social.

Komizu levantou-se e, ao tentar calçar o sapato, viu um piolho que estava andando sobre a meia, como um ladrão que havia sido descoberto.

– Parece que existe também o bicho-nankin[14] – atiçou Momono. – Anteontem fui picado no dormitório B. Aquele bicho fede se for esmagado.

A filha do senhor Katsuta, que constava pró-forma como sua esposa, lamentava como se tivesse ido ao inferno.

Às nove horas a sirene tocou forte. Os imigrantes, vestindo a roupa ocidental oficial, saíram para o convés. A esposa de senhor Katsuta também teve de usar roupa ocidental. Do convés avistava-se, próximo, o porto de Cingapura. Uma lancha branca chegou depressa, e os agentes de vigilância subiram a escadaria do navio. O fiscal e os membros da Associação de Moços, suando às bicas, começaram a conferir o número de pessoas. Faltava um bocado de gente. Os rapazes entraram nos dormitórios para verificar; nesses cômodos, quase vazios, havia algumas mulheres carregando crianças, ou dormindo. Algumas vestiam uma saia dizendo, sossegadas – Espere um pouco. – Nessas ocasiões, quem mais dava trabalho eram as mulheres de pouco mais de trinta anos, com crianças. Não conseguiam se comportar de modo coletivo, pensavam apenas em si. O mundo era elas e as crianças e, fora isso, não se interessavam por nada: não compareciam aos cursos, não faziam ginástica, não gostavam de fazer fila e não obedeciam a qualquer ordem. Durante algum tempo andaram à procura dessas mulheres, e fizeram-nas formar fila no

14. Tipo de piolho.

convés. O inspetor era um sujeito excêntrico; viu os documentos indicados pelo médico e deixou passar a inspeção. Os imigrantes perderam tempo em se colocarem em fila, e aqueles que correram, suando, à procura das mulheres, pareciam bastante inconformados.

Durante esse tempo, o navio lançava a corda, mais ou menos no meio do longo ancoradouro.

Dentro do navio o tumulto era grande. Qualquer um estava autorizado a desembarcar ali. O pessoal, que vestira roupa de trabalho como veste oficial, andava pelo corredor, bastante animado. Para a maioria, desde que embarcaram no navio no Japão, era a primeira vez que podiam pisar em terra firme, depois de várias dezenas de dias.

O senhor Oizumi, Magoichi, Katsuji, Yoshizo Monma e o senhor Mugihara, num total de cinco pessoas, desceram do navio, após terminarem a refeição do almoço. Entre as mulheres, ninguém queria descer; tinham medo de andar no meio de estrangeiros. Os homens pediram ajuda e desceram. Na doca, perambulavam cambistas hindus vestindo um tipo de saia xadrez vermelha e mexendo as duas mãos, atritando moedas. Na troca, sem dizer uma palavra, entregavam notas verdes ou moedas com inscrições em inglês. No dia anterior o informativo *La Plata* havia avisado acerca do valor de troca do câmbio, mas os imigrantes não conseguiram entender nada.

Atravessaram depósitos da doca, onde não havia lojas e as casas eram esparsas. Andavam para o lado em que todos iam. Era um dia terrivelmente quente. Andando cerca de cinco quadras, passavam bondes, mas ninguém pensou em tomar um pois, certamente, iriam se perder. E, caso se perdessem, não entenderiam a língua e ficariam em apuros. Em grupos, de roupa de trabalho cáqui, os imigrantes foram andando o mais reto possível. Se fossem em linha reta não errariam o caminho, pensaram eles. A rua foi se tornando cada vez mais movimentada e, à beira-mar, havia vários prédios altos de pedra. Admiraram os chineses que, descalços, andavam sobre o asfalto derretido pelo calor. Daquela forma andaram, heroicamente, cerca de dois quilômetros. Do lado direito da rua ficava o mar; assim, não precisavam se preocupar com o risco de se perderem também na volta. De repente, viram-se em frente a uma pensão de japoneses, onde também havia um restaurante no primeiro andar. Eles foram entrando, sem qualquer cerimônia.

Em seguida, pediram aos funcionários da pensão para que comprassem banana nas proximidades, e compraram também um estoque de enlatado de abacaxi, tomaram leite, comeram e retornaram direto pelo mesmo caminho pelo qual vieram. Ao entardecer, até chegarem ao navio, eles se sentiam senhores de si em Cingapura. "Naquela rua comprida à beira-mar fazia calor, havia construções de pedra e também uma pensão de japoneses", essa havia sido a conclusão deles. O roteiro que seguiam os imigrantes com os mesmos pensamentos era o mesmo; todos vagavam de um lado a outro e, saindo-se para as ruas laterais, não se via nenhum deles.

O supervisor Muramatsu juntamente com Momono, Katsuta e Komizu desembarcaram com mais de duzentas correspondências destinadas ao Japão. Depois fizeram compras nas lojas de departamentos e foram a uma rua japonesa, onde entraram em um restaurante, que trazia na entrada uma cortina onde se lia Harunoya. Havia *oyakodon*[15], macarrão japonês e *sushi*. A dona era uma mulher de Nagoya, que disse que a filha que havia deixado em sua terra natal, a partir daquele ano, estaria ingressando no ginásio. Sentia-se uma certa tristeza ao ver uma pessoa que, mesmo com saudades da terra natal, encontrava-se trabalhando no comércio japonês em uma cidade de um país estrangeiro. Por outro lado, sentiam inveja daquelas pessoas que haviam assimilado o novo território.

Um homem chamado Shioya, do dormitório C, que era da província de Saitama e sabia um pouco de inglês, entrou com mais

15. Cozido de frango com ovo e arroz, servido em uma tigela própria, o *donburi*.

dois companheiros no restaurante Harunoya e começaram a beber cerveja. Em seguida, aproximaram-se dizendo – Que coisa, senhor supervisor –, e começaram a enumerar queixas de dentro do navio, como: o cozido de cevada era difícil de comer, e se não poderiam fazer algo para mudar a situação; as misturas das refeições eram terríveis; as normas de dentro do navio estavam em desordem e a disciplina era suspeita. E, por fim, disseram que os membros daquela chamada Associação de Moços estavam lhes dando ordens: – Nós obedecemos as ordens do supervisor, mas a gente não se lembra de que temos de obedecer às ordens daquela gente.

As queixas eram desse tipo. A melancolia e o tédio de uma longa viagem de navio vinham se acumulando. Aquele não era o caso apenas de Shioya, mas o ambiente de todo o navio apresentava-se daquela forma. Em toda viagem de navio, a partir do momento em que passavam por Cingapura, começavam a surgir tais reclamações desagradáveis. Então o supervisor deu início a atividades como gincanas e campeonatos de sumô, para que os imigrantes pudessem extravasar o excesso de energia.

Levando em consideração a desordem ocorrida em Saigon dentro do navio, resolveram dividir os membros do grupo de jovens em três, cada qual com três turnos de dez pessoas cada, para a vigília noturna. Três ficariam na entrada principal, e os outros sete ficariam com a ronda noturna dos dormitórios, tomando conta das mulheres, para que os negros e chineses, que estariam no setor de cargas, não causassem nenhum inconveniente.

O horário de retorno ao navio para os imigrantes que desembarcaram era até a meia-noite. Às dez para a meia-noite, um carro parou na doca, e um homem que desceu primeiro vestia um roupão de banho e calçava sapatos. Era o comissário. Depois dele uma fila de pessoas foram descendo, como flores que desabrocham à noite no porto: eram artistas japonesas. Elas viviam naquelas terras, tinham os cabelos presos e vestiam um quimono maravilhoso. Elas carregavam as roupas ocidentais do comissário embrulhadas em um pano. Tendo o comissário à frente, foram subindo as escadas do navio, quando os jovens que estavam de guarda, maravilhados, recepcionaram-nos com um grito de alegria.

Shioya e os companheiros que haviam enumerado as queixas ao supervisor voltaram, com treze minutos de atraso do horário estipulado para o fechamento das portas do navio. Muramatsu não os perdoou:

– Shioya, você havia dito que as normas de dentro do navio estavam uma bagunça, mas quem é que está bagunçando as normas? É você!

Shioya não teve palavras para contestar e apresentou várias desculpas. Bêbado e com a mão trêmula, foi obrigado a escrever uma carta pedindo desculpas, sem poder reclamar.

A bandeira japonesa na ponta do mastro tremulava, como se limpasse o céu estrelado e, no corpo do navio, continuavam a carga e descarga noite adentro. Muramatsu ofereceu cerveja e gasosa aos jovens que estavam de vigília para lhes dar ânimo.

Finalmente, ocorreu um incidente. Foi na tarde do dia seguinte, depois da partida de Cingapura. Aconteceu exatamente como o previsto em todas as viagens de navio, ao alcançarem determinado ponto depois de Cingapura.

Komizu, ao voltar para a sala dos supervisores, encontrou sobre a escrivaninha uma carta de demissão de cargo conjunta de dois membros do setor de saneamento e disciplina do dormitório E. A razão era a falta de higiene, e alegaram não aguentar mais a função. Komizu pensou em perguntar o porquê de tão repentino pedido de demissão mas, com tantas coisas a fazer, isso ficou só no pensamento. Nisso, um pouco antes do jantar, Satake, o chamado chefe de honra do dormitório E, e seu subchefe, procuraram o supervisor Muramatsu na sala da primeira classe, apresentando os pedidos de demissão. Muramatsu perguntou-lhes a razão e Satake, com ar de uma pessoa entendida de quarenta anos começou a contar, inclinando o rosto:

Na manhã daquele dia, alguma pessoa do dormitório D estava no banheiro quando um certo homem do dormitório E jogou algo na privada e deu descarga, ocasionando o entupimento do cano, que era fino; era esse o incidente. O homem do dormitório D que descobriu o fato foi até o funcionário Okamatsu, soltando um boato de que um homem do dormitório E acabara de entupir o cano. Então, Okamatsu ficou irritado com a frequência daquilo e perguntou:

– Quem foi que entupiu o cano?

O outro respondeu que não sabia o nome da pessoa. Okamatsu, cegamente, acabou dizendo:

– Tudo bem. Então não vou permitir que, até que descubram o culpado, nenhuma pessoa do dormitório E use o banheiro. Vão ter de lavar o rosto na lavanderia.

Ouvindo isso, o jovem e valente Kurohiji rebelou-se frontalmente. Originariamente, a grande maioria das pessoas do dormitório E era de Kyushu sendo, portanto, geniosas e violentas; era o grupo mais difícil de se lidar. Foi dessa forma que o incidente rapidamente tomou grande proporção.

– Eu entendo que peçam para procurarmos o sujeito que entupiu o cano. Mas o que todas as pessoas do dormitório E têm a ver com a infração cometida? Não há razão para nós sermos envolvidos e punidos por isso. Não dá para saber se foi mesmo um sujeito do dormitório E quem entupiu ou não. Tragam o sujeito do dormitório D que delatou...

– Antes de mais nada, esse tal funcionário Okamatsu é um petulante. Arrastem-no até aqui e vamos fazê-lo pedir desculpas.

Por conta daquela situação, os jovens do setor de saneamento, assustados, apresentaram rapidamente uma carta de demissão, acreditando serem eles os responsáveis. Depois, Satake, o chefe dos dormitórios, tentou apaziguar de várias formas, mas o problema era como lavar o rosto na manhã seguinte. Portanto, era urgente resolver o problema mas, estando os rapazes revoltados, não sabiam o que fazer. Para Satake, o chefe do dormitório, o fato de não ter conseguido manter o controle do dormitório E era uma vergonha, razão pela qual apresentou sua demissão.

Muramatsu, ao ouvir aquilo, deu uma gargalhada diante de Satake, que também deu risada:

– Realmente, os fatos ocorridos são muito estúpidos; entretanto, do jeito como as coisas estão emaranhadas, não podemos ficar rindo e deixando tudo como está – disse, balançando tristemente a cabeça.

Muramatsu, a princípio, ficou com a carta de demissão e mandou Satake voltar, mas ele permaneceu ali; era algo insignificante demais. Provavelmente, aquilo seria um tipo de desabafo decorrente da depressão da viagem de navio; portanto, se não dessem importância e deixassem daquela maneira por cerca de duas ou três horas, naturalmente as coisas iriam se acalmar e, assim pensando, trocou de roupa e foi ao refeitório. O navio entrou no canal de Málaca e alterou o curso para noroeste. Depois de muito tempo pôde-se ver um pôr do sol vermelho a bombordo; os raios do sol poente pareciam queimar a linha do horizonte. Durante o jantar ouvia-se, lá embaixo, a voz de comando do *kokumin taisô* dos imigrantes que haviam terminado rapidamente a refeição.

No entanto, o *kokumin taisô* daquele dia foi um tanto solitário. Após o seu término Komizu, que havia achado aquilo estranho, resolveu espiar do convés pela portinhola de cima do dormitório E, e ficou pálido e chocado: o chefe do dormitório e os jovens, em um total de 35 ou 36 pessoas, estavam sentados, formando um círculo no centro do cômodo. De pernas cruzadas sobre cadeiras, gritavam de forma agressiva, enquanto batiam o cachimbo ou cuspiam: – Está fazendo tratamento discriminatório! – ou – Tragam o delator! As esposas, ao redor daquele círculo, assistiam à cena enquanto amamentavam, e os filhos, de pé, formavam como que um muro ao redor. Vários lampiões de carbureto iluminavam os quatro cantos daquele grupo tenso, em meio ao ar viciado de toda aquela gente.

O medroso Komizu ficou assustado e subiu para o quarto da primeira classe, dirigindo-se a Muramatsu que, de barriga cheia, palitava os dentes:

– Senhor Muramatsu, aconteceu uma coisa terrível! Talvez o pessoal do dormitório E faça uma rebelião. Estão no momento discutindo depois de terem organizado uma reunião com o chefe dos dormitórios. Se deixarmos do jeito que está pode se tornar algo terrível.

Com a situação naquele estado, Muramatsu também não poderia ignorar a questão. Ao descer as escadas íngremes do convés principal, havia mais grupos de outros dormitórios espiando pelo buraco da portinhola acima do dormitório E. O senhor Miura – o homem do *yagibushi* –, o senhor Mugihara, o chefe do setor de atividade física Okada e o pai de Katsuta também estavam no meio.

Ao descer mais um degrau e entrar no dormitório E percebia-se que, de fato, tratava-se de um ambiente bastante carregado. Viu-se o rosto das esposas através das grades de ferro cinza que circundavam o local, em meio à fumaça intensa dos cigarros Dragon; cerca de quarenta pessoas, de feições assustadoramente nervosas, respiravam aquele ar pesado de tensão. Satake, de braços cruzados, permanecia em pé próximo ao local.

Muramatsu entrou na roda, abrindo caminho por entre as pessoas. Porém, o grupo continuou gritando, sem ao menos dirigir um olhar ao supervisor ali presente. Kurohiji disse, gesticulando com o cachimbo que estava em sua mão:

– Nós temos que trazer Okamatsu à força e fazê-lo se desculpar. Enquanto ele não pedir desculpas, não haverá acordo.

Um outro rapaz, da mesma faixa etária de Kurohiji, também fez duras críticas e falou em voz alta, como se estivesse tentando liderar o grupo:

– É isso mesmo! Em último caso, seria bom se apresentássemos uma pessoa, dentre nós, como vítima da situação. É isso mesmo! Uma vítima.

Muramatsu não estava conseguindo apreender o sentido de tudo aquilo mas, ao raciocinar melhor, finalmente percebeu a intenção do grupo de escolher uma pessoa para se passar por vítima, com o intuito de culpar Okamatsu; então, este seria acusado e sofreria ataques de todos. O jovem que dera a ideia transmitia a impressão de que havia recebido uma educação bastante conservadora, e que sua criação fora à base de valores feudais muito antigos. As expressões por ele utilizadas assemelhavam-se às dos jogadores, ou talvez seriam uma espécie de sentimento feudal que ainda restava, de uma maneira geral, nas redondezas de onde viera. Em ambos os casos os imigrantes, mesmo quando expunham suas queixas, não conseguiam levar o grupo à ação; em outras palavras Muramatsu, que fazia vistas grossas ao caso, achando que o movimento não se concretizaria de fato, não pôde mais ignorar a situação após chegarem àquele ponto.

– Entretanto – disse Muramatsu, forjando calma –, fazer com que ele peça desculpas é algo também problemático. Não que ele tivesse a intenção de não deixar vocês usarem o banheiro novamente; mas isso não solucionaria o caso e ficaria apenas na ameaça.

– Esse tipo de coisa não seria problema – respondeu o homem em questão. – Ele está fazendo a gente de bobo, sem saber quem foi o responsável. Precisamos procurar o delator. Se fizermos isso, nós saberemos a qual dormitório pertence o culpado.

Com a chegada do supervisor, mais pessoas foram se agrupando, aumentando a tensão. As esposas corrigiram a postura e as crianças nem ameaçavam chorar. Enquanto todos enxugavam o suor provocado pela sala abafada, o cenário parecia o de uma rebelião de presídio. Satake tentou, insistentemente, apaziguar o conflito, mas ninguém lhe deu ouvidos. Komizu estava de pé, no canto da sala, totalmente apático.

– E então? – disse Muramatsu, dando um leve sorriso. – Vocês não poderiam deixar o caso em minhas mãos?

– Se fizermos isso, você fará o Okamatsu se desculpar? – perguntou Kurohiji.

– Como supervisor, eu não tenho autoridade para fazer esse tipo de coisa – recusou Muramatsu, de forma veemente.

– Então vamos procurar o sujeito que entupiu o banheiro e fazê-lo se desculpar e...

– Isso também não é possível!

Os nervos de Muramatsu estavam à beira de um colapso. Aquele homem de temperamento nervoso, que vinha suportando os problemas mais insignificantes, como o incidente do banheiro, causado por um idiota qualquer, já estava em ponto de saturação.

– Desse jeito não adianta nada – disse dessa vez um outro jovem. – Nós vamos até o fim para buscar o Okamatsu.

– Precisamos de representantes para negociar. Precisamos dos nomes de cinco representantes.

Muramatsu, que até o momento escutava, avançou sem hesitação para cima de Kurohiji e, num gesto repentino, puxou-o pelo colarinho, derrubou-o e apontou-lhe o punho fechado. Por fim gritou, gaguejando:

– Onde quer que você vá, costuma se revoltar, não é mesmo? Gosta de confusão? Muito bem, então eu serei o seu adversário, vamos, venha me enfrentar!

Dentro da sala, de repente, todos ficaram em silêncio e, como era de se esperar, Kurohiji nem ameaçou reagir. O rosto de Muramatsu estava em chamas, vermelho e brilhante. Ainda não havia dado um único golpe, mas seu punho parecia impregnado de sangue, de tão vermelho.

Satake, com cara de choro, entrou no meio dos dois e, com a mesma calma, própria da idade, encarou-os com igualdade:

– Senhores, como o supervisor chegou a esse ponto, vamos deixar esse caso nas suas mãos e pedir para que resolva esse problema. O que vocês acham?

Ninguém disse nada. Kurohiji levantou-se e sentou, meio desajeitado.

– Se vocês não querem deixar a responsabilidade do caso em minhas mãos, de agora em diante eu também não farei mais nada por vocês. Podem ir para onde bem entenderem. De um modo geral, gostaria de saber por que vocês embarcaram neste navio. Não foi com o propósito de irem para o Brasil e construirem uma vida nova por lá? Como vocês podem explicar esse comportamento causado por algo tão banal, como o incidente de um banheiro, diante de um objetivo tão nobre? Cada um de vocês recebeu um auxílio financeiro do governo japonês equivalente a mais de 210 ienes; portanto, que tal vocês pensarem um pouco mais sobre o significado dessa viagem? Aqueles que perturbarem novamente a ordem no navio por motivos tolos como este, terão que se entender comigo, pois me tornarei sempre um adversário.

Satake, tentando acalmar o sermão do supervisor, disse novamente:

– O que vocês acham? Não é o caso de deixarmos nas mãos dele?

Ouviram-se umas duas ou três vozes de "sem objeções". O chefe de dormitório Satake, ao final, insistiu e conseguiu uma resposta mais clara por parte de todos, que concordaram com ele. Depois disso, não havia mais ânimo para o grupo permanecer naquele lugar, e as pessoas foram se dispersando.

– Senhor supervisor, como o senhor pôde ouvir, todos disseram que querem deixar o caso em suas mãos; portanto, contamos com o senhor – disse Satake, abaixando a cabeça a Muramatsu, que era bem mais jovem do que ele[16].

– Pois muito bem. Então, por favor, não causem mais confusões. Ficarei responsável e resolverei o caso. Quanto ao banheiro, podem usá-lo normalmente. Eu vou tratar disso com o senhor Okamatsu.

16. Na sociedade japonesa não é comum pessoas mais velhas abaixarem a cabeça a pessoas mais novas, como um gesto de reverência e respeito, devido à hierarquia social existente.

E foi tudo. Muramatsu foi embora com Komizu e os outros foram se dispersando. De repente, Matoba, o chefe do dormitório D, aproximou-se dos dois e começou a elogiar o supervisor, dizendo-lhe que havia achado muito apropriada a sua atitude de enfrentar Kurohiji, puxando-o pelo colarinho e que, depois daquilo, sentiu-se aliviado.

NA MANHÃ SEGUINTE, os imigrantes do dormitório E já estavam usando normalmente o banheiro. Muramatsu não fez nenhuma negociação com Okamatsu, tampouco lhe comunicou o fato. Ele sabia que era melhor deixar as coisas como estavam, uma vez que a situação havia se acalmado.

As pessoas do dormitório E pareciam ter esquecido, completamente, o incidente em questão, pois ninguém comentou mais nada. Entretanto, Muramatsu estava preocupado com as confusões que o tédio dos jovens pudesse causar; por essa razão, a partir daquela data, ele pretendia aumentar as atividades recreativas dos imigrantes.

O navio distanciou-se para o norte do estreito de Málaca, a sete graus latitude norte, a oeste do Oceano Índico, onde borbulhava uma água azul-escura. O sol, em chamas, subiu pela popa, por entre dois fios estendidos nas antenas dos mastros, e se pôs reto para o lado da proa. Os raios solares, que brilhavam no céu azul na linha do horizonte, foram repentinamente cobertos por nuvens escuras que, junto com rajadas de vento, provocaram uma violenta tempestade. Não houve tempo sequer de fechar a escotilha. O navio parecia ter sido envolto pela água, e uma enxurrada, semelhante a um pequeno riacho, escorreu pelo convés. Após trinta minutos debaixo da nuvem escura, o navio voltou novamente a ser banhado por fortes raios solares e temperatura alta.

Teve início uma epidemia de brotoejas no navio. As crianças ficaram com as cabeças e os rostos cheios de pústulas inflamadas. Era algo repugnante de se ver. Rapidamente as mães também foram contaminadas. Em todos os quartos e no convés havia sempre três ou quatro crianças com ataduras por todo o rosto. O ambulatório ficou lotado. O médico diagnosticou como quistos, e pediu às duas únicas enfermeiras que trocassem os emplastros brancos dos pacientes duas vezes ao dia, uma pela manhã e outra à noite. A terceira classe do navio parecia uma casa de palhaços, com rostos brancos por todos os cantos. O bebê da família Kurokawa chorou desesperadamente de madrugada, a ponto de perder o fôlego e Satake, o chefe do dormitório, não suportando a situação, foi pedir ajuda ao médico. A criança, há muito, estava com uma pleurite extremamente grave, mas a mãe, pálida, não mostrava qualquer sinal de transtorno. O filho foi isolado em um outro quarto e colocado ao lado do irmão mais novo, desnutrido e sem esperanças de vida. A embarcação havia se transformado em um navio-hospital, com tantos passageiros doentes, e as enfermeiras, em meio à correria, perdiam peso a cada dia, como não poderia deixar de ser. Porém, o supervisor Muramatsu, agindo como se tudo estivesse calmo, disse a Komizu que aquela era uma situação normal e que em toda viagem de navio era a mesma coisa.

Uma americana que havia embarcado em Cingapura, certo dia, chamou o chefe do escritório do navio para apresentar uma queixa: segundo ela, todos os dias, ao sair para o jantar, os japoneses da terceira classe estavam em seu horário de ginástica e, assim, acabavam acordando sua criança na primeira classe. A mulher, então, pediu que suspendessem a ginástica dos imigrantes.

– Realmente, sinto muito. Como as condições dos quartos da terceira e primeira classe são diferentes, se os imigrantes não fizerem exercícios físicos poderão ter a saúde comprometida seriamente – desculpou-se, polidamente, o comissário.

– Ora! Eu não deveria de ter embarcado num navio como este! Será que nós não teremos outra saída senão ter que suportar essa situação desagradável até chegarmos à Cidade do Cabo? – gritou a mulher.

Depois de alguns instantes, o subchefe da cozinha foi transmitir um recado a Muramatsu, por parte da mulher americana: ela havia dito que gostaria de contratar uma imigrante japonesa para cuidar de sua criança. O supervisor sentiu-se ofendido mas, a princípio, concordou. Então, na manhã seguinte, levou até à primeira classe uma moça que o senhor Fujiki, do dormitório B, havia recomendado.

Naquela noite, na varanda-café da primeira classe, trouxeram uma vitrola, e cerca de dez estrangeiros começaram a dançar. A mulher, que havia deixado sua criança no quarto com a babá japonesa contratada, dançava freneticamente. A cena era vista pelo convés, do guindaste. Era uma noite que, gradativamente, foi refrescando. Os imigrantes que saíram naquele friozinho espremeram-se no convés para assistirem àquele espetáculo inusitado. Os homens, de camisa e roupas de baixo, e as mulheres, de calça e uma faixa no quadril, as crianças apenas de cuecas, e os jovens de pijama. Um grupo de cerca de cem pessoas espreitava a parte de cima: alguns caçoavam vendo os estrangeiros, outros aplaudiam, faziam algazarra e davam risadas. O comissário, preocupado com o barulho, foi se queixar a Muramatsu que, rindo, tentou acalmar a festa, mas não conseguiu. Primeiramente porque o próprio Muramatsu nutria uma antipatia por aquele tipo de estrangeiro, e não tinha vontade de repreendê-los. Por fim, os ocidentais se renderam e interromperam a festa.

A mulher que havia contratado uma imigrante para cuidar de seu filho, ao voltar da festa para o quarto, ficou bastante contrariada e nervosa ao deparar-se com a criança aos berros, o quarto desarrumado e as roupas íntimas a serem lavadas no mesmo local, sobre uma cadeira. A moça contratada não havia feito nada por não entender as circunstâncias. A senhora americana começou a gritar de forma histérica, dando a impressão de que estava prestes a esmurrar a menina que, atordoada, ficou pálida e fugiu correndo do quarto para o dormitório B; aos prantos, dizia que nunca mais voltaria àquele lugar onde estavam os estrangeiros. O senhor Fujiki, que havia recomendado a moça, foi até o supervisor e disse, furioso, que achava aqueles estrangeiros insolentes.

Vários incidentes desse tipo foram surgindo, um após outro. O tédio também acabava sendo um dos motivos de transtorno para os imigrantes. O supervisor, cuja função era acalmar os ânimos e manter a ordem no navio, vivia ocupado, tentando reverter a situação e resolvendo problemas banais.

No canto do dormitório D, mais um fato estúpido acabou ocorrendo:

– Isso mesmo, todos estão dizendo. Não há uma grande distância entre Hong Kong e Cingapura. Como é que algo de nove *sen* pode subir para quinze? – disse uma pessoa. Então, em seguida, outra respondeu:

– Ah, então é verdade que o supervisor nos fez de bobos e embolsou a diferença. Aliás, dizem que todas as noites ele está tomando saquê.

– É estranho o fato de termos enviado uma carta em Hong Kong por nove centavos e, em Cingapura, terem sido cobrados quinze.

Sobre isso foram acrescidos boatos, que se espalharam:

– Na verdade, a correspondência custou onze *sen*. Foram cobrados quatro *sen* a mais de cada um; assim, os dois supervisores dividiram o lucro e compraram saquê, o qual eles estavam bebendo todas as noites.

Diante disso, o grupo, que se sentia mal com o calor e fora ao convés para se refrescar, ao avistar o supervisor foi direto em sua direção para reclamar:

– Pode explicar o que é isso, senhor supervisor?

Muramatsu, atônito, não conseguiu dizer nada. Na verdade, a causa da diferença de preço nas correspondências fora o câmbio. Um fato absolutamente simples e normal. A solução dessa questão seria muito fácil: se perguntassem a qualquer um que havia enviado uma correspondência por conta própria depois de embarcarem, iriam logo esclarecer o mal-entendido.

– É mesmo!? Ah, agora nós entendemos – e com ar tranquilo e sem ânimo, saíram cantando feito bêbados e acabaram se dispersando.

Dentro de um navio, com tal tipo de desordem, não era possível prever quando o próximo incidente ocorreria. Constantemente surgiam boatos, como o de um jovem e uma moça que, certa noite, estavam de ombros colados, conversando em um local próximo à enfermaria; também o do casal que fora encontrado enfiado em um bote salva-vidas; o da moça, que estava trabalhando como empregada doméstica para uma americana, que se tornara íntima de um marujo da terceira classe; o da filha do senhor Katsuta, que ia com frequência à sala do funcionário Okamatsu. Entretanto, ninguém podia dizer quais eram verdadeiros e quais eram falsos.

Onatsu Sato foi abordada por Katsuji, certa noite, na escuridão do convés:

– Ona-*chan*[17], você realmente tem intenção de voltar para o Japão, depois de dois ou três anos? – perguntou, enquanto arrumava o roupão de banho. As ondas estavam paradas, não fluidas como óleo e, na direção da proa, as estrelas refletiam-se na água, silenciosas.

– Se não for até lá, não dá para saber – respondeu Onatsu.

Katsuji permaneceu um tempo com o olhar vago, mergulhado em pensamentos e, de repente disse, como que falando sozinho:

– Chegando lá, tenho o compromisso de devolver o registro de família, mas se você concordar, por mim pode deixar as coisas como estão. Acho que assim tudo fica mais conveniente.

Para Katsuji, talvez aquela situação fosse realmente mais conveniente mas, para Onatsu, as coisas não se limitavam a isso. Ela ficou calada e virou o rosto para o outro lado.

17. Sufixo que acompanha nomes de crianças e mulheres jovens, denotando carinho ou intimidade.

– Por favor, pense sobre o assunto – dizendo isso, Katsuji foi se afastando de perto de Onatsu.

Onatsu, na verdade, praticamente havia se resignado quanto ao retorno ao Japão. "Caso encontre a felicidade no Brasil...", pensava ela, mas isso só poderia ser comprovado ao chegar lá. Teria de esperar o desenrolar do destino. Ela não costumava tentar abrir seu destino ativamente; acreditava ser melhor esperar o curso natural dos acontecimentos. Depois definiria sua resposta para Katsuji.

O informativo *La Plata Maru* era impresso em dias alternados. Nos avisos daquele dia constavam que, no dia 1º de abril, haveria uma gincana, e que as inscrições para o concurso de melhor *slogan* para conservação e economia de água potável estariam abertas.

Assim, a partir daquele dia, os membros dos grupos de jovens e de senhoras passaram a ficar bastante ocupados com os preparativos. Os prêmios da gincana e do concurso, que foram doados pelo navio e pelo supervisor, foram retirados do depósito. Tudo estava em completa desordem, desde os preparativos dos materiais para a gincana até a elaboração do programa. Fora um bom motivo para animar os imigrantes entediados com a viagem. Houve até excesso de inscrições para a gincana, cuja organização coube a Komizu. Por um lado, *slogans* sobre economia de água potável: Katsuta fez a seleção e, no final, juntamente com chefe do escritório e do supervisor, definiram os vencedores. A premiação e a apresentação dos *slogans* vencedores ocorreram no refeitório da terceira classe especial.

O primeiro colocado foi uma criança de catorze anos, que recebeu três toalhas e um caderno como prêmios. Seu *slogan* era: "Gaste água como se você estivesse gastando seu dinheiro". Foi alvo de grande elogio por parte do operador de máquinas: o *slogan*, de fato, expressava a realidade profunda, mas estava longe de ser uma grande frase. O segundo colocado foi o chefe dos marujos, com a frase: "Não há fonte nem poço no navio". O contemplado, que tinha ombros que pareciam uma rocha, sorridente, recebeu o prêmio: uma toalha e dois cadernos.

Aquela noite havia sido tranquila e divertida. Um vento fresco soprava, dando uma sensação agradável de outono. O senhor Mugihara, então, começou a tocar uma flauta no convés, onde havia uma brisa fresca, e o senhor Miura cantou *Akita Obako* e *Oiwake*. Cansado por ter ajudado o dia inteiro na cozinha, o senhor Oizumi acompanhava os dois batendo palmas, balançando seus ombros enormes, tomando saquê gelado e comendo um enlatado de frutos do mar que havia comprado na venda do navio. Ele era uma figura simpática e muito querida pelos companheiros. Sua esposa, obediente e quieta, mas sempre sorridente, estava sentada ao lado do marido e conversando com as outras esposas, no carregado dialeto do nordeste do Japão. Grupos assim eram vistos em todas as partes do convés. O rapaz da venda começou a trazer do depósito garrafas de dois *gô* de saquê da marca Seishu Gekkeikan, incessantemente. O senhor Okada, coordenador do departamento de atividade física, bebia cerveja juntamente com o filho de Katsuta e Momono. O pai Katsuta perguntou à esposa e à filha, no dormitório do navio, se elas não poderiam dar um jeito de aquecer o saquê. Então a filha, que tinha amizade com um rapaz da venda, conseguiu pedir a ele para que aquecesse garrafas de saquê de dois *gô* na cozinha do refeitório. As moças devoravam chocolates comprados em Cingapura e cantavam uma canção religiosa. Em todos os cantos do dormitório havia grupos de imigrantes reunidos, apostando um cigarro chinês da marca Dragon na jogatina de cartas.

Já a velha Monma, de pomada branca na testa, permanecia emburrada como de costume. Para piorar o humor, seu cigarro japonês havia acabado. Ela ganhara um cigarro Dragon de Katsuji mas, ao prová-lo, detestou. Então, fazendo bico com os lábios e demonstrando seu mau humor contemplava, do segundo andar da cama, os bebedores de saquê que se divertiam. Deitados na cama debaixo, Magoichi e Onatsu bebiam uma soda e mastigavam salgadinhos de soja; ela vestia um quimono de algodão leve, que combinava com suas feições.

O senhor Oizumi, devido ao efeito do saquê, estava animado no convés, contando os casos ocorridos naquele dia na cozinha do navio:

– Eu levei um susto hoje, no final da tarde, quando me mostraram o tamanho da geladeira, que era equivalente a três salas de oito tatames. Com prateleiras penduradas dos dois lados, havia de um lado verduras frescas e, do outro, umas cento, não, cento e cinquenta ou cento e sessenta aves depenadas, parecia uma montanha de frangos. Havia também tartarugas amontoadas e, no fundo, peças inteiras de vaca, enormes, como se tivessem juntado umas quatro ou cinco casas de carne. Constatei com isso que nós, imigrantes subsidiados, não temos os mesmos direitos que o restante dos passageiros. É muito luxo! Por exemplo, mesmo a cebolinha, a melhor parte vai para a primeira classe, depois para os funcionários do navio, e nós ficamos com os restos. De fato, nós não somos considerados gente!

– Não tem jeito, é porque estamos viajando de graça – disse um imigrante.

– É verdade! – concordou o senhor Oizumi, cabisbaixo.

O cotidiano no navio já passava dos vinte dias. Se ainda estivesse em sua terra natal, continuaria sendo um trabalhador rural honesto e virtuoso, que não tinha consciência de nada. Mas, ao embarcar no navio e começar a ajudar na cozinha, tomou conhecimento da existência de algo chamado "classe social". O senhor Oizumi, um sujeito tão pacato em Kobe, ao tomar ciência de um outro mundo, passou a se comparar com os passageiros da primeira classe. Não só isso, mas ele vira também, no porto, o navio adquirir grandes quantidades de laranjas e bananas. Ele sabia também que, todos os dias, às três da tarde, os marujos levavam um lanche da tarde aos passageiros da primeira classe e aos altos funcionários do navio. Testemunhou também que os passageiros da primeira classe tinham suas roupas lavadas e passadas e, toda noite, os estrangeiros bebiam uísque e se divertiam ouvindo vitrola na varanda-café.

O senhor Oizumi era uma pessoa realmente bondosa. Ele sabia que, ao fazer tais comparações, sentia-se infeliz e, portanto, se fosse possível, não gostaria presenciar aquela vida de luxo. Por essa razão, bêbado, virou-se para o senhor Mugihara e disse:

– É melhor que a gente chegue o quanto antes às fazendas do Brasil. Quanto mais rápido, melhor!

O senhor Mugihara jogou as duas garrafas de saquê vazias no mar, onde as estrelas brilhavam em meio às ondas escuras, e encorajou o senhor Oizumi, dizendo:

– Bom, melhor mesmo é dormir, vamos dormir!

NA MANHÃ SEGUINTE chegariam ao porto de Colombo, no Ceilão e, nesse dia, depois de muitos dias de expectativa, finalmente aconteceria a grande gincana dentro do navio. Os imigrantes, cansados com o longo período de tédio, estavam ansiosos com a chegada daquele dia que, desde o período da manhã, fora bastante agitado. Katsuta levou o bandolim e Momono tocaria tambor. Havia também uma banda de gaita composta por seis pessoas. Okada, o coordenador do departamento de atividade física, apresentou a dança *hanagata* e tocou violino com o responsável pelo local do evento. Esses músicos, ao tomarem suas posições em um degrau alto do guincho, criaram a atmosfera do evento, animando o ambiente desde manhã bem cedo. Os imigrantes, ao terminarem a refeição matinal, foram correndo ao local da gincana e enfileiraram-se em posição de respeito para cantarem o hino nacional japonês. O supervisor Muramatsu fez algumas recomendações e, em seguida, deu início à gincana dos imigrantes em meio ao mar tropical.

A pista de competições ficava ao lado das escotilhas D e E, com largura de seis metros e comprimento de cinquenta metros. A primeira corrida foi a dos alunos primários, que ocorreu em três turnos, e consistia em tirar as bandeiras; em seguida foi a vez dos jovens, com a competição de "comer pão". Nessa modalidade, o funcionário Okamatsu, fazendo uma brincadeira de mau gosto, misturou água com farinha no pão, que virou uma mistura viscosa. Os rapazes, após darem uma mordida, lambuzavam todo o rosto de branco e, ao cruzarem a linha de chegada, franziam as sobrancelhas, olhavam uns para os outros e caíam na gargalhada. Já na competição das senhoras, que era de levar uma tocha acesa, o grupo passou por dificuldades para a realização da prova, devido ao vento forte que soprava no convés.

No local de entrega dos prêmios, o supervisor Muramatsu estava sério e calmo, com aparência de um diretor de escola primária. Enquanto entregava um saco de biscoitos a uma menina como prêmio, pensou: "Esses biscoitos foram doados pela empresa de imigração e colocados em uma caixa grande, mas como a empresa não havia preparado sacos de papel, resolveram usar pequenos pacotes com o logotipo do navio; assim os imigrantes, ao receberem esses pacotes, irão pensar que certamente se trata de doação do navio". Lembrou que precisaria tomar cuidado ao escrever sobre isso no livro de registros diários de sua empresa.

Passaram a tocar os tambores, cada vez mais alto, e o ritmo era o de uma música de guerra: "Não se vê fumaça, nem nuvens". O convés irradiava um brilho vermelho intenso das placas de aço, que pareciam derreter.

Na competição infantil, na qual duas crianças, amarradas por uma perna de cada, corriam juntas, um pequeno acidente ocasionou uma queda e um galo na cabeça de uma delas. A enfermeira Noda socorreu rapidamente aquela criança, passando iodo em seu ferimento. Magoichi Sato, coordenador do departamento de saneamento e disciplina, juntamente com outros membros de sua equipe, usava uma faixa com uma cruz vermelha no braço, e também auxiliava no atendimento.

O jovem Kurohiji, que ficara conhecido pelo incidente do banheiro, foi um dos grandes campeões da gincana. De repente, avistaram-no na boca de saída do túnel, segurando uma pequena bandeira de primeiro colocado na competição de obstáculos. Ele havia tropeçado em algum ponto do túnel, e tinha o cotovelo machucado, escorrendo sangue. Novamente, a equipe de atendimento de Magoichi foi chamada. Kurohiji, com o braço enfaixado, saiu rapidamente para participar da competição de corrida de quatro pernas, que era ficar de quatro, feito um animal, e sair correndo. Kurohiji correu assustadoramente rápido, parecendo um urso gigante mas, ao dar a volta na bandeira-alvo, chocou-se de frente com o segundo colocado. O sangue que lhe escorria pelo nariz desenhou uma linha vermelha no convés; mesmo assim, ele conseguiu cruzar a linha de chegada. Novamente, a equipe de atendimento foi chamada. Kurohiji estava com um algodão cheio de sangue enfiado no nariz, e carregava três ou quatro prêmios de primeiro colocado na mão. Komizu, anunciante do evento, sorriu-lhe amigavelmente e disse:

– Ganhou um monte de prêmios, hein?

– É! – Kurohiji enxugou, com o dorso da mão, o suor que escorria. Parecia ignorar o cansaço. Ao analisar a situação, agora, o incidente de banheiro fora algo totalmente insignificante.

Momono continuou tocando o tambor, o que acabou lhe rendendo bolhas nas mãos. Não se conseguia ouvir nem o bandolim, nem a gaita, pois tinham o som abafado pelo vento. O chefe Okamatsu saiu na torcida e tocou em sua clarineta uma marcha militar marinha.

O supervisor Muramatsu foi arrastado e teve de participar da competição "recém-casados". Nessa modalidade, a "noiva" ficaria de pé, virada de costas, do outro lado da pista, aguardando o "noivo". Muramatsu correu e apanhou o cartão no qual estava escrito atrás "Seijuro". Entre as moças, do outro lado, quem estava segurando a placa "Onatsu" era a esposa de Momono. Ela foi puxada pela mão pelo senhor supervisor e, em meio aos aplausos, conseguiram o terceiro lugar. Em seguida, foram lançados para a competição "tirar o noivo", que era o oposto da anterior, na qual as mulheres é quem tinham que sair atrás do "noivo". Komizu pegou o cartão com o nome "Sukeroku". Ouviram-se os passos das mulheres que vieram por trás, inesperadamente. As moças apresentavam um crachá no peito. Komizu procurou dois ideogramas *agemaki* e pegou rapidamente em uma mão: era Onatsu Sato. Saíram correndo para a linha de chegada. No meio do caminho, Magoichi pulou para dentro da pista e começou a gritar:

– É isso aí, mana! Ótimo, ótimo!

Onatsu, ruborizada, correu olhando somente para os pés. Cruzaram a linha de chegada em quarto lugar e ganharam um lápis cada um.

Os imigrantes, enquanto se divertiam e gastavam energia, mantinham-se em paz. Ao entardecer, bradaram três *banzai* e encerraram a gincana. "Tudo correu bem...", pensou o supervisor. Entretanto, na verdade, não fora bem assim. Os jovens que haviam tomado parte no caso do banheiro, com energia de sobra, durante a gincana começaram a criticar a senhora Matsumoto, chefe do grupo de senhoras, que estava ocupada, trabalhando. Disseram, em tom zombeteiro, que ela era uma abóbora, que tinha ancas grandes, que tinha ou não charme, que era feia, entre outras coisas. Ao ouvir isso, virou e os encarou, e teve início a discussão:

– Animais! – disse ela. Um corajoso chamou-a para um canto, e cinco ou seis pessoas se juntaram:

– Por que você ficou encarando, hein? Nós não damos razão para sermos encarados, diz o motivo, vamos! Dependendo da resposta, teremos o que pensar.

A senhora Matsumoto pediu socorro à senhora Nagai, a vice-chefe, com um olhar; no entanto, não foi acudida. Pelo contrário: a outra senhora voltou-se para o lado dos jovens, e disse:

– De fato, ela encarou mesmo! – a vice-chefe, desde o início, não tinha um bom relacionamento com a chefe Matsumoto.

Komizu, ao descobrir o incidente, entrou no meio e acalmou os jovens. No entanto, ao anoitecer, a senhora Matsumoto foi se queixar ao supervisor Muramatsu:

– Eu não faço questão de ser chamada de presidente. Meu marido, desde o início, também não estava de acordo com o meu cargo, portanto, peço a minha demissão. Se a senhora Nagai e as outras não têm confiança em mim, não posso continuar sendo presidente.

Muramatsu tentou apaziguar a situação, sem sucesso. Além disso, havia um outro fato particular que a levava a ser irredutível em sua decisão: ela era casada pela segunda vez e seu marido já tinha um filho. Parecia que havia um espírito fraco de uma esposa recém-casada e insegura, que não queria contrariar a opinião do marido. Consequentemente, a senhora Matsumoto decidiu que, a partir daquele dia, renunciaria ao cargo, voltando a ser um simples membro do grupo. O cargo teria de ser agora assumido pelo próprio Muramatsu.

Naquela confusão, o navio já havia chegado perto de Colombo. Os imigrantes, após tanto tempo sem exercícios físicos, pareciam fisicamente exaustos com a gincana. Muramatsu e Komizu bebiam uma cerveja gelada na sala do navio, e Tomita e Miyai juntaram-se a eles.

NO DIA 2 DE ABRIL, quando estava sendo realizada a reunião ordinária da manhã, o navio, após uma semana, começou a contornar o quebra-ondas do porto de Colombo, no Ceilão. Viu-se, na extremidade do quebra-ondas, uma luz branca e tênue de um pequeno farol que flutuava levemente, como uma gaivota no mar azul-escuro. Todos os mais de novecentos imigrantes, que partiram do porto de Kobe havia dezenove dias, chegaram até ali sãos e salvos, sem um único desistente. No entanto, seria dizer apenas que haviam chegado a um porto pois, dessa vez, ninguém poderia desembarcar. Somente Katsuta e cerca de quatro ou cinco pessoas desembarcaram, com a desculpa de levar as correspondências ao correio. O navio começou o carregamento com a âncora abaixada na orla.

Os indianos, de pele muito escura e com o dobro do tamanho do senhor Oizumi, de ombros musculosos, abriram a tampa da escotilha e começaram a descarregar linhas de algodão japonesas e centenas de caixas de tecido de algodão. A cada três caixas, atadas a uma corda, o estivador assoviava, dando um sinal para o guincho içar a carga. No outro lado, centenas de caixas de chá Lipton haviam sido carregadas e amontoadas. Os tecidos de algodão do Japão iam para Colombo, o chá preto de Colombo ia para Cidade do Cabo, o café do Brasil ia para o norte da América e o algodão cru do norte da América ia para o Japão. A economia mundial movia-se junto com o navio La Plata Maru. Em outras palavras, as riquezas mundiais ondulavam rapidamente.

Os imigrantes assistiam, sem interesse, àquele movimento surpreendente da economia, como se estivessem no mundo da lua. As mulheres guardaram o quimono de verão e vestiam roupas ocidentais reformadas, em prol da reputação da nação japonesa. Os homens, indolentes por conta do calor, bebiam em grandes goles uma soda gelada comprada na venda; outros jogavam xadrez japonês e fumavam cigarro, enquanto o restante jogava cartas.

Como não havia vento, quando o navio permanecia parado nos portos, os dormitórios da embarcação ficavam insuportavelmente quentes. Os senhores Muramatsu e Miyai, da primeira classe, apertaram a campainha e ordenaram ao marujo para que lhes trouxesse um chá de limão gelado. Então, o serviçal subiu as escadas com um copo embaçado de gelo. Era um serviço de cortesia somente para os passageiros da primeira classe. Porém, os da terceira classe não conseguiriam receber um cubo de gelo sequer, ainda que implorassem e pagassem. Os marujos justificavam dizendo que não havia gelo suficiente no navio. O gelo era produzido na sala de máquinas, o dia inteiro. Dez por cento do que era destinado à primeira classe poderiam ser repassados para a terceira classe: era uma ideia atraente que passava pela cabeça dos imigrantes, que respiravam com a língua de fora, feito cães no verão. Os fios dos ventiladores de canto dos dormitórios estavam arrebentados, e já fazia dez dias que não estavam funcionando; e, em suas quatro pás, a poeira se acumulava.

Foram armadas no convés tendas de indianos, onde se vendiam manga, banana, coco, pequenos objetos de marfim, entre outros artigos. Os imigrantes, que estavam com a garganta seca, estavam ávidos por comer frutas. Entretanto, no jornal interno do dia anterior, havia um aviso reticente do médico, recomendando que não comprassem as frutas de Colombo.

O senhor Shioya, que havia se atrasado em Cingapura e que tivera de escrever uma carta de desculpas por isso, acabou comprando dez mangas de uma só vez. Esse fato foi logo notado pelos membros do setor de sanidade, que comunicaram Komizu. Este, auxiliado por mais três ou quatro pessoas daquele grupo, jogou as mangas no mar. Shioya não demonstrou resistência, pois não estava disposto a escrever outra carta pedindo desculpas.

Katsuta e mais alguns que desembarcaram, depois de enviarem as correspondências, deram uma olhada em uma joalheria chamada Hashimu, que ficava nos arredores. A cidade era suja mas, ao menos, as vitrines reluziam. Aquela joalheria pertencia a um indiano simpatizante dos japoneses. O vendedor da loja era um negro que, ao ser indagado em inglês, respondeu em japonês. Todas as vezes em que um navio japonês aportava ali, era frequente a visita de fregueses nipônicos; havia até enfeites de papéis coloridos, onde estavam escritos nomes de condes, do major Sakurai, entre outros.

Entusiasmado com aquele ambiente, o pessoal saiu para visitar os templos da periferia. Viram, de um relance, o jardim botânico e o museu. Quando entraram em um templo, viram o jardim interno, repleto de flores brancas que exalavam um cheiro doce. O guia local explicou que aquela flor chamava-se *Tempur Flower*. Dentro do pavilhão repleto de flores de perfume forte, uma imagem enorme de Buda estava deitada, de forma desleixada, como que demonstrando exaustão por tanto sofrimento. Um moleque, fazendo-se de guia, trouxe uma espécie de sutra e falou sobre a vida de Buda; e exigiu dez centavos de cada visitante, como acontece nos locais turísticos do Japão e de qualquer país.

Logo em seguida, eles foram atingidos por uma tempestade de verão e voltaram fugindo para o navio feito ratos molhados.

SE ESTIVESSEM NO JAPÃO, os imigrantes estariam comemorando o festival do imperador, que ocorre no dia 3 de abril, e estariam apreciando as cerejeiras carregadas de flores. No entanto, estavam no calor insuportável de seus quartos, bebendo soda e transpirando. Dez da manhã. O navio deixou o porto de Colombo. Todos estavam ansiosos com o movimento do navio, que traria um pouco de vento aos dormitórios.

A partir daquela data, seriam mais onze dias de viagem até atingirem o porto de Durban, na África do Sul. Entrariam no porto no dia 14. Os marujos do navio ficaram incumbidos de colar os *slogans* de economia de água potável nos banheiros, nos locais de banho e na lavanderia. Tentariam qualquer coisa para não passarem por dificuldades durante a viagem de trecho mais longo.

"Gaste a água como você gasta seu dinheiro." "Não há poço nem fonte no navio." Colombo foi se distanciando até não poder mais ser vista. Porém, os imigrantes já estavam acostumados com as despedidas. Mais de vinte dias antes, Kobe também fora se apagando, da mesma forma. Hong Kong e Cingapura também foram desaparecendo. Não havia mais o sentimento de ser retido pela terra que desaparecia.

Em uma tarde de sol forte, enquanto Colombo desaparecia, simultaneamente surgia uma linha límpida no horizonte. Então o mar, ao contrário do que se esperava, pareceu estreito. O vento começou a soprar na proa e a quebrar as ondas, que se abriam como uma grande flor branca. Com a batida das ondas no casco do navio, a água penetrava nos dormitórios. O navio começou uma viagem solitária. Surgiram os enjoos, que costumavam aparecer após muito tempo de ancoragem. O ambulatório balançava muito. A esposa de Fujiki, de cabelos curtos, gemia terrivelmente devido ao mal-estar, e o jovem marido, pálido, foi chamar o médico, dizendo que sua esposa sofria muito. Porém o médico, batendo na barriga enorme e pingando o remédio nos olhos vermelhos de tracoma de uma paciente, disse que não havia motivos para se preocupar e que aquilo era um pouco de manha. Entretanto, na tarde do mesmo dia, quando o sol queimava a estibordo, uma nuvem preta se espalhou rapidamente trazendo uma tempestade, e a moça mimada de cabelos curtos abortou. O médico, apavorado, tentou transferi-la do ambulatório para a sala de parto, mas não houve mais tempo. A criança prematura acabou nascendo com aparência de um filhote de porco. A criança morreu junto com o cair do dia; a mãe, no entanto, foi salva. O médico, exausto, acabou sendo obrigado a jantar bem tarde. Quando o alto-mar estava totalmente escuro, ele jogou o bebê recém-nascido no Oceano Índico para servir de comida aos tubarões.

Esse tipo de incidente, para o supervisor Muramatsu, não era um caso relevante. O número de imigrantes sob sua responsabilidade não havia aumentado, tampouco diminuído. Era melhor que fosse assim. Seria mais seguro. A mãe da comida de tubarão voltou a dormir tranquilamente, e o pai da comida de tubarão ficou um pouco mais tranquilo; cortou uma melancia que havia recebido do navio para a esposa.

Na hora do *kokumin taisô* daquele dia, Komizu tentou fazer uma outra comemoração: "o dia do imperador Jinmu", uma vez que havia sido bem-sucedido na comemoração do equinócio de primavera. Cantaram duas vezes o hino nacional japonês e bradaram *banzai* três vezes. Em seguida, olharam para o lado leste do céu alaranjado e fizeram uma reverência. Porém, a terra natal estava tão longe que tudo aquilo não tinha mais significado para eles, pareciam coisas fúteis.

Dois dias depois, depararam com um fato ainda mais fútil. Eram notícias do Japão, transmitidas via telegrama:

1. A reunião para a redução de armamentos de Londres chegara a um impasse, etc.

2. 2 de abril – em todo o Japão, caíra uma grande tempestade, estragando completamente as flores de cerejeiras.

3. O monge Genrô Sei'enjikô estava doente e o primeiro-ministro fora lhe fazer uma visita em Okitsu, no dia anterior, etc. etc.

Todas essas notícias não chocaram, tampouco despertaram a atenção dos imigrantes. Fora como acertar um alvo vazio. As flores de cerejeiras do Japão e as outras coisas não faziam mais parte do repertório de problemas dos imigrantes. Para eles, as flores de café do Brasil eram um problema muito mais urgente. Mais urgente do que isso era se fazer um estudo que permitisse uma melhor circulação do vento nos dormitórios do navio. Quanto ao velho monge, ninguém iria se lembrar de que ele estava no Japão que, ao longe, ia desaparecendo da memória dos imigrantes.

Aquele era o dia de as senhoras lavarem as roupas; portanto, um dia de muito trabalho. Mas, a pedido da Associação de Senhoras, foi definido que seria o dia de lavar os cabelos. As cabeças de todas exalavam um cheiro podre por causa do suor e da poeira excessiva. A esposa do senhor Mugihara havia deixado os piolhos infestarem, e transmitiu-os a Onatsu. Esta, por sua vez, fez uma bela faxina em sua cama. Entretanto, da cama acima, de vez em quando, os piolhos acabavam descendo. A cabeça da pobre velha Monma estava infestada de piolhos, parecendo uma mistura de sal com gergelim. Enquanto coçava freneticamente a cabeça o dia inteiro, ela deixava saltar, de nervosismo, uma veia, e fumava sem parar um Dragon.

Assim, definiram o horário de lavagem dos cabelos de cada dormitório, e fizeram com que as mulheres lavassem as cabeças na lavanderia. A tão preciosa água limpa estava indo ralo abaixo, em grandes quantidades, graças aos piolhos.

Senhoras com bandagens brancas, de pomadas, com uma aparência grotesca e os cabelos lavados e presos com um pente, usavam um conjunto diferente de chinelos de palha e um vestido feito do roupão de banho. Perto da saída do cano de esgoto da lavanderia, os piolhos amontoados movimentavam-se: eram centenas, milhares de piolhos, que desciam cano abaixo para o Oceano Índico. Certamente iriam virar comida dos peixes voadores.

Novamente surgiu um outro paciente. Era beribéri, sem sombra de dúvida. Como no Brasil seria tratada como doença contagiosa, o médico diagnosticou como hepatite. "É por isso que é preciso comer cevada", dizia o médico, como exemplo para os outros.

No dia seguinte o navio passaria pela Linha do Equador, e os funcionários do navio planejavam celebrar tal passagem. Foi expedido um aviso aos imigrantes para que fizessem uma parada com roupas luxuosas.

Durante a madrugada daquela noite, o supervisor Muramatsu, com as mangas da camisa arregaçadas, fez a ronda no navio. A cada três dias, pelo menos, ele fazia a ronda. Caminhar sozinho, em meio àquele completo silêncio, do dormitório A.F. até aqueles que ficavam no final da popa, era algo um tanto tenebroso.

Dos quartos exalava um cheiro ruim devido ao suor das pessoas amontoadas. Os sons do ranger dos dentes e dos roncos de narizes, intercalados, ecoavam de dentro dos dormitórios, iluminados por lampiões de carbono. Apenas o barulho do motor do navio, que estremecia as camas, ressoava irritante em meio às centenas de pessoas que dormiam. O cenário tinha a aparência assombrosa de um grupo de pessoas mortas: as crianças dormiam com as pernas sobre os pescoços das mães, esposas dormiam com o braço enganchado nos maridos, as velhas deixavam escapar muco nasal pelo queixo magro, as moças estiravam as pernas para fora da cama. Era um quadro de pessoas dormindo em uma noite de verão sufocante, com a aparência de um grupo de seres humanos sem vida. Muramatsu, por várias vezes, arregalava os olhos ao ver tal cena. Sem sentirem vergonha, sem qualquer espécie de orgulho, eram apenas a figura nua e bizarra de todos os imigrantes que, naquela estufa, desejavam chegar vivos até o porto de Santos, desesperadamente.

Era uma vida dura e terrível. Eles, que estavam sendo transportados a uma velocidade de dezessete nós por hora, enquanto dormiam, não pareciam seres humanos. Muramatsu não conseguia evitar esse pensamento, que gelava seu peito diante da forte perseverança daquele povo em trânsito.

5 DE ABRIL, quatro da manhã. O navio passou pela Linha do Equador a zero grau latitude norte e zero grau latitude sul.

Nesse dia, a partir de uma hora da tarde, teve início o Festival da Linha do Equador, no convés. O deus do mar, Netuno, entregou a chave de sessenta centímetros, feita de madeira e que abria a Linha do Equador, para o homem que fazia o papel de comandante. Este colocou a chave e cortou a fita de papel vermelha que havia sido colada. Logo em seguida uma moça chamada Keiko, do dormitório D, vestida de acompanhante do deus Netuno, fez o brinde com vinho. A cerimônia foi finalizada e o desfile de roupas luxuosas foi andando, em procissão. A maioria das roupas luxuosas pertencia aos marujos.

Na mesma noite, cinquenta a sessenta homens do dormitório A instalaram-se no centro do cômodo e iniciaram a celebração da passagem pela Linha do Equador. A taxa dos membros da festa passou de um iene para um iene e cinquenta centavos, e logo subiu para dois ienes. Compraram cerveja, saquê e enlatados na venda, e jogavam ao mar, pelas janelas circulares, as garrafas vazias. O senhor Miura, rodando uma bacia de lavar o rosto, dançou: “A fama do *Yasuki*[18] não tornar-se-á um peso", e o senhor Ushijima, com espuma de cerveja no bigode, que lhe dava uma aparência austera de policial, animava o grupo com uma voz estridente, recitando um poema regional e, depois, quebrou uma garrafa de quatro *gô* e gritou *banzai*. O chefe dos dormitórios, o senhor Ando, lambendo os beiços de bêbado, agarrou Komizu, que estava de passagem no local e disse-lhe, segurando sua mão com muita força e aos prantos:

– Senhor Komizu, o senhor tem cuidado de nós todos os dias e graças ao senhor, conseguimos realizar a passagem pela Linha do Equador em segurança. Não há nada mais feliz do que isso, na verdade, nós nos divertimos. Se não tivéssemos o jovem senhor Komizu, nós não estaríamos a salvo. É verdade! É verdade mesmo!

Katsuji Monma e seu irmão mais novo, Yoshizo, se pagassem a taxa alta da festa ficariam sem dinheiro para comprar cigarros; por isso, recusaram-se a participar da confraternização; porém foram obrigados a fazer companhia ao senhor Oizumi e acabaram comendo, cada um, mariscos enlatados. Magoichi servia saquê a todos e distribuiu cigarros. O senhor Oizumi, como estava rodeado de companheiros, ficou de muito bom humor: agarrava alguém para importunar e caía na gargalhada. Das camas em volta, as mulheres ficavam assistindo ao grupo de bêbados.

Estimulados pela reunião de confraternização do dormitório A, na noite seguinte ocorreu uma reunião de confraternização no dormitório C, que estava subdividido em quartos menores com sete ou oito pessoas em cada um. Tal confraternização fora feita devido ao fato de aquela divisão estar dificultando o bom relacionamento entre as pessoas. No entanto, a reunião resumiu-se em cada um levar uma garrafa de cerveja e tomarem todos juntos, no restaurante da terceira classe especial; em seguida, foram se dispersando. As pessoas que se tornam um pouco mais afortunadas parecem possuir

18. Canção típica da região de Yasuki, cidade ao leste da província de Shimane.

muitos sentimentos egoístas e, com isso, não conseguem se relacionar com todos.

Após a dissolução da reunião, um grupo de pessoas se reuniu, formando uma roda de discussões em torno dos senhores Kakutaro Kanuma e Horiuchi, os quais viajavam pela segunda vez. Os que permaneceram no refeitório da terceira classe especial perguntavam aos "veteranos" acerca da situação do Brasil. Quando os assuntos eram muito próximos da maioria, os imigrantes ouviam com grande interesse. No entanto, o que realmente se tornou pauta principal foi a mudança, nos últimos anos, da situação do café. A recessão havia ocasionado a redução dos salários dos trabalhadores imigrantes.

Os imigrantes, ao se depararem com o supervisor Muramatsu, perguntaram insistentemente sobre aquele assunto. Porém, o supervisor respondia com evasivas, dando uma risada forçada e dizendo que, provavelmente, a situação no Brasil não era tão séria a ponto de causar preocupação. Na verdade, o próprio Muramatsu e as empresas de imigração queriam também saber sobre a situação real e as medidas adotadas. Essa investigação era mais um trabalho que havia sido atribuído a Muramatsu.

A situação do café brasileiro encontrava-se em condições terríveis por excesso de produção. Como resultado de uma produção calcada em monocultura, dois milhões e quatrocentas mil sacas de café prontas para exportação estavam empilhadas nos depósitos do porto de Santos e continuavam apodrecendo. Com a baixa do preço no mercado, ano após ano, uma saca que custava entre vinte e cinco a trinta *miru*[19] baixara, de uma só vez, para oito a sete *miru*. Os proprietários de latifúndios começaram a falir. Nas lavouras de café foram erradicadas várias extensões de árvores antigas. No porto de Santos passou-se a queimar enormes quantidades de sacas de café para tentar conter a queda do preço do produto no mercado. Entretanto, se essa

19. "Mil-réis".

notícia se espalhasse, os produtores seriam tomados por uma enorme insegurança, e começariam a praticar a venda a qualquer preço. Com isso, o preço de mercado cairia ainda mais. O salário dos trabalhadores, que tinham um contrato anual, reduzira drasticamente. Mesmo nessas circunstâncias, as empresas de imigração continuavam recrutando trabalhadores, e o Ministério das Relações Exteriores do Japão prosseguia custeando as despesas de viagem dos imigrantes que se inscrevessem. O problema era que novecentos e tantos imigrantes estavam sendo lançados para uma sombra no futuro.

Esse tipo de conversa foi sendo transmitido e se espalhando pelo navio. Um toque de insegurança foi tomando conta dos imigrantes. A reunião de confraternização do refeitório transformou-se em uma mesa-redonda de discussões sobre as condições do Brasil. Com exceção das pessoas do dormitório c, cada vez mais outros imigrantes se juntaram e começaram a fazer perguntas. Porém, tanto o senhor Horiuchi como o senhor Kanuma tentavam conter, na medida do possível, a insegurança dos imigrantes:

– Não há por que se preocuparem desse jeito pois todos, de um jeito ou de outro, conseguem arranjar dinheiro o suficiente para se alimentarem – disse o senhor Horiuchi, rindo como se quisesse consolar seus companheiros. Entretanto, não havia ninguém que risse junto.

Ao sentir a atmosfera de insegurança no navio, Muramatsu, para conter a situação, pensou em aumentar cada vez mais o número de eventos e festas na embarcação. No dia 7 de abril, como havia sido programado, os funcionários do navio iriam realizar uma apresentação artística e, em seguida, no dia 8, haveria uma seção de exibição de filmes sobre a situação do Brasil, para encorajar as perspectivas futuras dos imigrantes. Já no dia 9 aconteceria o campeonato de sumô e, no dia 12, uma apresentação artística dos imigrantes.

Enquanto Muramatsu arquitetava esse tipo de plano, Komizu, que fugira da reunião de confraternização do dormitório c, bebia cerveja com Katsuta e dois ou três jovens do povo de Shinshu. Komizu se autorrotulava diretor da Associação dos Amigos Ultramarinos de Shinano. Katsuta e outros companheiros também eram membros. Em certo sentido, podia-se dizer que aquela festa era a segunda reunião da Associação. Komizu trouxe até uma pequena bandeira da associação. Todos ficaram cada vez mais bêbados e, após às onze da noite, esses cinco ou seis companheiros, enquanto cantavam e batiam as bacias de lavar o rosto e as garrafas de cerveja, circulavam pelo convés.

O chefe do escritório ficou furioso e mandou um marujo correndo para a sala de Muramatsu, que também veio furioso. A sala do chefe, de repente, encheu-se de críticas sobre Komizu. Estando na posição de supervisor para zelar pela manutenção da ordem dentro do navio, o que significava fazer algazarra altas horas da noite? Komizu percebeu a gravidade do fato, recolheu-se sorrateiramente em sua cama e, no dia seguinte disse, temeroso, a Muramatsu:

– Eu, a partir de hoje, começarei o curso de técnica de boa postura. Pois é algo muito importante...

Com isso, pretendia recuperar a sua reputação. Na tarde daquele dia Komizu repentinamente ficou ocupado, chamando o grupo de senhoras à sua sala para iniciar o curso de massagem. Ele deixou sob responsabilidade do senhor Okada o departamento de atividade física. Ele fez com que uma moça, que serviria como modelo, deitasse de lado na cama. O massagista massageia os músculos, mas ele dizia que estava massageando os nervos. A moça, sentindo cócegas e com vontade de rir, ficou vermelha. Com exceção das senhoras Matsumoto e Nagai, as outras mulheres ficaram impressionadas com o curso. Assim, a primeira aula havia chegado ao final.

– Bom, a partir de hoje, vamos fazer todos os dias, há, há, há, há, há! Vai ser muito útil no Brasil – disse Komizu, confiante e de peito estufado.

O curso, a partir da segunda aula, tomou verdadeiro corpo. Komizu ficava desde manhã confinado em sua sala preparando as apostilas mimeografadas. Por conta disso, não deu mais atenção às outras atividades de seu trabalho: delegou o campeonato de sumô e o jornal interno a outras pessoas, e ficou absorto no curso, reunindo os membros do grupo de senhoras.

A longa viagem prosseguia sem a sombra de uma ilha ou navio por perto. Depois de se afastarem da zona tropical, a cada dia dirigiam-se mais para o sul e o clima, aos poucos, foi melhorando. De qualquer forma já haviam passado da zona tropical. Como puderam chegar vivos até ali? E, ainda, teriam mais vinte dias pela frente para continuar vivendo. Até pisarem em solo brasileiro, não poderiam morrer, de forma alguma. Com uma velocidade de dezesseis nós, o navio navegava com destino ao extremo sul da África. Do lado de fora das janelas circulares, ondas com espumas brancas se formavam e, à tarde, soprava um vento refrescante. O navio balançava e, ao anoitecer, mostrou-se um brilho místico ao alto, o Cruzeiro do Sul. Do lado de fora das janelas, até que as terras brasileiras pudessem ser avistadas, teriam ainda mais vinte dias. Mesmo que tivessem de mastigar uma pedra, teriam de lá chegar vivos.

Em breve chegariam a Madagascar, um local mundialmente conhecido pelo mar agitado. Posteriormente, passariam pelas vizinhanças da Cidade do Cabo onde, durante o ano todo, as ondas eram violentas. Se ultrapassassem em segurança aqueles locais, em seguida teriam um longo caminho de travessia do Oceano Atlântico. Dali para frente ninguém saberia qual seria o destino, e que terra os aguardava. Porém eles tinham que chegar vivos, de qualquer maneira. Tinham esposas, filhos e irmãos. Parentes de sangue que, juntos, iriam pisar a nova terra. Até a chegada desse momento teriam de viver suportando o tédio e o desconforto.

No ambulatório, a velha recuperara-se completamente da pleurite e conseguia se sentar na cama, mas o beribéri ainda apresentava-se insatisfatório. A jovem esposa que havia abortado continuava dormindo, devido à grande fraqueza e à depressão. A criança desnutrida do senhor Kurokawa ainda continuava entre a vida e a morte; porém, aquela vida tão jovem permanecia, misteriosamente, com a respiração fraca. Havia também no momento uma outra criança com pleurite, que não conseguia se recuperar de forma alguma. Já o paciente com diarreia havia se recuperado completamente, e até recebia uma sopa de arroz. Enfim, todos estavam vivos. Era um fato bastante assustador pois, em toda viagem de navio, havia sempre um funeral em alto-mar de uma ou duas pessoas. Mas naquele navio todos estavam vivos, com exceção da criança abortada e oferecida aos tubarões. Dentro do tanque de peixes, que ficava no porão do navio, havia dois mil peixes coloridos do Japão, destinados a dissipar o mal-estar referente ao sentimento antijaponês de Durban mas, após passarem ao redor da Linha do Equador, gradativamente, eles foram se enfraquecendo e, todos os dias, cinquenta a setenta deles morriam e ficavam boiando. Alguns continuaram vivos, mas quantos serviriam para proteger do sentimento antijaponês? Era uma situação insegura. Porém os imigrantes, de qualquer forma, estavam vivos. Enfrentaram a infestação de piolhos, foram vítimas de doenças de pele e, mesmo tendo contraído beribéri, continuavam vivos. Porém, até chegarem ao Brasil, havia ainda uma longa viagem de vinte dias.

COM O INTUITO de combater o tédio, várias festividades continuaram sendo realizadas. A apresentação dos funcionários do navio ocorreu no convés D, onde foi construído um palco, no qual foi instalada uma cortina escura. As encenações e a apresentação de talentos foram os pontos centrais do evento. Na manhã seguinte houve o campeonato de sumô. Sobre a escotilha D foram enfileirados os tatames, mas o local da arena de luta teve de ser transferido, a pedido do chefe do escritório, para a sala da frente. Na verdade, a escotilha D ficava localizada bem abaixo do convés da primeira classe, desagradando as mulheres estrangeiras que ali se encontravam. Elas alegavam não gostar de ver os corpos nus dos lutadores de sumô. Muramatsu retrucou alegando que os boxeadores ocidentais também se apresentavam nus, porém o chefe do escritório não permitiu esse tipo de coisa, que ia contra as diretrizes do navio, que tratava com esmero os passageiros estrangeiros. Enfim, construíram a arena de sumô na escotilha B, e certo ancião apresentou-se como juiz. Kurohiji foi o lutador invicto de um lado e, naquele dia, também ganhou vários prêmios.

No dia seguinte foi realizada uma sessão de filmes sobre o Brasil. As lavouras brasileiras foram apresentadas como um belo quadro cheio de romantismo e lirismo; na verdade, não havia sido essa a intenção do autor do filme mas, transformada em película, toda aquela paisagem se tornara ainda mais bela e, consequentemente, transmitia uma imagem maravilhosa do Brasil aos imigrantes japoneses.

Naquela noite, os membros da família Fujiki foram acometidos de intoxicação alimentar. No jantar, logo após comerem enlatado de namorado, comprado na venda, todos começaram a vomitar, ou sentiam dor de barriga, inclusive uma criança estava inconsciente. O médico, imediatamente, chamou o vendedor da loja, que respondeu que naquele dia não havia vendido nenhum enlatado de namorado. Ao averiguarem, constataram que aquele enlatado havia sido comprado e aberto cerca de três dias antes, para que a jovem esposa, que se encontrava doente, pudesse comer; no entanto, como ela recusara o peixe, os familiares resolveram comê-lo. Era uma intoxicação forte devido a putrefação. À primeira vista acharam que fosse cólera; Magoichi, chefe do setor de saneamento, chegou a desinfestar suas camas.

Finalmente, começaram os preparativos para a grande competição de artes. Komizu, o assistente de supervisor, dedicava-se somente às artes e técnicas de postura, não se interessando mais por outras atividades. Muramatsu já havia desistido de contar com seu trabalho. Os preparativos ficaram a cargo de Katsuta e Momono, membros do setor artístico. O pai de Katsuta, após a partida de

Colombo, estava constantemente mareado, não conseguindo se alimentar; apesar de afortunado, estava em frangalhos. Entretanto, seu filho mostrava-se muito ocupado com os preparativos das atividades artísticas. Ele se considerava um rapaz moderno, e dizia que gostava de ajudar nessas tarefas.

De um lado, precisavam se preocupar com a confecção de panfletos de propaganda e atendimento aos candidatos para participação nas atividades; de outro, com o preparo de apetrechos e pedidos para a Associação de Senhoras, para que estas orientassem as crianças a formarem dois grupos de arte. Katsuta e os membros de seu grupo reclamaram da falta de tempo para treinarem adequadamente, e pediram o adiamento do evento; no entanto, Muramatsu, não cedendo à solicitação manteve, conforme o previsto, a data para o dia 12. A temperatura caía com o crepúsculo. Já haviam chegado ao extremo sul do hemisfério, e não era mais possível suportar o frio usando apenas um roupão ou vestimenta simples. Ao anoitecer, o mar havia se tornado um breu. Dentro da escuridão, cristas de onda, formadas por ventos fortes, iam em direção ao navio. As ondas, ao baterem contra a popa, levantavam colunas de água de cerca de dez metros, e, em seguida, desmanchavam-se feito assombrações. A água salgada escorria pelo mastro. Todas as vezes em que o navio inclinava, a água corria de estibordo a bombordo, e vice-versa, como se estivesse dentro de uma bacia. O mar invadiu também a cozinha do navio através da canaleta, lavando todo o piso do compartimento de preparo das refeições. Quando o navio balançava, ouvia-se um som agudo vindo das emendas das placas de ferro que se atritavam, dando a impressão de que o navio iria se partir. As janelas circulares da terceira classe ficaram, o tempo todo, submersas. As águas, que entravam pelas frestas das janelas, passavam sob as camas, formando linhas feito serpentes negras que, silenciosas, corriam brilhantes dentro dos quartos em repouso. Os imigrantes rolavam nas camas e, de vez em quando, ouvia-se o ruído abafado do giro da hélice, somado ao som da chuva. No mastro que despontava no céu escuro, a lâmpada vermelha de travessia marítima refletia uma cena mórbida, onde os cabos de aço pareciam soltar gritos de dor em meio à forte ventania. O navio estava se aproximando de Madagascar, e o estreito de Moçambique era famoso pelo mar violento.

MESMO NO DIA SEGUINTE o mau tempo não cessou. O navio de imigrantes com mais de sete mil toneladas, tal qual ração cutucada por um cardume de carpas, era manejado pelas ondas e corria, cambaleante. Metade dos imigrantes não conseguia sequer levantar a cabeça. O pai de Katsuta gemia muito e, de vez em quando, parecia parar de respirar; o filho teve, então, de solicitar um remédio à sala dos médicos. Dentro do navio, em qualquer canto que fosse, o ar estava estranhamente triste. Naquele estado, não havia ânimo para se pensar nos treinos para a festa artística.

No meio daquela tempestade, surgiram novamente conversas estranhas. Dessa vez, a história envolvia a jovem Keiko, que fizera o papel de dama de companhia da deusa do mar durante a festa de travessia da Linha do Equador. Segundo os boatos, ela se tornara íntima do funcionário Okamatsu, pois ambos foram vistos conversando secretamente num canto do corredor. Além disso, as más línguas diziam que a moça chegara a enviar fotos suas ao rapaz, fato que foi considerado um problema moral de comportamento. Como no caso do lavatório, Matsuoka, que costumava se comportar de maneira um tanto leviana e egoísta, disse que, certamente, aquilo seria motivo para se levantar má fama.

Okamatsu, um sujeito explosivo, ao flagrar uma pessoa fofocando a seu respeito, levou-a imediatamente ao escritório e passou a interrogá-la querendo saber quem havia começado a espalhar aquela conversa. Ao saberem dos detalhes, o problema tomou um aspecto mais verídico. Na realidade, não se podia dizer que não havia fundamento naquela história: Keiko, de fato, havia mostrado sua foto a Okamatsu. Estiveram também conversando no corredor. Mas fora só isso. Segundo esclarecimentos, constatou-se que quem havia soltado tais boatos fora o marido pró-forma[20] de Keiko com quem, no futuro, pretendia se casar. Os ânimos foram acalmados, mas a tempestade persistia. Os homens, mareados, começaram a beber saquê e, de repente, começaram a se animar, jogando *tôhachiken*[21] ou tirando braço de ferro.

Quando anoiteceu a chuva parou, mas os ventos e as ondas não se acalmaram. A iluminação dentro da sala tristonha, que continuava a se inclinar, estava fraca. Desde a noite anterior Onatsu sofria com o mareado. Não se alimentava havia mais de um dia inteiro, e via-se em seu rosto vermelho uma sombra de tristeza. Magoichi se esforçava com afinco pela irmã; comprou-lhe uma gasosa e fez com que tomasse. Deu-lhe ameixas em conserva que havia pedido ao rapaz da limpeza da cozinha, e, a cada trinta minutos, colocava sobre a testa da moça uma toalha, que ele molhava em uma bacia com água.

– Se o vento parar sara. Por favor, anime-se. Você acha que fica mareada, por isso é que fica. Se pensar que não vai marear, não mareia. Viu, mana, não quer comer algo? Seria bom se tivessem frutas... – Magoichi sofria por tê-la trazido, sacrificando-a. Sentia uma pena enorme da irmã. Quando se deparava com a infelicidade, ela pensava na terra natal.

– Dormindo mais quantas noites vamos chegar ao Brasil? – perguntou ela, num linguajar infantil.

– Ah! Mais uns vinte dias, já navegamos mais da metade!

Onatsu suspirou fundo e disse baixinho, de forma quase inaudível, para o irmão:

20. Como no caso das famílias Monma e Sato, Keiko teria sido registrada como futura esposa do rapaz em questão para efeito de constituição familiar exigida para a imigração.

21. Tipo de brincadeira feita entre duas pessoas, com jogo de palavras semelhante a um desafio.

– Ah! Eu fiquei com vontade de voltar! – mas não era expressão de sua vontade, dissera só por resignação. Passaram por Cingapura e Colombo; chegando àquela altura, já não pensava que poderia voltar. Ela sabia bem disso. Não devia dizer que, se pudesse, gostaria de voltar, mas já que estava certa de que não poderia fazê-lo, pensou que falando aquilo o irmão a perdoaria. Ela puxou até acima dos olhos a toalha fresca que o irmão colocara sobre sua testa; assim, não permitiria que ele visse as lágrimas que porventura fossem derramadas.

NA MANHÃ SEGUINTE, finalmente, os ventos pararam. Ao longe, à esquerda, via-se a ilha de Madagascar. As ondas ainda estavam altas, mas o belo sol, que não surgia havia algum tempo, subia pela proa, a bombordo. De repente o ânimo voltou aos dormitórios.

Na acomodação A, sob a orientação geral do senhor Miura, os imigrantes começaram a confeccionar o *hanagasa*[22], e deram início também ao treino de flautas e tambores. O professor de corte e costura das senhoras do dormitório B trouxe a máquina de costura, e preparava as vestimentas de festa. Kurohiji, do dormitório E, colando papel prateado em pedaços de madeira, confeccionava espadas japonesas. A sala do escritório estava muito movimentada com a impressão do programa. As senhoras treinavam as danças e ensinavam às crianças, em grande tumulto, como manejar pequenos apetrechos. Assim, ninguém foi para o curso de arte de postura, e Komizu não tinha o que fazer; estava nervoso e, desde cedo, encontrava-se deitado na cama lendo um livro. Ao entardecer, apressado, vestiu a roupa esportiva e, depois de muito tempo, voltou a comandar o *kokumin taisô*. Como para os alunos a reunião artística era mais interessante, não foram para a aula de ginástica. "Ultimamente, ninguém no

22. Tipo de guarda-so. ornamentado.

navio me dá atenção", pensava Komizu. Desde aquele tumulto no corredor no meio da noite, os funcionários subordinados ao chefe do escritório desprezavam-no, e Muramatsu nem o procurava para pedir serviços. As senhoras da associação não compareceram; quando ele comandava os exercícios, ninguém obedecia.

Komizu voltou de novo para a cama e se deitou. O sentimento de solidão começou a corroer sua fraca personalidade. Era uma tristeza insuportável. Então ele começou a pensar em seu futuro: indo ao Brasil, não haveria quem o recebesse, e todo o pessoal do navio iria se separar em São Paulo e tornar-se-iam desconhecidos. De repente, sentiu uma insegurança insuportável.

Ao acaso, lembrou-se de Onatsu. Se ainda continuasse com o seu destino indefinido, caso ela quisesse, eles poderiam constituir um lar e morar juntos. "Se de fato ela desfizer a relação com a família Monma...", tentou pensar, "poderemos viver os três, Magoichi, Onatsu e eu". Depois levantou-se e foi procurar a família Katsuta, cujos integrantes eram membros da Associação de Ideais Ultramarinos, e fez uma visita ao velho Katsuta, que estava magérrimo devido à mareação. O senhor Katsuta, respirando com dificuldade, agradeceu a visita, e a esposa vaidosa, juntamente com as filhas, acolheram-no de forma calorosa: uma das filhas pediu água quente e preparou chá preto; já a mãe abriu uma lata de abacaxi em conserva. Komizu, pela primeira vez, sentiu-se consolado, e encantou-se com os mimos. Concluiu que no Brasil, onde ele não tinha nenhum conhecido, seria preciso contar com os membros da Associação de Ideais Ultramarinos. Se a família Katsuta permitisse, ele poderia ajudar nos trabalhos da família na Colônia Aliança.

Depois, conversou entusiasmado com o filho de Katsuta e Momono sobre a necessidade de se fortalecer a associação. Além-mar, os japoneses teriam de se ajudar, era preciso cultivar amizades. E achava que, dentro daquele navio, havia muita gente interessada em se associar ao grupo; assim seria bom, durante as folgas, reunirem os interessados. Poderiam efetuar, em uma noite qualquer, um chá para explicar os fundamentos da associação, entre outros assuntos. O senhor Katsuta, mesmo respirando com dificuldade, concordou e pediu que a reunião fosse realizada, sem falta, e Komizu, entusiasmado, concordou. O quarto do senhor Katsuta tornou-se sede daquela conspiração.

– Vamos pedir para que o diretor da associação, dentro do navio, seja o senhor Katsuta – disse Komizu, sorrindo e mostrando os dentes.

– Eu posso aceitar, mas sem sarar do mareado... – disse o senhor Katsuta, com um sorriso amargo sob a barba por fazer.

NO DIA DA FESTA ARTÍSTICA, o navio parecia uma embarcação de entretenimento de artistas, com sons de tambores e cantoria. Depois do almoço, sob o comando dos membros do setor de cultura e arte, os membros da Associação de Jovens construíram um palco e uma passarela de flores, no convés D. E, às seis horas da tarde, horário de abertura, em frente ao palco, havia uma plateia de imigrantes em grande número, e estava um alvoroço. Os passageiros da primeira classe também desceram. Os comissários de bordo e o chefe da casa das máquinas também vieram. O médico abandonou o desnutrido e o paciente com pleurite e veio, juntamente com as duas enfermeiras. Sobre o mar, ao crepúsculo, foi içada uma cortina com a inscrição "La Plata maru san e", e o evento começou com uma apresentação teatral de crianças. Dali para frente, como todos estavam eufóricos, aumentariam pedidos de participação. Momono fazia a dança da espada e Okada, uma comédia; Ushijima aproveitou seu bigode e fez o papel de um policial e, para um vilão, Katsuta estava excessivamente bonito. Keiko, que havia tido problemas com o funcionário Okamatsu, dançou o *akibushi*, uma dança folclórica, juntamente com mais duas ou três moças; o senhor Mugihara tocou flauta. Uma velha de cerca de sessenta anos, dizendo "Quando eu era moça estive no Havaí como imigrante e agora estou indo como imigrante para o Brasil", trouxe o *shamisen*[23] e cantou o *nagauta*[24]; pelo seu aspecto, parecia acostumada à vida de imigrante. Kurohiji cantou uma canção popular de Kyushu, *Saigô Takamori*[25], e recebeu palmas entusiasmadas. Depois houve a apresentação que poderia ser considerada o ápice da noite: era o pessoal do senhor Miura, dezesseis pessoas dançando o *yagibushi*. A performance de oito pessoas com *hanagasa* e *hanadasuki*[26] na época das cerejeiras em flor era suntuosa como uma animada casa de gueixas. O pessoal do tambor, com uma tira de pano vermelha traspassada, pulava e batia nos tambores, o ruído sibilante do apito agudo soava em ritmo alucinante, e as vozes da cantoria atravessavam as ondas e ecoavam no céu da noite. Aos pedidos de bis, o número foi repetido duas vezes. Depois baixaram a cortina e, quando novamente levantaram-na, começou a dança de Okesa, da qual participavam a jovem esposa do senhor Okada e a filha da senhora Satake; Onatsu também estava entre elas, totalizando sete pessoas.

A personalidade de Onatsu não combinava com o caráter vistoso da dança; mas quando era forçada a participar de algo não conseguia recusar. Com um penteado que levantava os cabelos amarrados e maquiagem caprichada, vestida com *tasuki*[27] roxo, a irmã de Magoichi assumiu uma feição mais bela do que o esperado. Komizu observava-a atrás da plateia, e apreciou a beleza da moça como se estivesse admirando uma flor de pessegueiro do interior. Naquele momento ele sentiu o peito se aquecer, e tornou a pensar naquela ideia

23. Instrumento musical de três cordas.

24. Música para ser tocada no *shamisen*, do início da Era Edo (1703-1868).

25. Nome de um famoso político do começo da Era Meiji (1868-1911), que contribuiu para a modernização do Japão e, por fim, rebela-se contra o governo. Morreu na guerra revolucionária.

26. Tira de pano com motivos florais, traspassada em forma de cruz, no tórax, para se prender as mangas largas do quimono.

27. Vide nota 26.

que, ao acaso, passara-lhe pela cabeça no dia anterior. Se ela aceitasse, eles poderiam viver juntos... entretanto, naquele momento, tal ideia revestia-se de uma vontade mais real. Vendo Onatsu naquele palco colorido, retorcendo o corpo e dançando com naturalidade, não podia deixar de sentir uma espécie de tristeza. Como se nada tivesse ocorrido e tudo não passasse de um segredo entre os dois, o fato de ela continuar vivendo como sempre, sem expressar ressentimentos, causava-lhe uma pena inexplicável.

Às onze da noite, encerrado o evento com grande êxito, Muramatsu foi à sala dos comissários para beber saquê. O comissário, sorridente, comentou:

– É uma pena mandar todo mundo para o interior do Brasil. Se fossem para um palco em Tokyo, poderiam se sustentar como artistas.

– É verdade, se isso acontecer, na próxima oportunidade os artistas de Tokyo é que vão ter de se apresentar aqui – disse Muramatsu, rindo e fazendo barulho com a garganta.

Aquelas pessoas, apesar de terem um relacionamento próximo, encontravam-se em uma situação bastante distante com relação aos imigrantes, e possuíam pensamentos também diversos. Na verdade, para eles os imigrantes não passavam de terceiros e, no fundo, tratavam-nos com desprezo. Nesse aspecto Komizu, que era medroso, tinha uma relação mais próxima com os imigrantes. Ele era diferente de Muramatsu, que retornava assim que fazia cada viagem ao Brasil; era também diferente dos comissários que cuidavam da administração. Na realidade, ele também não deixava de ser um imigrante; por isso, conhecia a insegurança daquelas pessoas, e possuía um sentimento de solidariedade a elas. No entanto, entre o pessoal de Muramatsu, Komizu não passava de motivo de escárnio e desdém.

– Aquele não presta, não consegue fazer nada certo –, dizia Muramatsu, voltando-se para o comissário.

No dia seguinte, passada a excitação da festa, sentia-se um ar sereno dentro do navio. A travessia do mar aproximava-se do fim, e o pensamento era de que não estavam longe do Brasil: era um misto de melancolia e incerteza, somados ao cansaço da viagem. Todos conversavam em voz baixa, e pareciam andar a passos mais silenciosos.

Após o jantar, Komizu começou o curso com afinco. Naquele dia o comparecimento das senhoras foi relativamente alto. As moças tinham os nervos massageados e sentiam-se mais relaxadas. O entusiasmo do curso foi aumentando gradativamente e, no final, seguiu para uma transmissão mística. Komizu começou então a aplicar um tal método Brana, uma técnica estranha: colocou sobre a cama um colchão de palha, sobre o qual sentou-se em posição correta, fechou os olhos e, com ar de importante e entretido em pensamentos, logo estremeceu os dois braços, deu um pulo e, sentado, começou a pular. No começo pulou de seis a nove centímetros, depois quinze centímetros e, por fim, pulou de quarenta e cinco a cinquenta centímetros. As mulheres olhavam pasmas, como se estivessem diante do reaparecimento de Deus. Komizu, parecendo ter despertado do pensamento estratosférico, abriu os olhos, deu algumas risadinhas e disse:

– Isto só se consegue após estudar e praticar por mais de três anos.

Ao redor de uma hora da madrugada, sobre a linha do horizonte parcialmente escuro, enxergava-se as luzes do porto de Durban, como se fossem estrelas. Como haviam descido muito para o sul, a região estava em clima de pleno outono. O ar do oceano estava frio, e a lua cheia vista em Kobe voltara. O mar brilhava, prateado. Deu para pensar, profundamente, que fazia um mês que haviam subido naquele navio.

"Faz um mês que partimos do Japão"... ninguém dizia isso mas, no corpo de todos, acumulara-se o cansaço de trinta dias de vida em alto-mar. Como todos eram iguais sentiam que, em seus espíritos, uma fenda se formara e que por ela o vento passava, impiedoso. Com esse pensamento, quando chegava a noite, não conseguiam dormir, em especial nas noites de luar; talvez sofressem de estresse espiritual. Quando continuavam por várias noites nesse estado, começavam a querer tomar saquê ou, de repente, sentiam saudades do Japão. Em uma viagem anterior à desse navio houve uma pessoa que se jogou no mar, nas proximidades de Durban: um rapaz da primeira classe saiu para o convés em noite de lua cheia e lá ficou, de pé. Jogou um toco de cigarro e, do parapeito, observou a superfície do mar por cerca de cinco minutos; logo em seguida, inclinou o corpo e jogou-se no mar, onde pairava a luz da lua. Sem querer, o barbeiro do navio viu esse acontecimento da janela. Imediatamente o navio parou e procuraram pelo rapaz, mas não foi possível salvá-lo. Ninguém sabia a razão e, a julgar pelo aspecto que tinha quando pulou ao mar, certamente não tinha intenção de se matar, relatara o barbeiro, de rosto pálido. Talvez a razão do suicídio tivesse sido a tal "fenda no espírito", que ele próprio não entenderia.

Agora, no espírito dos imigrantes, as fendas começavam a se abrir. Elas eram raras em idosos e casais: era um tipo de solidão que assolava os solteiros. Continuamente, começaram a surgir problemas de comportamento moral. Um comissário descobriu fulano e sicrano no restaurante da terceira classe especial, no meio da noite, fato que gerou muitos comentários. Talvez fosse o resultado do esforço de se consolar a tristeza da fenda no espírito, compartilhando com alguém que tivesse o mesmo tipo de sentimento. Não era possível atribuir um pecado cometido durante uma longa viagem marítima a esta ou aquela pessoa; talvez o mais adequado seria defini-lo como uma "doença de viagem marítima".

DURBAN, O PORTO DA BALEIA. Era o mercado dos cardumes de baleias que viviam na África do Sul. Durban era o falso orgulho das mulheres inglesas, e era uma capital antinipônica. Ali, a única simpatizante dos japoneses era uma mulher italiana que possuía uma loja de alimentos e que já morara, uma vez, no Japão. Quando os imigrantes japoneses entravam no porto, essa esperta italiana pendurava um quadro-negro em frente à loja, com boa caligrafia em letras japonesas:

"Entendo Japonês, é a única loja onde se pode usar moeda japonesa..."

Foi permitido o desembarque, sem restrições, a todos os imigrantes: os homens, de valente roupa de trabalho cáqui, as mulheres, de vestido simples e calçando sapatos de salto, todos correram em direção a essa loja. Entre o cais e o centro da cidade a distância era grande. Tal loja localizava-se mais ou menos a meio caminho, e era a única loja no mundo voltada aos imigrantes. Para eles, Durban se resumia a esse estabelecimento, e todos que iam até ali retornavam. O senhor Katsuta, enfraquecido pela longa viagem de navio e mareado, ao entrar no porto, repentinamente pareceu ter sarado completamente e sentiu vontade de comer pão. Assim, os cinco membros de sua família entraram naquela loja e comeram somente pão; diziam, suspirando – Que delícia! Navios japoneses vinham apenas uma ou duas vezes por mês, e os clientes nunca mais voltavam. Em razão disso, a astuta italiana costumava fazer contas marotas e dobrar, de uma só vez, o preço das mercadorias durante o dia; à noite, triplicava esse valor. Mas os imigrantes invadiam o estabelecimento, e todos os tipos de artigos, como pão, gasosa, enlatados de frutas, biscoitos, eram vendidos a ponto de esvaziar completamente a casa. Ela, com batom nos lábios, falando japonês com dificuldade, atendia os imigrantes de aspecto encardido, que se sentiam satisfeitos e alegres por terem conversado, pela primeira vez, com uma mulher estrangeira. Sentiam-se atraídos pelo seu batom vermelho e esqueciam-se dos conselhos dados pelos funcionários e supervisores do navio: "Cuidado, é uma capital avessa aos japoneses", e voltavam, alegres, ao navio. Operários negros, carregando grandes pedaços de carne de baleia, formavam fila para entrar no depósito do navio. A partir daquela noite, tal carne seria a refeição dos imigrantes. Na contramão das carnes, trouxeram do depósito um grande aquário de *kingyo*, peixes ornamentais: havia vinte e um cadáveres de peixes, e cinco nadavam. À tarde, os cinco foram doados, respeitosamente, ao prefeito de Durban, pelo representante do navio.

As autoridades de Durban, temendo o recente aumento da força das raças "de cores", entenderam a desvantagem de continuarem recusando os japoneses; então, dali em diante, decidiram que estariam a favor dos mesmos. As autoridades japonesas estavam dispostas a serem humildes nesse aspecto e, assim, enviaram dois mil alevinos de *kingyo* que, em Durban, era um peixe raro e muito apreciado. E os peixes, "não aceitando esta venda de corpo, em protesto, morreram todos em um pacto". O comandante do navio justificou explicando que, por serem peixes delicados, não suportaram o calor do Oceano Índico. Por essa razão, ele ofereceu "os cinco covardes que não conseguiram morrer dentro do prazo". No dia seguinte, o jornal de Durban escreveu, lamentando, a respeito da morte dos peixes, enalteceu a boa vontade do Japão e apresentou agradecimentos.

Assim, foi possível aos imigrantes sentarem no bonde reservado aos brancos. O vigia, que ficava na entrada do toalete comunitário onde se lia "Somente para europeus", deixou-os entrar sem problemas. Todos acharam que Durban era um bom lugar. O que os alegrou, em especial, foi a *jinrikisha*[28] japonesa. O condutor do riquixá era bizarro: na cabeça, usava um tipo de coroa, enfeitada com penas de aves e chifre de vaca, e estava seminu. Não só por isso mas, ali, parecia que o riquixá era um meio de transporte selvagem.

O NAVIO FLUTUOU novamente no oceano e começou a virar, seguindo a costa. A água estava barrenta, escura, e os picos das ondas

28. Espécie de carruagem – riquixá –, puxada a mão.

sempre se agitavam. Ali se chocavam as correntes que desciam em direção ao sul, seguindo as duas margens do continente africano. Entre os navegantes era conhecido como local de difícil navegação.

Chegando até ali, poderiam dizer que já estavam bem próximos do final da viagem; até então, pensavam no Brasil como um sonho longínquo mas, pela primeira vez, sentiam-no perto, e a insegurança deixava-os afoitos. No pensamento de todos ia minando a imagem real do Brasil que, até aquele momento, não passava de um conto maravilhoso, no qual não sabiam que tipo de vida os aguardava.

Dois problemas começaram a preocupá-los. Um deles já havia surgido, e era o fato de conseguirem ou não ir para a fazenda desejada. Se pudessem se estabelecer em alguma fazenda onde havia pessoas conhecidas da mesma aldeia, ou parentes, seria excelente e, ao mesmo tempo, encorajador. As pessoas que almejavam isso correram para a sala do supervisor, e começaram a conversar sobre o assunto pelos corredores e durante as reuniões da manhã. O supervisor recusou veementemente, dizendo:

– Primeiro, quanto à distribuição nas fazendas, é de responsabilidade total da filial de distribuição, e o supervisor jamais deve aceitar ou prometer algo, isso já é determinado. Portanto, infelizmente não será possível atendê-los – assim explicando, foi mandando-os embora, um a um. Mas a teimosia e a pressão dos imigrantes não tinha fim:

– O que é isso, será que não poderia transmitir a minha pretensão ao responsável pela distribuição nas fazendas?

No entanto, Muramatsu também recusou:

– Faça o negócio diretamente que é mais rápido.

Nesse ínterim, o assistente Komizu, combinando com o pai e o filho Katsuta, estava juntando, dentre os imigrantes, dezessete pessoas para a associação de amigos. Também promoveu uma reunião para arregimentar mais sócios, sem comunicar a Muramatsu. Seu método para convidar futuros sócios era astuto; era como se tivesse encontrado o ponto fraco de Muramatsu. Dizia que, caso o imigrante se tornasse sócio, teria proteção, poderia utilizar à vontade os meios de comunicação e, enquanto membro do grupo, poderia participar de atividades sociais, entre outros benefícios.

Ao serem recusados por Muramatsu, aqueles que desejavam ser alocados em determinadas fazendas ficavam inseguros, e se queixavam a Komizu que, por sua vez, concordava, como se pudesse resolver tudo:

– Viu, eu conheço muito bem o senhor Akiho, que é o responsável pela distribuição. É uma pessoa ótima, um cavalheiro! No ano passado voltou para o Japão, e nós oferecemos a ele uma festa de boas-vindas. Vou pedir a ele por você, em especial. Norma é norma, mas não são todas as coisas que acontecem conforme as normas, há, há, há, há, há...

Assim, a associação de amigos foi aumentando dia a dia. As promessas feitas começaram a chegar aos ouvidos do supervisor, e ele decidiu que, assim que tivesse uma oportunidade, iria acabar com Komizu.

Um outro problema era o baixo valor da remuneração do trabalho no Brasil. Tal insegurança avançou a ponto de convocarem uma reunião com o pessoal que estava viajando pela segunda vez, para que pudessem ouvir a situação real. Lotaram o restaurante da terceira classe especial, e Horiuchi e Kakutaro Kanuma levantaram-se para discursar. Fora da janela, do lado direito do navio, via-se um pequeno farol e sua luz, indicando que o navio estava passando próximo a Porto Elizabeth.

Na reunião daquela noite, afinal, não conseguiram ouvir notícias precisas. As ideias dos imigrantes de segunda viagem eram otimistas. No pensamento do senhor Horiuchi, que administrava sua própria fazenda, em um país onde falta mão de obra, caso a crise econômica acabe, os preços devem subir e, mesmo que a situação continue assim, é possível sobreviver, ou seja, não se morre de fome pois, ainda que as dívidas aumentem, os proprietários das fazendas arranjam um jeito para sustentar os trabalhadores a fim de não perderem mão de obra.

A preocupação dos imigrantes era de que, talvez, a situação do Brasil fosse pior do que a do Japão. Tinham a impressão de estarem indo visitar o inferno.

Da superfície escura do mar vinha se formando uma neblina densa, de cor leitosa, que invadiu os dormitórios do navio feito fumaça, através das frestas das portas e das janelas circulares. Então, a luz vermelha da ponta do mastro só alcançava cerca de quatro metros quadrados. O navio soltou uma sirene dirigida ao mar, onde não se podia ver nada, e foi reduzindo a velocidade de onze milhas, nove milhas, até seis milhas e, àquela altura, virava o Cabo da Boa Esperança. Deveria chegar, ainda naquela noite, próximo ao porto da Cidade do Cabo. Ninguém conseguia prever.

Ouvindo várias conversas sobre a crise do Brasil, no terceiro dia, Magoichi finalmente perdeu a esperança de fazer sua irmã voltar ao Japão no terceiro ano. Não sabia mais como pedir perdão à irmã. Onatsu, mesmo que nada tivesse sido dito pelo irmão, sabia perfeitamente que não poderia mais retornar ao Japão. Havia desistido completamente de Horikawa. "Não tenho sorte; besteira, deixa para lá", assim pensava. Não tinha vontade de contrariar o destino que enfrentava; apenas lamentava a sorte que tivera. Além do esperado, decidira abandonar o passado e seguir para um destino desconhecido; tal comportamento talvez fizesse dela uma mulher bem mais realista. Katsuji Monma também tinha esse tipo de insegurança. De repente, estava triste por ter de se despedir de Magoichi e Onatsu no Brasil, e por ter de cuidar da mãe idosa e do irmão imprestável. Assim, quando o navio passava, em alto-mar, por Porto Elizabeth, à sombra do ventilador do convés, de onde respingava a água das ondas que batiam, perguntou mais uma vez a Onatsu:

– Você pensou sobre o que eu disse outro dia?

Ela ficou calada.

– Se você estiver de acordo, eu penso que posso constituir família e levá-la em frente. Não seria muito mais adequado assim? Ou você, de fato, quer voltar para o Japão?

Katsuji era um rapaz cerimonioso e de temperamento fraco, e não a tocava sequer com a ponta do dedo. Falava inclinando o rosto meigo.

– Mesmo que queira voltar, não é possível – disse Onatsu, suspirando profundamente. Katsuji sentiu grande pena de Onatsu e ficou quieto por algum tempo.

– Na minha casa a velha também é uma pessoa difícil, e Yoshizo é um bobo, que complicado... acho que para você também não será fácil, mas a velha não terá vida longa, e logo as coisas ficarão mais fáceis. É aguentar até esse dia... você também só com Mago-san, em dois, seria incerto mesmo para os trabalhos, não daria para fazer quase nada... logo, vou tentar discutir com Mago-san, mas antes disso pensei em ouvir a sua opinião.

Onatsu olhava para a luz do farol à sua direita, e não era possível perceber se estava respirando ou não. Katsuji então emendou a conversa:

– Viu, eu falo pela primeira vez que estou ciente sobre o tal senhor Horikawa. Sinto muito por você. Se você estiver pensando em voltar ao Japão não vou dizer nada mas, se pensa na possibilidade de não voltar, podemos nos entender e trabalharmos com afinco; penso que podemos conseguir a felicidade!

– Pergunte ao meu irmão – respondeu Onatsu, afundando o queixo na gola.

– Ah, qual é a sua opinião?

– Não tenho o que dizer sobre isso.

Na verdade, era uma expressão de concordância. Não tinha o que dizer. Não pensava em escolher o que preferisse. Caso se tornasse esposa do homem que a desejava, confiaria seu corpo ao curso do destino, e viveria seus dias moldando-se às ocasiões. Dessa forma,

Onatsu era obediente, e possuía uma capacidade vital forte, como uma erva silvestre. Como fazia frio, vestia uma roupa de gala com estampa de folhas vermelhas de outono, e calçava *tabi*[29] branco, já sujo. Trazia os cabelos presos, puxados para trás, e a expressão de seus olhos estava repleta de tristeza. Não lamentava sua obediência mas, sim, a forma como estava vivendo.

Ainda que tivesse recebido uma resposta de concordância, não se via qualquer expressão de alegria no rosto de Katsuji. Só foi possível perceber tal sentimento através de seus passos firmes quando afastou-se de perto de Onatsu. Ele era um rapaz modesto, calmo e de temperamento fraco.

DE MANHÃ, NO CONVÉS, era possível pescar filhotes de cação à vontade. Mesmo querendo adentrar o porto o navio, devido ao forte nevoeiro, não poderia se mover até a chegada do piloto. *Boo...* – soou a sirene do navio. *Boo...* – veio resposta do farol. Ao lado da embarcação via-se um mundo de cerca de dois metros de largura e, dali para a frente, nada se enxergava, devido à densa neblina. Disseram que era manhã mas, na verdade, provavelmente o sol já deveria ter subido há muito tempo. Da água turva ao lado do navio eram pescados filhotes de cação, pendurados frouxamente em uma linha de anzol de cerca de quarenta e cinco centímetros. Em todas essas ocasiões, o convés ficava muito agitado. Dentro da bacia da lavanderia estavam jogados de cinquenta a sessenta cações, que haviam sido pescados. Picava-se a carne desses peixes para serem usadas como isca para pescar mais peixes. Na décima rodada de pesca, um cação mordeu o dedo indicador do senhor Mugihara, e sangrou.

Após o almoço a neblina baixou um pouco. Então surgiu o pico bem plano da Table Mountain – a "montanha-mesa", de cor casta-

29. Tipo de meia própria para se usar com chinelos de dedo.

nha. Na surdina, a hélice começou a girar e o navio entrou, como que escorregando e sob neblina, no porto. Ali, somente os passageiros da primeira classe desceram e, dentre os imigrantes, ninguém poderia desembarcar.

Naquela noite, na Cidade do Cabo, era o dia da Páscoa. No céu da cidade subiam rojões que, lançados, perfuravam a massa densa de neblina. A "montanha-mesa" desaparecia em meio a ela, e apenas a luz desbotada do farol, instalado na perigosa ponta escarpada, girava, *kuru, kuru*[30].

Naquele porto era famosa a lagosta; no entanto, a sua captura estava proibida devido ao período de proteção. De acordo com conversas de marujos, a lagosta media cerca de trinta centímetros, e era possível pescá-la à vontade.

Sem poder desembarcar os imigrantes lamentavam o tédio e, aproveitando a escuridão da noite, colocavam os rostos nas janelas circulares e penduravam linhas finas, secretamente. Via-se a iluminação úmida da cidade e, ao longe, o guindaste roncava a noite toda para descarregar a carga de chá do Ceilão.

19 DE ABRIL, PARTIDA da Cidade do Cabo. Seriam mais de dez dias de navegação, cortando direto o Oceano Atlântico, para chegar até o Rio de Janeiro, capital do Brasil. O compasso estava voltado quase que totalmente para o oeste.

Sem terem qualquer objetivo definido, os imigrantes vinham suportando a longa viagem de navio, que se aproximava do final, e pareciam inquietos. Arrumavam as roupas cotidianas, ou contavam o dinheiro que tinham na carteira.

No dia seguinte, novamente, surgiu o problema da remuneração pelo trabalho, que os vinha preocupando há algum tempo. Isso

30. Onomatopeia representativa do movimento de girar.

se devia ao fato de que, enquanto estavam atracados no porto da Cidade do Cabo, estava também atracado um navio mercante japonês que voltava para o Japão; e quatro ou cinco japoneses que voltavam para lá vieram fazer uma visita ao La Plata Maru e contaram sobre a crise no Brasil. Tais conversas, de fato, eram somente notícias decepcionantes:

– Não tem como viver, por isso nós estamos voltando. Há muitas pessoas que querem voltar, mas estão sem recursos, impossibilitando o retorno. Não tem pagamento dos patrões e, por isso, os agricultores não têm como sobreviver. Como não conseguem vender o café colhido, os patrões também não têm dinheiro. Para este ano também não há perspectiva. Um certo *patoron*[31] queimou mais de trinta mil pés de café. Desse jeito, os imigrantes *nôbo*[32] não terão chance. Este ano a florada do café foi ótima, por isso, o excesso de produção agrava ainda mais a situação. O governo do Estado de São Paulo começou restringir o café para exportação. Também ordenou a redução de novos plantios. Os armazéns de café de Santos estão abarrotados, e o café está empilhado aos montes, ao relento. Os camaradas recebem, por dia, de seis a sete mil-réis mas, no próximo ano agrícola, deve ficar abaixo de cinco mil-réis. Apesar disso, o *aroiz* é caro, os tecidos são caros, a batata é cara, o macarrão é caro. Vocês que vão para lá agora, devem ir bem cientes e preparados. Boa viagem! Rezamos para que façam uma viagem tranquila...

No mesmo dia, tais informações foram passando de boca em boca e os imigrantes, juntando suas inseguranças, concentravam a visão para um só ponto: a terra natal. Seria melhor que tivessem tentado a vida nela? A imagem da partida de Kobe vinha-lhes à mente. A lem-

31. Do português "patrão". No caso, japoneses que já haviam estado no Brasil misturavam o português ao japonês.

32. Do português "novo" ("imigrantes novos").

brança da música de despedida daquele momento em que os alunos da escola primária cantaram e choraram, ainda estava bastante viva:

"Avante companheiros, além-mar,
Ao Brasil, terra prometida,
Conquistar fortuna desconhecida.
Eis o corajoso desbravador.
....
Extensos oceanos sem fim;
Grande continente, dezenas de milhares, sem fim;
Tornar-se-ão depósito de fortuna, algum dia,
O dia da vitória está próximo;
Banzai, banzai, ban-banzai!

Ao rememorar o significado desta música, a crueldade da emoção tênue feria-lhes novamente o peito.

O supervisor Muramatsu, preocupado com tal situação dentro do navio, chamou ao seu gabinete os dois que estavam viajando pela segunda vez ao Brasil, e tentou perguntar suas opiniões a respeito. Disse Kakutaro Kanuma:

– Ah, não deve ser mentira. Mas não se pode considerar imigrante uma pessoa que por uma coisa dessas quer voltar fugindo. Em qualquer país há épocas boas e ruins. Não há um lugar onde os agricultores possam viver tranquilos sem fazer esforços. Um indivíduo que foge, mesmo no Japão não consegue ser agricultor. No momento, como não sabem nada sobre o Brasil, estão sofrendo por antecipação; sei que, chegando lá, não precisam se afobar dessa maneira. Todos estão pensando em conforto e, por isso, reclamam e ficam inseguros. Se estiverem dispostos a fazer sacrifícios como quando estavam no Japão, certamente no Brasil é mais confortável! Só o fato de não ter impostos e despesas de relações sociais que nos atormentam, já é bem melhor! Não é, senhor Horiuchi, é, né?

– Isso mesmo, tudo depende de como se preparar.

Depois dessa conversa, Muramatsu imprimiu as opiniões dos dois no informativo *La Plata*, em três folhas e, no mesmo dia, distribuiu a todas as famílias. Ao mesmo tempo, o supervisor sentiu que o método de propaganda – como mostravam alguns trechos da música, que diziam "o dia da vitória está próximo" –, conduzia os imigrantes à perdição em um sonho profundo, o que era condenável. Na verdade, ele mesmo trabalhava no setor de propaganda da empresa e, até então, elaborava esse tipo de sonho. Quanto aos imigrantes, estes estavam totalmente perdidos e, quando ouviram as opiniões dos dois imigrantes de segunda viagem sentiram que, de algum modo, foi-lhes fornecida uma das diretrizes: era necessário estarem cientes de que, no Brasil, também não seria fácil e que, àquela altura dos acontecimentos, falar em voltar ao Japão não era mais possível. Portanto, não havia outro meio senão trabalhar como se estivessem mortos. Já que era assim, quanto antes pusessem os pés nas fazendas e puxassem as enxadas, seria melhor; queriam conhecer qual o tipo de expressão que tinha a terra do grande continente que iria recebê-los, assistindo a tudo com seus próprios olhos e tocando-o com suas próprias mãos. Após desfazerem do sonho dourado de uma vitória esplêndida e fácil, souberam da dura realidade e das dificuldades para se viver, e que os caminhos do futuro estavam fechados. Na doçura do sonho havia uma insegurança; por outro lado, na realidade difícil parecia haver um quê de tranquilidade. As pessoas que não conseguiam suportar a insegurança começaram, serenas, a arrumar as roupas à sombra da cama de grade de ferro que mais parecia uma gaiola. "Para o Brasil, para o Brasil!" Pressionados pela realidade que se aproximava, em todos os quartos os imigrantes estavam silenciosos. Sobre o oceano Atlântico, o céu estava límpido, e a navegação continuava tranquila.

DA PONTE SOOU uma sirene um pouco prolongada. Dia 21 de abril, 5 horas e 12 minutos da tarde. O navio passou pelo ponto original da Linha Meridional de Greenwich: longitude zero a leste e a oeste. Neste local, ao norte, em linha reta, há um único ponto no mundo que é zero grau direcionando para os quatro lados, o ponto de encontro da Linha Meridional de Greenwich e da Linha do Equador; perto desse ponto localiza-se a Ilha de Santa Helena.

Mal a sirene do navio cessou, a enfermeira veio correndo para a sala de Muramatsu, afobada. Disse que o filho de Kurokawa, que estava com pleurite e acamado havia muito tempo, estava em estado grave. O supervisor dirigiu-se à sala do médico e ouviu seu relato. Se aquela criança morresse, iria se desfazer um dos orgulhos de Muramatsu, que sempre relatava em seu diário: iria diminuir uma pessoa do navio. Ele saiu nervoso da sala do médico. Em compensação, este relatou que naquela manhã havia sido dada alta a um paciente com disenteria, e que a anciã com pleurite receberia alta no dia seguinte.

A longa viagem marítima aproximava-se do fim, e o espírito de todos estava agitado. O mais impaciente era o médico, que relatara a Muramatsu que vinte e três pacientes haviam tido cura total do tracoma, mas ainda havia cerca de trinta, dentre os quais dezoito ou dezenove não iriam se curar facilmente.

Na manhã seguinte, o médico solicitou aos membros do setor de higiene e saneamento para que procurassem e trouxessem todos os pacientes com tracoma. Em seguida, o médico deitou cada um sobre a cama e, segurando-os firmemente, virava-lhes as pálpebras e, com um instrumento cortante, como uma cureta, de cor prateada, raspava os quistos, *gari gari*[33], para retirá-los. Das pálpebras jorrava sangue a ponto de encher os olhos. Os imigrantes eram segurados com força para que não se mexessem por causa da dor, e o médico

33. Onomatopeia representativa do movimento de raspar.

extraía-lhes os quistos; depois, aplicava um remédio forte. Os pacientes não conseguiam abrir os olhos por mais de meio dia, tal era brutal o tratamento. Mas se não procedessem dessa forma, provavelmente seriam mandados de volta.

A criança com pleurite, aproveitando o intervalo em que o médico, com toda força e dedicação, arranhava os olhos dos imigrantes, acabou morrendo. A enfermeira não estava ao lado da criança; mesmo a mãe, que mais parecia uma tola, não sabia do fato. Ela, que havia cochilado além da conta, tentou dar remédio ao filho quando acordou; no entanto, como não abria a boca, percebeu que estava morto. Passada mais de uma hora, quando o médico veio para a visita, a mãe, com expressão de naturalidade, disse que o filho morrera havia poucos instantes. Na cama vizinha, como de sempre, o irmão caçula desnutrido continuava em estado vegetativo. O médico, ao invés de sentir responsabilidade, gritou, bravo:

– Tem de avisar logo, não pode ser assim.

No entanto, na realidade a morte talvez fosse melhor para aquela criança. Parece que ainda restava algum dinheiro ao pai, já que ele tomava cerveja no restaurante. Satake, o chefe do dormitório, foi avisá-lo, ao que ele respondeu:

– Ah, é? Morreu? – e sequer tentou colocar o copo na mesa.

Naquela noite, às onze horas, foi realizada a cerimônia fúnebre marítima na popa. Enfileiraram-se o comandante, o chefe administrativo, o médico, o supervisor, e outros imigrantes. Satake determinara que não deixaria que os parentes participassem. O pequeno corpo foi envolto na bandeira japonesa e, juntamente com pesos, desceu escorregando até a superfície da água, quando a corda foi desatada. Era uma noite escura mas as estrelas do céu, em semicírculo, emanavam uma luz tênue que envolvia o navio. O cadáver, que fora solto dentro das ondas com espumas produzidas pela da hélice, distanciou-se por um bom tempo sem afundar mas, de repente, desapareceu no escuro, em direção à superfície plana da água infinita.

Uma sirene triste soou, e seu som prolongou-se feito uma cauda. Ninguém se moveu.

Alguma quantia para o *kôden*[34] foi juntada pelo chefe do dormitório e entregue a Kurokawa que, contente com o dinheiro, utilizou-o para tomar cerveja, silencioso. O pessoal começou a vê-lo com um olhar frio e desprezível.

Não apenas a família Kurokawa, mas havia várias famílias com cinco ou seis membros que só possuíam dois ienes, ou algo parecido. Interpelando o supervisor Muramatsu, insistiram:

– Dizem que, ao desembarcarmos, não será necessário qualquer dinheiro, isso é verdade? – assim falando, pareciam pensar que, no Brasil, não havia sistema monetário.

Se lhes fosse dito que não era preciso, isso significava apenas que, até chegarem na fazenda, não precisariam desembolsar para a passagem e alimentação; mas não significava que seriam distribuídos cigarros ou leite para as crianças. Muramatsu sentiu-se triste, e ficou nervoso. Ele conhecia, em linhas gerais, o que era doutrina social, mas não podia pensar que um indivíduo pobre pudesse ser assim tão tolo.

Finalmente, o término da viagem se aproximava e, como forma de consolar o longo período de esforços dos chefes dos dormitórios, dos membros da Associação de Moços, das conselheiras da Associação de Senhoras, entre outros, foi oferecido, por parte da direção do navio, um banquete com comida ocidental. Muramatsu fez uso de palavras de agradecimento e os imigrantes, suando, sofreram com a faca e o garfo.

No dia seguinte foi realizada uma reunião de homenagem aos idosos. Reuniram-se cerca de cinquenta pessoas com idade acima dos cinquenta e cinco anos e, felizes, serviram-se de doces com chá.

34. Quantia em dinheiro dada, por conhecidos, parentes e amigos, a membros da família de alguém que falece, como forma de auxiliar nas despesas funerárias.

Foram proferidas palavras de agradecimento, uma após a outra. A velha que se curou da pleurite proferiu palavras de agradecimento ao senhor supervisor como se agradecesse a Deus.

Desejando ensinar o hino nacional brasileiro aos imigrantes, foi solicitado a Miyai, da primeira classe, para fazê-lo. Foi distribuído um impresso escrito no silabário para termos estrangeiros, e os imigrantes cantaram a música, sem entenderem qualquer significado. Era um esforço descomunal para se poder viver em um país estrangeiro como imigrantes!

Chegou o momento de arrumar todas as bagagens. Com exceção de alguns pequenos pertences, todo o resto era embalado, etiquetado com nome e depositado no armazém do navio. Nesse dia, desde cedo, todos os dormitórios encontravam-se em tumulto mas, no período da tarde, as bagagens se reduziram ao redor das camas e, de repente, o ambiente ficou solitário. Então, todos ficaram sem ter o que fazer e se sentaram no chão, cruzando as pernas e murmurando “Finalmente é o Brasil”, com um suspiro. Naquela noite, em especial, pensaram sobre o final da viagem, da qual sentiam até uma espécie de apego tênue. Diferentemente de uma viagem de um ou dois dias, um período maior que um mês e meio já seria um capítulo magnífico de uma vida.

A PREVISÃO DE PARADA no Rio de Janeiro era de cinco a seis horas e, portanto, não seria autorizada a descida de nenhum imigrante. Muramatsu assim decidiu, juntamente com o comissário.

Na noite anterior à entrada no porto, o supervisor distribuíra folhas para os chefes das famílias, pedindo-lhes para que escrevessem suas impressões sobre a vida no navio. Esses seriam documentos para enviar à sua empresa. À noite, examinou as cerca de duzentas folhas, uma a uma, com as impressões entregues; onde encontrava alguma coisa desfavorável a ele, apagava ou corrigia. Aquelas que não podia corrigir, rasgava e jogava fora. Mas a maioria era de expressões formais de agradecimento.

Depois, Muramatsu procurou o comissário para tratar do desembarque em Santos. Komizu já estava lá.

– Viu, senhor Muramatsu – disse o comissário. – Há um pedido para deixar desembarcar uma parte do pessoal amanhã no Rio...

– Não, eu não vou autorizar.

– Agora mesmo, Komizu falava para que se permitisse o desembarque dos chefes dos dormitórios...

– Espere um pouco – e o supervisor voltou-se para Komizu:

– Por que você não me consulta? Por que age por conta própria?

– Poderia avisar depois, não é? – Komizu fez um bico de insatisfação.

– Não pode, não permito esse tipo de coisa! – disse asperamente. O longo período da raiva sobre Komizu explodira de vez:

– Você é sempre assim. Quem pediu para você cuidar do desembarque? Você não faz as coisas que eu peço, só faz as coisas que eu não peço, não faz nada. Essa tal de arte de postura é o tipo de serviço para um vendedor de madeiras, e não de um assistente de supervisor.

– Eu fiz alguma coisa errada? – Komizu empalideceu.

– Claro que fez! Você prometeu distribuição nas fazendas. Você disse que o responsável pela distribuição era seu conhecido e que, portanto, iria conversar. Você, especialmente para os membros da associação de amigos, prometeu a distribuição.

– Não, promessa eu...

– Em primeiro lugar, formar essa tal associação de amigos, um outro grupo, é tumultuar a ordem. Você não acha que isso é errado?

– Quanto ao desembarque de amanhã, não é um problema tão grande assim.

– O que tem isso? Amanhã não permitirei que ninguém desembarque! Depois de amanhã, quando chegarmos em Santos, você pode tomar a atitude que quiser. Não precisa nem ir ao alojamento. Não vou pedir seu préstimo.

Komizu, estremecendo os lábios, foi saindo, calado. O comissário sorriu sem jeito e murmurou: – É uma pessoa difícil – Komizu sentiu solidão e raiva e, não tendo a quem desabafar a respeito da autorização que recebera para agir livremente, foi para o quarto do senhor Katsuta. Falou mal de Muramatsu à vontade. Começaram a se juntar os membros da associação de amigos e, ao redor das onze horas, o filho de Katsuta, juntamente com mais três representantes, foi até Muramatsu para apresentar desculpas.

– Não tem nada de perdoar ou não. Já estamos chegando, por isso, deixem para lá – Muramatsu riu e não os atendeu.

Na manhã em que chegavam ao fim onze dias de navegação, a praia do Rio de Janeiro começou a surgir, na ponta da popa. Os imigrantes correram para o convés, e viram o esperado Brasil. Foi possível ver, do navio, o mar límpido e as arborizações verdejantes das ruas. Puderam ver o característico monte Corcovado, com a forma de um ovo levantado. Viram o prédio branco do jornal *A Noite* e, sobre as ondas na bela praia, dois navios da Marinha estavam parados.

Os imigrantes, para se submeterem à fiscalização, vestiram-se formalmente e, tensos, enfileiraram-se no convés, concentrando a visão na praia que se aproximava.

Antes de o navio chegar à doca e parar, a inspeção terminou. Felizmente, todos passaram sem problemas. Fora o resultado do curativo brutal do médico. Mas havia uma outra razão: nessa inspetoria, havia um japonês chamado Shirai que, todas as vezes em que um navio japonês chegava, vinha para servir de intérprete. No entanto, se ele estivesse nervoso, não era possível saber quantas pessoas seriam reprovadas. Era quase um hábito ficar nervoso; sabendo disso, a direção do navio – que tinha responsabilidade sobre os imigrantes –, na partida de Kobe providenciava, sem falta, uma propina gorda. Por isso o fato de, naquela vez, todos terem passado sem problemas, significava que o tal Shirai havia ficado satisfeito com o "presente" recebido. Mas, em outras ocasiões, por não ter ficado satisfeito, foram inúmeros os casos em que imigrantes foram mandados de volta.

DIA 29 DE ABRIL. O povo japonês, patriótico, mesmo estando no porto do Rio, não iria se esquecer deste dia. Tomita e Miyai, da primeira classe, desembarcaram para participar da cerimônia de felicitação ao imperador pelo seu aniversário, a ser realizada na Embaixada do Japão no Rio de Janeiro. Os imigrantes enfileiraram-se em sentido, no convés, e juntamente com altos funcionários do navio, sob ordem do comandante, saudaram com gritos de *banzai,* três vezes. Depois, rememorando longas e longas viagens de até então, voltaram-se para o céu do nordeste e, curvando, fizeram um cumprimento solene; cantaram então, duas vezes, o hino japonês. Foi possível a cada um pensar profundamente na viagem que haviam feito até o fim do mundo. As vozes embargadas e úmidas do *Kimigayo* eram uma mistura de diferentes vozes de idosos, jovens, mulheres e homens, formando um coral que fez correr uma linda melodia sobre as ondas que se quebravam nas praias e barrancos de beira-mar do Brasil. A bandeira japonesa, que flamulava no alto do mastro principal, simbolizava que até a longínqua terra alcançava a benesse do progresso do país do imperador, que protegia o futuro dos imigrantes; assim pensando, lágrimas fluíram-lhes dos olhos.

3. *Um Povo sem Direito a Voz*

SEIS DA TARDE, hora de levantar âncora rumo a Santos...

A noite vinha chegando ao Rio de Janeiro. Com o toque da sirene de despedida, o belo porto, ao ocaso, afastava-se gradativamente, e a superfície das ondas ia escurecendo rapidamente. Então, a linha costeira do porto tornara-se visível de um único relance. A iluminação ordenada formava uma linha por milhas e milhas, desenhando uma risca de luz no horizonte, do morro do Corcovado até o ancoradouro na avenida que margeava três baías alinhadas, em rara beleza. Parecia uma passagem imensa que conduzia ao palácio dos dragões do mar e, ao mesmo tempo, uma luz ilusória pairando sobre a superfície. Essa única linha iluminada, que não cessava de brilhar ao balanço do vento, foi se esvaindo, definhando como o brilho de uma teia de aranha, até desaparecer sem vestígios.

Assim, veio a última noite. A navegação de quarenta e cinco dias chegaria ao fim, e a grande e assustadora imigração estaria para ser concluída. Não era uma noite de sono normal. A comemoração teve início no dormitório A, e logo foi seguida por todos os demais dormitórios. Era um banquete de despedida: apesar de tudo, o fato de terem chegado até ali, vivos, merecia ser comemorado. Naquela noite, os marujos também participaram da festa. Havia saquê, conserva de moluscos e de variados legumes picados, e um marujo contribuiu com alguns bifes à milanesa subtraídos da cozinha. Mais três lulas secas trazidas do Japão foram doadas pelo senhor Miura. A última carteira de cigarro Golden Bat, que Fujiki guardara, foi distribuída para dez pessoas. E, depois, esgotaram o repertório de canções que conheciam. Com o sentimentalismo regado a saquê, o ânimo ia se transformando em uma algazarra sem sentido. Os embriagados, que se transformavam em homens valentes, berravam que iriam ficar a noite inteira farreando. Como se tratava da última noite, nem o capitão, nem o comissário, repreenderam-nos pelo barulho. Estes comemoravam o fim da navegação – sem grandes incidentes – com um outro grupo de elite, do qual participavam o supervisor Muramatsu e outros. Aqui, a festa era regada a uísque envelhecido, queijos, *bacon* e aspargos.

As mulheres, que não tomavam parte do bando de bêbados, recolheram-se cedo ao dormitório. Onatsu deixou o irmão, corado e descomposto de tanto beber, gargalhando com o senhor Oizumi, e subiu ao convés para apreciar a última noite. O local estava envolto em total escuridão, e o ar frio da noite, somado aos borrifos das ondas, faziam com que a sensação gélida penetrasse na pele. O Cruzeiro do Sul brilhava ao alto, como a imagem de um trono divino, mas a constelação da Ursa Maior que, no Japão, posicionava-se no meio do firmamento, estava imersa no horizonte norte que parecia retirar a água do mar.

Onatsu, em seu vestido de verão sem mangas, sentiu um frio sob as axilas. Do camarote do pavimento inferior ouvia-se vozes em cantoria. Começou a caminhar, e continuou até a popa do navio. O frio do ar noturno afastara qualquer vulto do convés e, no alto, o cabo de arame uivava ao vento. Passou por baixo dele e alcançou o lado extremo da popa do navio, quando percebeu um vulto escuro, de costas, observando as ondas, da borda. Era Komizu.

Naquele momento ele se encontrava completamente só. Depois da discussão com Muramatsu, até mesmo os companheiros da associação começaram a hesitar em ficar do seu lado. No camarote, o último banquete chegava ao ápice do descontrole e, não conseguindo encontrar nenhum lugar onde pudesse se sentir confortável – nem mesmo entre os amigos – estava ali, sozinho, à procura de um refúgio. Não havia ninguém à sua espera no Brasil e, só agora, viera-lhe a preocupação acerca do local onde deveria se estabelecer. Seu plano inicial era contar com o senhor Akiho, responsável pela distribuição dos imigrantes nas fazendas, para ajudá-lo a escolher um destino. Mas, agora, o sentimento de abandono que brotava da solidão dominava-o constantemente.

Ele virou-se e percebeu a presença de Onatsu, cumprimentou-a com um "Oh!" e deu uma risada sem sentido.

– O povo está se divertindo, não? Que grande farra, hein? Eu não consigo me divertir daquele jeito, não. Há, há, há...

Onatsu fitava a superfície do mar, a menos de dois metros de distância de Komizu. Então ele se lembrou da noite em que dormira, lado a lado, com aquela mulher, muito tempo atrás, no alojamento de Kobe.

– Senhorita Sato, ainda pretende se separar dos Monma e manter o plano de, depois de dois a três anos, voltar para o Japão? – disse Komizu, avançando um passo em sua direção.

Ele constatou, na tênue escuridão, que ela fizera um sinal negativo com a cabeça:

– Não vale a pena voltar.

Ele falou, entusiasmado:

– A verdade é que não tem nada de bom voltando. Melhor do que isso... melhor do que isso... é se casar por aqui.

Nessa oportunidade, embalado pelo entusiasmo, Komizu acabou revelando, em fala rápida, a sua intenção:

– É mais inteligente fazer isso. Case-se aqui e dê tudo de si, trabalhando com o marido. Então, quem sabe um dia, vai poder voltar para o Japão, só a passeio. Não acha que tenho razão? Tendo saúde e trabalho para poder sobreviver, qualquer lugar serve. Então, não quer trabalhar comigo?

Komizu titubeou diante do olhar fixo de Onatsu. Como se não quisesse ser vencido por aquele olhar disse, rapidamente:

– Então, se for do seu agrado, não quer se casar comigo? Sou solteiro e, desde o começo, sempre quis me casar com você. Na verdade nem tive oportunidade de falar sobre o assunto tranquilamente.

Repentinamente ela abaixou o rosto, debruçando-se na borda do navio, e começou a chorar, aos soluços.

Komizu, assustado, colocou a mão em seu ombro e tentou, inutilmente, saber a causa daquele choro, pois ela não fizera outra coisa senão chorar. Logo, o grupo que fazia farra, que estava no pavimento inferior, veio subindo ao convés, batendo garrafas de cerveja. Onatsu cobriu o rosto com uma das mãos e afastou-se às pressas de Komizu, ainda chorando e soluçando.

Terminado o banquete, nada mais restava aos imigrantes senão se recolherem e deitarem em silêncio, a fim de passarem a última noite a bordo. O banquete daquela noite parecia ter dissipado inúmeras inseguranças, tristezas e decepções, trazendo um novo ânimo, que encorajava a todos, fazendo com que dissessem, um ao outro:
– Finalmente chegou o grande dia, amanhã é o dia do desembarque, vamos trabalhar com afinco!

Onatsu virou as costas para o irmão e puxou o cobertor até os ombros. O ronco embriagado e as lamúrias da velha Monma sobre o beliche incomodavam-na. Lamentava por ter se comprometido a casar com Katsuji. Sentiu raiva, pois não conseguia entender por que razão Komizu não lhe dissera nada sobre sua intenção até então. No entanto, nem lhe passava pela cabeça desfazer o compromisso assumido com Katsuji, estava sacramentado. Não daria certo; não deu com Horikawa, e também não daria com Komizu, pensava

Onatsu. Ela nem ousava rebelar-se contra o destino, muito menos mudar a direção de sua vida com força própria. O destino conduzido naturalmente era o correto e, também, o irrecusável.

Do alto da ponte o sino soou estridente sobre as cabeças, três vezes. Três toques de sino significavam que já seria uma e meia da madrugada. Ela ergueu a cabeça e observou Katsuji dormindo do outro lado do corredor. A sombra da grade projetava duas listras horizontais no rosto de Katsuji que, mesmo dormindo, estava cabisbaixo, revelando seu temperamento retraído. Era um rosto fino e tristonho. O cobertor havia escorregado até o peito e seu ombro desprotegido parecia estar com frio. Ela estendeu a mão delicadamente e cobriu-o até o pescoço; o saber conformar-se com a crueldade do destino parecia fazer brotar naquela mulher a afeição de uma esposa ao cuidar do bem-estar do marido.

30 DE ABRIL, o navio começava a subir a foz do rio que corria, cortando o continente plano em duas partes. Dos dois lados, avistava-se arbustos de menos de dois metros, que formavam moitas intermináveis, com uma combinação viva do matiz claro-escuro em verde profundo e verde intenso. A distância entre o espelho de água e a costa não era de mais de setenta centímetros, e o rio parecia brotar daquela moita infinita. Os imigrantes pareciam ter se esquecido da ressaca da véspera e, em traje formal, apreciavam tal paisagem. O navio avançava deslizando silenciosamente, comprimindo a superfície do rio.

Logo em seguida, a vista da costa esquerda transformou-se em um bosque de bananeiras; tudo o que se via era moitas intermináveis de bananeiras. Surgiu, então, uma cabana, que mais parecia um depósito. Era a primeira construção que surgia naquela viagem fluvial.

– Ooh! Tem uma casa… – os imigrantes fixavam o olhar na costa distante. Então, surgiu um vulto negro dessa cabana.

– Tem um homem, tem um homem…

Aquele homem levantou as duas mãos. Em meio ao verde vivo das bananeiras às costas, surgiu um círculo vermelho em fundo branco: era a bandeira do Japão! Ela era agitada de cima para baixo, da direita para a esquerda. "Oh, ele é um japonês!"

Foi um momento de encantamento. Todos se calaram. De todos os olhos escorriam lágrimas. Todos pararam de se mover, como que fossilizados: o que segurava a corda, o que se achava apoiado na borda do navio, o que estava sentado sobre a escada de acesso ao convés, o que colocava o pescoço pela janela circular. De todos os olhos, as lágrimas continuavam a escorrer, incessantes. Nem sequer se lembravam de enxugá-las. À distância de doze mil milhas marítimas, exatamente do lado oposto do globo terrestre, foram lembrados da existência solene de um país chamado Japão. "Todos nós crescemos naquele país, sob aquela bandeira." Longe do país natal, estavam ávidos pela bandeira do sol nascente. A bênção da bandeira brotou profundamente, pela primeira vez, do íntimo da alma.

– Vamos retribuir nós também – disse então alguém, como se tivesse acordado. Cada um tirou algo para sacudir, uns os lenços de bolso, outros o chapéu, mas todos gritavam – *Banzai!* A existência daquele homem solitário no continente, daquele imigrante pioneiro, encorajou-os e lhes deu a confiança de que ali também era possível viver. Fez também com que esquecessem de tudo, até do rebaixamento do salário dos trabalhadores. O aparecimento daquele homem parecia provar aos imigrantes a existência da felicidade no Brasil.

"Não há problemas! Nós também podemos sobreviver…" – foi o que surgiu na mente de todos, e isso foi suficiente para que recobrassem o ânimo.

Logo depois iniciou-se a inspeção sanitária. Os imigrantes formavam uma única fila, e passavam diante dos três médicos sanitaristas posicionados para examinar os olhos de cada um deles. A maioria dos portadores de tracoma passou sem problemas, graças à curetagem do médico de bordo.

O único retido foi justamente o velho pai de Kakutaro Kanuma, que fizera questão de buscá-lo no interior da província de Tottori. Começaram a reexaminá-lo, e alegaram que seu olho esquerdo lacrimejava em excesso. O doutor, embaraçado, explicou que era devido ao olho postiço, mas seu colega sanitarista não perdoou. Enquanto isso, o navio chegou ao porto fluvial de Santos, e a corda foi lançada ao ancoradouro.

Teve início o almoço apressado. Era a última refeição no navio. A última, também, patrocinada pela verba do governo imperial do Japão. A partir do jantar daquela noite, os imigrantes passariam a ser custeados pela Secretaria de Imigração do Governo do Estado de São Paulo.

O senhor Akiho, da filial da Companhia de Imigração, chegou ao navio acompanhado de dois ou três funcionários. Muramatsu passou-lhe a incumbência de continuar todo o trabalho de transporte terrestre dos imigrantes, finalizando, assim, todas as responsabilidades que lhe cabiam. Já não era mais o "senhor supervisor", e voltara a ser apenas um funcionário assalariado.

No cais havia aproximadamente trinta pessoas para a recepção. Eram conhecidos ou amigos de imigrantes empresários e as "amantes estrangeiras" de comissários, cujas companhias eram desperdiçadas, usufruindo delas apenas dois ou três encontros ao ano.

O pai de Kakutaro Kanuma esperava pelo médico, que viria da cidade para o terceiro exame. No entanto, o senhor Akiho não dispunha de tempo nem atenção para assisti-lo, pois estava muito ocupado em desembarcar produtos como *shoyu*, saquê, missô, entre outros, contrabandeados em conluio com comerciantes japoneses de São Paulo.

Duas horas da tarde. Iniciou-se o desembarque.

Justamente naquele momento começou a chover. Era o mês de abril, portanto o Brasil estava em pleno outono. A chuva fina, típica da estação, turvava a atmosfera. Chovia também quando internaram-se no alojamento de Kobe. Os imigrantes arrumavam as trouxas, que continham apenas algumas mudas de roupa. Cabia ao pai carregá-las nas costas e, à mãe, trajada de vestido que lhe caía mal, puxar as mãos de sua prole, deixar palavras cordiais de despedida aos marujos e descer o passadiço a passos inseguros. No ancoradouro, encontravam-se a postos os tripulantes superiores abaixo do capitão, o médico de bordo, a quem tanto deviam cuidados, e as duas enfermeiras, que acabaram definhando durante a viagem. Novamente, trocaram cumprimentos gentis de despedida.

Começaram a caminhar mas, ao dar cinco ou seis passos, pararam. O chão que sustentava seus pés já não era mais o convés. Era solo brasileiro.

"Ah, Japão!" Num gesto involuntário, viraram-se para ver o navio. Sentiam-se inseguros, pois afastar-se do navio trazia-lhes a mesma sensação de estarem se afastando do Japão. Então, o La Plata Maru, quase nunca visto por fora por seus passageiros, comprimia o porto com sua imponência, e o fluxo de imigrantes que dele descia era contínuo.

Eles, que outrora haviam se tornado passageiros daquele navio, despedindo-se de seus familiares e amigos no porto de Kobe, lançando serpentinas que se romperam ao afastar do navio, carregadas de incomensurável e profunda emoção. A longa navegação até desembarcar na terra estrangeira tornara-se, agora, uma recordação alegre. Todas as janelas e corredores estavam repletos de marujos, marinheiros e cozinheiros, acenando e gritando palavras de despedida:

– Adeus, adeus!

As gotas finas de chuva caíam nos rostos que olhavam para o céu, transformando-se em lágrimas de despedida. Assim, pais e filhos dobraram a esquina do armazém do cais de mãos dadas.

Ali um trem estacionado os esperava. Um brasileiro, que aparentava ser o cobrador, fez sinal para embarcarem. Daquela maneira, poderiam viajar até São Paulo sem baldeação e de graça. O Brasil parecia tratar bem os imigrantes.

Por outro lado, as volumosas bagagens dos imigrantes estavam sendo descarregadas com um guindaste. Trouxas enormes de acolchoados e *kôri* de vime, cujo estilo de amarrar era conhecido como "carapaça de tartaruga", evocavam a nostalgia do Japão. Além disso havia utensílios empacotados em caixas de madeira, como escovas japonesas compradas em Kobe, lamparinas de querosene, facas, sabões para lavar roupa, enfim, caixas lotadas de bugigangas.

Às três da tarde, o interior do navio estava totalmente vazio. O supervisor Muramatsu, que estava prestes a desembarcar com uma pequena maleta na mão, caminhou mais uma vez pelos camarotes inferiores.

– Eles vão fazer muita falta – disse o marujo encarregado da terceira classe, com muito sentimento.

– É verdade que, com todos eles aqui, tínhamos muito serviço e muita correria, mas afinal foi uma convivência de quarenta e cinco dias. Depois que o navio deixar Santos, não vou nem conseguir ir à proa de tanto silêncio, principalmente à noite. É... realmente...

Sete ou oito carregadores negros entraram e começaram a desmontar as inúmeras camas em que dormiram os imigrantes: doravante, aqueles dormitórios seriam transformados em depósitos. Soltavam parafusos, desprendiam estruturas de ferro, amontoavam colchões de palha, jogavam, estrepitando, as armações de ferro nos cantos e, na grande confusão em meio aos estrondos e levantar de poeira, o dormitório começou a se esvaziar e tornar-se espaçoso. Assistindo à toda aquela transformação, de repente, Muramatsu começou a lacrimejar: "Os imigrantes nunca mais voltarão para este navio". Terminada a tão longa e complicada viagem, os imigrantes se retiraram. Eram estúpidos, desobedientes e difíceis de se controlar; no entanto, a casa em que eles se familiarizaram estava sendo transformada em depósito.

Muramatsu ouvia o estrondo das grades de ferro que os negros jogavam, e lembrou-se da cena que Tchékhov descreveu no romance *O Jardim das Cerejeiras*, do triste barulho do machado que derrubava os pés de cerejeiras.

Quando todos os imigrantes acabaram de embarcar no trem, o cobrador tirou da cintura uma chave enorme, e fechou todos os acessos ao vagão com cadeados. Os imigrantes simplesmente haviam sido empacotados e lacrados. Aliás, aquele era o "Vagão especial dos imigrantes", enviado pelo governo brasileiro.

Olhando pela janela do trem, o porto de Santos estava embaçado pela melancólica chuva fina, e o pessoal do navio esvaziou a casa para vir se despedir e acompanhar a partida do trem. Às quatro horas da tarde, soou o apito, e o trem começou a se mover, vagarosamente. Apontavam cinco ou seis cabeças de imigrantes da mesma abertura da janela, que gritavam – *Banzai!* Cuidem-se, escrevam sem falta, adeus, até algum dia.

Os tripulantes, que ocupavam dois automóveis com as bandeiras do Navio Mercante Osaka e a bandeira do sol nascente, começaram a correr, acompanhando o trem, gritando – *Banzai! Banzai!* Amigos imigrantes, *banzai!* –, até o ponto em que interrompia a estrada marginal do trilho, quando os automóveis tomaram o caminho de volta. Agora, os imigrantes estavam como se tivessem sido totalmente despidos. Em um dia chuvoso de outono costumava anoitecer muito cedo. Logo em seguida o interior do trem escureceu, e as gotas de chuva prateadas da janela do trem começaram a brilhar. Agora, a viagem seria de trem. A mulher de Kurokawa carregava no colo a criança desnutrida, que ainda não conseguira morrer. Até quando duraria a vida daquela criança? O beribérico estava pálido e cambaleante. A mulher que sofrera aborto estava com o rosto abaixado e apoiado no ombro do marido. Komizu estava sentado, inconsolável, perto dos Katsuta, mas como Muramatsu e também o senhor Akiho deveriam viajar no trem confortável e luxuoso de segunda classe, aquela era uma viagem sem supervisão.

Enquanto isso, a família Kanuma ainda se encontrava no navio. Não permitiram ao patriarca desembarcar, mesmo depois do quarto exame. De que adiantava examinar o olho postiço? Assim, seu bom filho, a esposa e filhos encontravam-se ainda todos no navio. Não seriam capazes de desembarcar deixando o velho pai sozinho. Este, irritado, fumava sem parar, observando com seu olho postiço lacrimejante, da pequena janela circular, o silenciar do interior do navio que, gradativamente, ia se tornando deserto e, ao mesmo tempo, a multidão dos imigrantes que iam embarcando no trem, conservando a mudez solitária de um bloco de pedra.

NÃO SE SABE POR ONDE nem como foi a trajetória. Só se sabe que, enquanto o trem subia um precipício imenso anoiteceu, e as luzes da cidade de São Paulo começaram a despontar. Então, o trem parou em uma pequena estação no subúrbio, e o cadeado da saída foi removido. Ao saírem, constataram tratar-se de uma estação escura e sem movimento. Desceram em bandos na plataforma, quando um homem uniformizado, que aparentava ser funcionário da estação, conduziu-os para fora dela. Era uma plataforma sem nenhum controle de entrada, que mais parecia um armazém do que propriamente uma estação. Era robusta, cinzenta e sem nenhum elemento decorativo. O funcionário, liderando a todos, subiu para o segundo pavimento. Era um hotel estação. Na esquina da escada havia um letreiro, escrito em tinta branca: DORMITÓRIO... Os imigrantes não entendiam o que significava.

No final da escada erguia-se uma porta enorme. O ferroviário, tirando a chave e abrindo-a, ordenou que entrassem.

Apavorados, espiaram o interior escuro e viram um quarto grande, cheio de estruturas de ferro, que mais parecia um amontoado de gaiolas de pássaro, feitas de tela de metal. Só naquele quarto havia trezentas camas. Aquilo não era estação mas, sim, um alojamento para imigrantes. Aquela plataforma era própria para o trem especial de imigrantes, e a palavra DORMITÓRIO parecia significar "quarto de dormir".

– Nossa! Como é prático aqui no Brasil...

Os imigrantes escolheram suas camas e sentaram-se nelas, sem nenhuma cerimônia. Olharam um pouco ao redor do quarto muito amplo. Ao se acalmarem, andaram por outros quartos a fim de averiguar onde os parentes e amigos haviam sido acomodados.

Um encarregado brasileiro chegou para anunciar a hora do jantar:

– Japão! *Gohan*[1], *gohan*! –, o que fez com que os famintos descessem para o refeitório com um sorriso amargo. O refeitório tinha o dobro do tamanho do dormitório e estava abafado, com cheiro de banha de porco. O representante de cada família incumbia-se de dirigir-se à copa para receber cinco a seis pratos de alumínio e talheres. Com o prato na mão, faziam fila diante da cozinha para serem servidos com macarrão, pão e feijão. Em seguida, procuravam mesas vazias, e cada família se aglomerava para ocupar seus lugares. Dentro do macarrão, rolavam pedaços de costela bovina destrinchada a machadinha, também cozida na banha de porco.

– O que é isso? – o senhor Oizumi virou-se para a mulher, completamente pasmo, e completou:

– Esta vaca só tem osso.

– Os brasileiros, todos, estão vivos comendo essas coisas...

A mulher do senhor Mugihara gargalhou.

A velha Monma desistiu do medonho macarrão com osso bovino e comeu a primeira colherada do feijão, que logo cuspiu no chão.

– Que foi, mãe? – perguntou Katsuji.

1. "Refeição".

A velha sacudiu a cabeça, com uma feição triste a ponto de empalidecer a testa, levantou-se da mesa, calada, e voltou ao dormitório. Limpou várias vezes o interior da boca com uma toalha, derramando lágrimas sem parar. O gosto daquele feijão era indefinível. A banha de porco era pegajosa e não tinha tempero, a não ser um ligeiro gosto de sal. Por fim, o temor que a velha vinha pressentindo, desde o Japão, acertou-a em cheio.

– Ei, mana – disse Magoichi, chupando o osso bovino. – Enquanto não aprendermos a saborear esse feijão, não vamos conseguir nos tornar brasileiros.

– É tão gorduroso, por que não usam açúcar para temperar?

– Os brasileiros preferem assim, pois comem isso no lugar do arroz.

Entretanto, o apetite dos japoneses era muito fraco. Na entrada do refeitório, uma jovem chorava. Era Keiko, a garota que havia feito o papel de dama de companhia do deus do mar. Komizu viu-a sair do refeitório e tentou, gentilmente, indagar-lhe a razão. Repetiu a pergunta várias vezes, mas Keiko só chorava, recusando-se a responder. Não chorava pensando que isso a levaria de volta, mas o coração de uma jovem nada mais tinha a fazer senão chorar. Se indagada a razão do choro, só poderia responder que tudo era motivo.

Imediatamente após a refeição houve a chamada do pessoal. Havia de seis a sete funcionários da Companhia de Imigrantes, liderados pelo senhor Akiho, o do contrabando.

A fazenda de destino de cada família seria decidida no momento da chamada. Seria também definida a distribuição das roças. O senhor Akiho foi decidindo o destino de cada família, energicamente. Enfileirava a família, dava uma rápida olhadela em cada membro, e uma só palavra sua decidia tudo. Era a palavra final. Fulano e beltrano na mesma fazenda. Fulano e beltrano na fazenda vizinha. Fulano e beltrano iriam para onde levava um dia de trem... tudo era decidido rapidamente.

O Estado de São Paulo, apesar de ser apenas um Estado, tinha a mesma dimensão de todo o território japonês. Portanto, espalhando novecentas pessoas naquela imensidão, aqueles que fossem designados para uma fazenda mais distante levariam um dia e meio de trem para chegarem ao destino. Estes teriam que, naquele momento, despedirem-se para sempre.

As famílias Monma, Sato e Oizumi foram designadas para a mesma fazenda. Mugihara, para o longínquo interior da estrada de ferro Sorocabana; Kurohiji, para a região que ficava na divisa do Estado, absurdamente longe. No navio corria o boato de que aquele que desse trabalho ao supervisor seria enviado, propositalmente, para o interior. Assim, o destino de cada uma foi decidido, arbitrariamente, pelo senhor Akiho e, durante um ano, não poderiam deixar a fazenda. Aquele que havia sido sustentado com verba do Japão teria de assumir tal obrigação. Por outro lado, era certo também que, durante esse ano em que seriam obrigados a permanecerem na fazenda, seriam sustentados pelo fazendeiro.

Os imigrantes abriram o mapa do Estado de São Paulo sobre a cama, e esticaram as cabeças sobre ele, procurando as estações para onde haviam sido designados. E, quando descobriam algumas vantagens que elas ofereciam, como proximidade da cidade de São Paulo, ou até mesmo do próprio Consulado Japonês, ficavam eufóricos: sentiam-se próximos à casa paterna. No entanto, a necessidade de se comparecer ao Consulado era uma vez a cada três anos e, de vir a São Paulo, uma vez a cada cinco anos. Isso seria o mesmo que dizer que alguém se contentaria em morar no litoral achando estar mais próximo do Japão do que alguém que mora no interior.

Como Komizu era solteiro, foi-lhe dado tratamento de imigrante independente, e foi decidido que seria enviado a uma fazenda onde havia muitos japoneses, que ficava dentro da área da linha Noroeste. A promessa feita por Komizu aos companheiros no navio em atendê-

-los e enviá-los para onde moravam seus conhecidos não foi cumprida. Komizu não era tão próximo a Akiho como fazia parecer.

Última noite no alojamento... o cheiro da banha da refeição oferecida pelo Presidente da República do Brasil causava-lhes azia e um mal-estar que parecia nunca passar. Todos deitaram-se vestidos, cobrindo-se com cobertores e mudas de roupa e tentavam dormir, mas o sono parecia não chegar. Da janela ouvia-se, ao longe, o barulho do movimento do centro comercial da cidade.

Mesmo que quisessem escrever uma carta avisando que haviam chegado bem ao Brasil, a claridade precária das sete lâmpadas que iluminavam trezentos leitos mal permitia enxergar as letras. O teto alto, sem forro, mostrava o lado avesso das telhas: parecia mais um depósito do que um dormitório. Entre a fresta de uma telha quebrada, o céu deixava-se ver em azul-negro, e a chuva daquele dia era típica de outono. A chuva negra e brilhante penetrava pelas frestas da telha, rastejando-se pelo seu corpo. Quando haviam chegado no alojamento de Kobe também era um dia de chuva como aquele, e o cansaço de uma longa viagem foi relembrado.

NA MANHÃ SEGUINTE, o grande falatório era sobre a queda da mulher do senhor Mugihara do beliche.

– Doeu para valer! Espia só – ela arregaçava a roupa para exibir a coxa.

A honrosa refeição matinal oferecida pelo Presidente era pão e café. Seu sabor amargo permitiu a poucos esvaziar um copo de alumínio cheio.

As bagagens dos imigrantes chegaram de Santos. Então, vieram três oficiais da alfândega e começaram a inspecioná-las, ou melhor, selecionar o que iriam saquear. Obrigaram-nos a desfazer das grandes bagagens, e onde havia dez pacotes de pasta dental, subtraíam dois; de cada três sabonetes, um era separado. De cada dois cortes de tecido, um era confiscado abertamente, e iam empilhando separadamente diante dos olhos de todos. É claro que isso era um procedimento, a princípio, de acordo com o regulamento mas, mesmo assim, era excessivamente exagerado.

As bagagens que sobreviveram ao saque eram empacotadas novamente, etiquetadas com o endereço de destino e depositadas no armazém, para serem enviadas gratuitamente.

Em meio àquele tumulto, a família Katsuta, que iria se estabelecer na terra que haviam adquirido em Aliança, a família Nanba e mais cinco ou seis famílias despediram-se e partiram.

Logo em seguida entraram os agenciadores de imigrantes. Tratava-se de japoneses que tinham vindo há muito mais tempo, bem falantes, espertos e sobretudo, de mau caráter. Em contato prévio com o senhor Akiho, pediam para desviar o destino de alguns imigrantes para deixá-los aos seus cuidados, conduzindo-os a fazendas para receber gratificação dos fazendeiros e dividi-la com o senhor Akiho. Em lugares onde os fazendeiros costumam tratar os trabalhadores com crueldade ou, então, em terras pobres que não obtinham rendimento, supriam a necessidade de mão de obra utilizando os serviços desses agenciadores. Quando um colono era colocado nessa situação e ficava atolado em dívidas, só existia um caminho: ou desistia de resistir e se sujeitava à situação, ou criava coragem e fugia durante a noite. Para escolher a segunda opção, o imigrante deveria estar ciente de que, caso fosse descoberto, o risco de ser alvejado e morto era de oitenta por cento.

Em uma outra ala do alojamento, imigrantes de outros países, como italianos, portugueses e negros africanos eram acomodados em grupos de vinte a trinta pessoas. Havia um russo marcado com uma enorme cicatriz no ombro, ferido na Grande Guerra Europeia, misturado com o então adversário alemão. Havia também um russo fugitivo de uma fazenda, de onde nem conseguia tirar seu sustento.

O regulamento vetava a saída do alojamento, mas comentava-se que, "molhando" a mão do porteiro, este deixava sair para dar uma volta pela cidade. De fato, dois ou três, como o ex-chefe de ginástica, o jovem Okada e Komizu, foram conhecer a cidade e aproveitaram para tomar um café. Essa medida para evitar fugas devia-se ao cuidado para se precaver do prejuízo, uma vez que os imigrantes eram frutos de muito investimento.

Atrás da cozinha, após o entardecer, um cozinheiro, de uniforme branco, levantava um machado contra um almofariz de madeira; dentro dela rolavam pedaços brancos de costela de boi com pedaços de carne vermelha grudados, que desenhavam um arco paralelo. Tal cena, vista à luz da lâmpada, era macabra. Os imigrantes, completamente pasmos, assistiam-na em roda, enquanto o cozinheiro, suado, manuseava o machado. Tratava-se do ingrediente do macarrão que seria servido no jantar.

Todos foram avisados de que, no dia seguinte, antes do amanhecer, iriam partir para as fazendas. Os bilhetes de trem foram distribuídos: tratava-se de um cartão retangular identificado com o nome da estação e da fazenda de destino, amarrado em um barbante, que o passageiro deveria pendurar no pescoço.

As pessoas que, no dia seguinte, iriam se dispersar, passaram a última noite bebendo cerveja e trocando palavras cordiais, desta vez sem a atmosfera de brilho do banquete no navio. Falavam baixo, quase como se trocassem segredos. As famílias Oizumi e Mugihara agradeceram uma à outra pela amizade que teve início em Kobe, e brindaram à saúde do porvir.

– De qualquer jeito, cuide-se, se tivermos sorte podemos nos encontrar de novo. Se pelo menos estivermos vivos.

– Mesmo que quisesse escrever, já nem me lembro mais das letras. De qualquer jeito, vou treinar um pouco para pelo menos podermos trocar cartões. Quem sabe então vamos ter oportunidade de nos encontrarmos?

As mulheres sentadas na cama, lado a lado, trocavam palavras de despedida, segurando as crianças no colo.

Por volta das oito horas, Kakutaro Kanuma chegou de Santos. Viera com intenção de pedir ajuda ao senhor Akiho pelo velho pai, que continuava detido, sem poder desembarcar. Narrou a situação, inclinando o rosto: seu pai, afinal, não fora aprovado. Era hábito do médico inspetor vetar um ou dois passageiros em cada navio, proibindo o desembarque, até que lhe pagassem propina. No caso do senhor Kanuma não se tratava de tracoma mas, sim, de um olho postiço. A princípio, olhos postiços eram permitidos. No entanto, a desvantagem dos imigrantes residia em não possuir fluência para uma discussão lógica. O navio La Plata Maru partira naquela manhã para Buenos Aires com a família Kanuma a bordo. Após um mês, aportaria em Santos, na viagem de volta; até então seria necessário negociar a autorização do desembarque. Kakutaro Kanuma estava no Brasil havia já oito anos e possuía até uma pequena propriedade. E, agora, na tentativa de trazer o pai, recusavam-lhe o desembarque.

– Se depois de todas as tentativas não for permitido, eu também vou voltar para o Japão – narrou, com lágrimas nos olhos, mas o senhor Akiho entortou a boca contornada por um bigode fino, e foi reticente na resposta.

Um mês depois, o La Plata retornou ao porto de Santos e ali permaneceu durante uma semana. Mas a negociação para a permissão não tivera sucesso. O navio encheu seu ventre de café e banana, e partiu em direção ao Rio de Janeiro. Kanuma viajou por terra para chegar ao Rio antes do navio para fazer a última tentativa na Embaixada, ou em um outro meio qualquer. Abrira mão de uma soma grande em dinheiro nessas tentativas. Se nem ali conseguisse desembarcar, o navio daria uma volta pelo Amazonas e iria para a América do Norte. Então, tudo estaria perdido.

No último dia, o La Plata Maru iria zarpar com destino aos Estados Unidos. Soou o primeiro gongo de partida do navio e, quando soou o segundo, saiu a permissão do desembarque à família Kanuma, que se encontrava em prantos. Que procedimento cruel! Assim que liberaram o desembarque, o paciente em questão foi jogado na Santa Casa, sendo obrigado ao confinamento de um mês, onde receberia o tratamento diário de tracoma ao olho postiço. Dessa maneira, após o final do segundo mês, foi entregue aos cuidados do filho, já cansado de tanto recorrer.

CHEGARA A ÚLTIMA NOITE e a hora de, finalmente, após o convívio de cinquenta dias, mais de novecentos imigrantes, fadados ao mesmo destino e ao mesmo objetivo, desfazerem da vida em grupo e assumirem, cada um, seu respectivo labor. Uma vez separados, como acontece em um exílio, o reencontro torna-se incógnito; portanto, aquela era verdadeiramente a noite da despedida. Os mais íntimos rodeavam a mesa, brindavam, viravam a cerveja brasileira e apertavam-se as mãos pela saúde e luta do porvir, aconchegando corações ternos de homens pobres, sem falsidades nem bajulações.

– Vamos! Beba mais uma, senhor Miura, é a nossa despedida. Mas vamos manter contato escrevendo. Se um fica sabendo do outro, é certo que vamos nos encontrar de novo. A vida é longa. Vamos nos reencontrar. Não concorda?

As pessoas trocavam essas palavras, face a face, muito compenetradas, debaixo de uma iluminação precária. Pessoas repletas do sentimento de perda do país natal e carregadas de semblantes sombrios.

Komizu, que saíra com Okada, andou pela cidade, gastou suas horas em uma cafeteria e retornou ao alojamento por volta das nove horas. Quase todos dormiam, preparando-se para despertar cedo na manhã seguinte.

Komizu também subiu na cama, no canto, tentando dormir. Foi quando encontrou um envelope entre as dobras do cobertor. Não estava assinado, mas ao ver o remetente, sentiu o peito atravessado. De fato, era uma carta de Onatsu, escrito com caligrafia trêmula:

"Desculpe o mau jeito no navio outro dia. Naquela noite chorei muito. Teria sido bom se tivesse me dito aquilo um pouco antes. Como já me comprometi com Monma, eu vou acompanhá-lo, como havia planejado. Nunca vou esquecer da gratidão que tenho pelo senhor supervisor. Chegou a hora da despedida. Cuide bem da saúde. Vou me tornar nora dos Monma e não voltarei mais para o Japão. Adeus."

Komizu deitou-se, vestido com a roupa de trabalho. De um lado, sentia um alívio por pensar que seu pecado iria se diluir na escuridão, sem ter de responder por ele. Mas havia também, ao mesmo tempo, um apego pela mulher que se distanciava dele. As palavras simples e honestas de Onatsu ressoavam agudas em seu coração, que há muito perdera a pureza. Aparentemente, o incidente tivera um desfecho, mas justamente por isso sentiu ter assumido uma dívida impagável.

Naquele momento em que se encontrava só, Komizu não possuía força moral para criticar Onatsu como uma mulher simplória. Muito pelo contrário, a amabilidade daquela mulher fora o único afeto dirigido a ele em todo o território brasileiro. No entanto, não possuía capacidade de decisão em recuperá-la, desfazendo a situação do momento.

Apesar de ser a última noite, nada mais se ouvia a não ser a respiração tranquila do sono dos trezentos leitos daquele quarto.

UMA HORA DA MADRUGADA. O ar noturno do continente penetrava através das frestas de telhas quebradas, e o interior do dormitório esfriava silenciosa e rapidamente, quando os imigrantes foram despertados ao som violento da campainha.

O refeitório foi aberto de imediato para receber os imigrantes para a última refeição, honrosamente concedida pelo Presidente da

República: pão e café. Após o café, foi entregue a marmita para o almoço durante a viagem de trem: pão e salame.

Terminada a refeição, finalmente chegou a hora da partida. Arrumados os pertences, prontos para a viagem, todos saíram para um pátio espaçoso, onde pairava um ar gélido, estagnado e embebido de orvalho. Sobre os rostos sonolentos, brilhava divino o Cruzeiro do Sul.

Na plataforma do alojamento o trem já estava a postos. A cidade se encontrava em completo repouso, e somente o barulho do vapor do trem ecoava à distância.

Logo chegou o senhor Akiho. O supervisor Muramatsu também se encontrava presente para se despedir de todos. O encarregado abriu parcialmente o grande portão, que dava acesso à plataforma, e chamou pelos nomes dos imigrantes. Os que foram chamados davam as mãos aos membros de sua família e foram colocados, por ordem, no trem.

Era o último momento da despedida. Todos se despediram cordialmente, lembravam de algumas dezenas de dias convividos com alegria e amizade, e seus corações compatriotas tremiam de nostalgia. Ao avistarem Muramatsu, todos tiraram seus chapéus e reverenciaram-no respeitosamente, agradecendo a atenção que lhes concedera por tão longo tempo. Kurohiji, que irritara o supervisor naquele incidente do lavatório, agradeceu-o e disse, com toda a franqueza, que trabalharia dando tudo de si. Então, um homem se aproximou do supervisor, empurrando a multidão, e tirou o chapéu de feltro. Era Shioya, aquele que fez com que Muramatsu o obrigasse a dar uma satisfação por escrito. Apesar de que após o incidente nunca mais tivesse falado com o supervisor, naquele momento cumprimentava-o docilmente, com uma voz até mansa e triste. Poderia muito bem partir sem lhe dirigir nenhuma palavra, mas o significado daquela grande despedida residia na impossibilidade de ignorar a procura proposital de afeição e paz. Havia a insegurança de um imigrante. Havia uma correnteza irresistível ao mistério do sentimento verdadeiro nos homens, que fazem com que inimigos apertem-se as mãos, incondicionalmente. Portanto, até Muramatsu tomou as mãos de Shioya e disse-lhe para se cuidar e atuar ao máximo.

A senhora Matsumoto, presidente da Associação de Senhoras, o jovem Satake, o grande líder do dormitório, Ushijima, com jeito de policial, Mugihara e sua esposa, Otsune, de tranças ruivas, todos, quase sem exceção, cumprimentavam-se contendo as lágrimas. Ao terminarem, saíram à plataforma e ocuparam seus vagões, já definidos. Oizumi e Magoichi estavam felizes pelo fato de terem a companhia de Mugihara até o meio da viagem.

A mulher de Fujiki, que sofrera aborto, de rosto inchado e azulado, e já de cabelos compridos, embarcou cabisbaixa no trem, escorada no marido. O beribérico, que conseguira desembarcar do navio dizendo-se portador de nefrite, também embarcou, cambaleante. Um grupo, certamente, que apresentava risco extremo. Como pensavam em se arrumar, doravante, em fazendas onde não havia acesso a cuidados médicos? A pior de todas era a família Kurokawa. Mesmo reduzindo o trabalho de cuidar de mais um, sepultando o filho de pleurite no mar, ainda restava-lhe um bando de nove crianças muito próximas da imbecilidade. O único trabalhador seria o pai, que mais parecia um urso. A mãe carregava no colo a criança desnutrida, que se assemelhava a uma água-viva desidratada; ainda resistia à morte mas, dali a no máximo um mês, precisariam cavar uma cova para ela. Seria, provavelmente, cavada na terra roxa, como buraco de tatu no meio do cafezal, sem nenhuma cerimônia fúnebre budista nem, tampouco, xintoísta; na pior das hipóteses, até mesmo sem caixão. O corpo seria deitado no fundo da terra roxa avizinhado a um cafezal, tal qual um tatu morto na própria cova.

Grande parte dos imigrantes já havia embarcado, mas Komizu ainda não havia sido chamado. No pátio, que ia se tornando deserto, havia inúmeros salames caídos, jogados por aqueles ávidos em experimentar a merenda; isso porque, na primeira mordida, perceberam que não combinava com o paladar japonês. Aquilo, decididamente, não era alimento para os agricultores japoneses. Teriam ficado infinitamente mais agradecidos se fosse nabo em conserva. Entre os numerosos salames jogados, havia alguns longos, que mediam até cinquenta centímetros.

Logo, todos os imigrantes embarcaram. Restou apenas Komizu. O encarregado fechou a lista, puxou um cigarro e começou a fumar.

– O que será que houve comigo? – perguntou Komizu.

– Quem é você? Ah, é o jovem Komizu. Hahã... provavelmente, você ainda não recebeu o bilhete. Então não sai hoje. Só amanhã de manhã – disse-lhe o senhor Akiho, friamente. Os bilhetes haviam sido entregues na noite anterior, depois que Komizu, em surdina, saíra para dar uma volta, razão pela qual ficara sem o bilhete. Disseram que naquele dia não poderiam fornecer por ser madrugada. A Companhia de Imigração estava fechada, e a Secretaria de Imigração do Governo do Estado também. Naquele dia não havia mais nada a fazer.

Pensou que, ao menos, gostaria de se despedir de todos, mas o encarregado fechou o portão e não permitiu que ele adentrasse a plataforma. Akiho e os acompanhantes retiraram-se, tranquilos, como quem já havia cumprido o expediente, e apenas um guarda armado permaneceu no portão.

Komizu, só, de maleta na mão, ia e vinha no pátio forrado de salames. Da plataforma ouvia-se o barulho do vapor que o trem expelia, e as vozes dos imigrantes, que chamavam um ao outro.

– Adeus! – Komizu despediu-se de todos, em silêncio, e subiu novamente para o dormitório. Os trezentos leitos vazios, iluminados por lâmpadas escuras, ainda conservavam o cheiro dos imigrantes, fato que chegava a amedrontá-lo, por causar a impressão de que havia alguém escondido ali. Um rato, assustado com o barulho dos passos, fugiu rápido como uma ilusão. Ele se sentou na sua cama e deitou-se em silêncio. Restavam ainda três horas até o amanhecer.

Em seguida, levantou-se e foi espiar o quarto vizinho. Ali também havia trezentos leitos vazios, iluminados por lâmpadas escuras. Ele escolheu, dentre eles, a cama ocupada por Onatsu, e sentou-se. Havia um travesseiro sujo, no qual ela deixara o cheiro de seu cabelo.

O relógio de pulso marcava doze minutos para as quatro horas. O trem partiria às quatro horas; já estava quase na hora. Então, tudo iria terminar. Chegaria ao fim um longo período de contato com os imigrantes e, então, a despedida de Onatsu seria também para sempre. Aquela noite em Kobe veio-lhe à tona. A neve fazia um ruído suave na janela, e o aquecedor a vapor abafava o ambiente. Onatsu, de rosto rosado como um pêssego... Onatsu, que nem sequer sabia como se defender, nem sabia expressar tristeza... Onatsu, que lavara sua camisa com dedicação durante a viagem... Komizu sentiu um quê de inacabado; não teria a oportunidade de dar um fecho à questão, nunca mais. Já eram quase quatro horas, a hora da partida se aproximava. Tudo estava para acabar. Mais uma vez, ele tirou aquela carta para lê-la.

Ainda não conseguira decidir. Mesmo assim, levantou-se e foi descendo a escada. O vasto pátio, antes do amanhecer, estava quase que totalmente escuro. Soou o apito. Komizu apertou os passos. Não havia nenhum guarda diante do portão. Ouviu-se o cuspir vigoroso do vapor e o ranger das rodas. Ele abriu o portão, com toda força, e viu uma luz vermelha atravessar ao seu lado.

Komizu ficou de pé, na plataforma, com a mão no bolso, como quem nada tinha a fazer. A luz vermelha da traseira do trem distanciava-se cada vez mais, e a neblina gelada da madrugada envolvia a plataforma. Komizu simplesmente tentava, com muita dificuldade, suportar o coração que se esvaziava, fitando vagamente a luz que se distanciava, cada vez mais. Sob seus pés rolavam inúmeros salames desprezados pelos imigrantes; pensou que, de fato, era-lhes um procedimento típico. Ele sentiu um ímpeto de procurar o salame que Onatsu jogara. No entanto, veio-lhe à mente o pensamento de que o salame por ela abandonado talvez fosse ele próprio.

O TREM que partira do alojamento chegou à Estação da Luz sem muita demora. Ali, o vagão que seguiria pela linha paralela da Ferrovia Sorocabana foi desengatado. Depois, afastou-se da cidade de São Paulo de madrugada, e seguiu rumo noroeste.

Logo o sol começou a surgir, e o relevo das colinas áridas de terra vermelha começou a se mostrar, pouco a pouco. Era um belo sol da manhã alaranjada do grande continente. A Estação de Campinas era um ponto de divisão da ferrovia, e o vagão que se dirigia à linha Noroeste, tido como promissória pelos japoneses, foi ali desengatado. O vagão que levava as famílias Oizumi, Sato e Monma com destino à linha Mogiana tornou-se solitário, e foi engatado no final do vagão de passageiros que sairia às nove da manhã de Campinas, com destino à cidade de Ribeirão Preto. Assim, à medida que os companheiros iam rareando, finalmente, eles iam tomando a forma de verdadeiros imigrantes. Fora da janela, colinas suaves iam deslizando. Um tronco gigante de cacto, medindo mais de três metros, rapidamente ficou para trás. Logo mais abriu-se a visão de um cafezal, tal qual mar transbordando em ondas verdes. Todos arregalaram os olhos, maravilhados com a sua imensidão. O trem continuava seu curso, queimando lenha e fazendo chover faíscas.

Chegou a hora do almoço. Não havia quase ninguém que conseguisse comer o tal salame. Quando o trem parava em alguma estação pequena, que também era residência do chefe da estação local, às vezes era possível vê-lo surgir, vestindo o paletó com ajuda de sua mulher, ou então avistava-se a mesa posta para o *arumoço*[2]. Todos sentiam muito sono, pois tinham sido acordados de madrugada. O trem avançava pelo trilho monótono, sem ponte de ferro nem túneis.

2. "Almoço".

Por volta de três da tarde, o trem chegou em uma estação chamada Santos Dumont. Um cobrador mulato adentrou e gritou:

– Santa Rosa!

Magoichi levantou-se. O cobrador examinou o bilhete pendurado em seu pescoço e ordenou que saíssem. Assim, as famílias Sato, Monma e Oizumi despediram-se definitivamente dos demais, e desceram do trem. O cobrador conduziu-os ao último vagão, que se encontrava estacionado em uma outra plataforma, e sinalizou para que ficassem sentados ali. Nesse país, o cobrador tinha a obrigação de conduzir os imigrantes para a estação de destino, e o chefe da estação de destino tinha a obrigação de conduzi-los até a fazenda.

O trem que carregava os demais imigrantes partiu para a linha Mogiana. Magoichi e seus companheiros partiram pela linha secundária, com destino a Cajuru. Seguindo aquela linha e passando por mais cinco estações é que ficava a estação Santa Rosa, a estação de destino deles.

– É, mas por aqui mal tem casas. Imagina que tamanho que é o Brasil. Só tem terra agreste, é muito desperdício! – exclamou o senhor Oizumi, admirado. Ele lembrou-se de que iria trabalhar em um lugar como aquele, com seu amigo Motokura, deixado em Kobe, por ter sido reprovado na seleção; alisou a cabeça da criança pequena que levava ao colo, sentindo-se muito solitário por ter vindo para tão longe.

– *BOA TARUDI*, Manabe! O administrador estava procurando você.

Manabe, suado, apesar de ser quase inverno, capinava o *cafezaaru* com sua mulher, quando o negro *Gerarudo*, que passava por ali, gritou-lhe.

Maio na Fazenda Santo Antônio. Apesar do ar de outono avançado, durante o dia fazia um calor de pleno verão. Manabe apoiou-se no cabo da enxada, como se fosse uma bengala, e virou-se para a mulher. Ela capinava, preguiçosa, a umas cinco ou seis fileiras dali.

– Deve ser sobre os *nôbo*... por hoje já chega.

Havia cerca de um mês que sua mulher vinha tendo recaída de *mareeta*[3], de que fora acometida e, então, qualquer esforço tirava-lhe o fôlego. Por volta de quatro horas da tarde a febre sempre voltava, acompanhada de uma violenta friagem, e quando passava, a mulher levantava-se, vagarosa, para preparar o jantar. Quem tinha crianças pequenas para cuidar não podia se dar ao luxo de repousar.

Olhando ao redor e esticando a lombar, percebia-se que aquele declive que ficava na face sul estava coberto por um mar de cafeeiros, e o local onde terminava o cafezal era substituído por um *pasuto*[4] imenso. Atrás do pasto, a água do brejo refletia um brilho prateado, e toda a extensão de *burejon*[5] ficava coberto por arbustos.

– O *minisutoru*[6] deve ter ido na *pesuca*[7] naquele brejo... acho que amanhã vou chamar o senhor Mera e ir também – disse Manabe, repelindo alguns pulgões que voavam diante de seu rosto.

– É melhor não, é perigoso.

O *burejon* está cheio de pernilongos de *mareeta* e, além disso, há *jacaree*; e o mais temeroso é a *sucuri*. Quem sabe não se pode descartar a presença de *onça*; *tigure* parece que não há, mas Jorge, o *camarada* negro, disse que estava certo de que havia visto uma *anta*.

Manabe acendeu o cigarro, feito de fumo picado enrolado em um pedaço de palha de milho. Naquele cafezal vivia um *tatsuu*[8] de cerca de meio metro, que lhes comia o milho; por isso, Manabe pensou em caçá-lo para preparar um prato para recepcionar os *nôbo*.

Carregou uma grande moringa de água, escondeu a *enxada* entre os galhos de *café* e ganhou a estrada das carroças para voltar à

3. "Maleita" (malária).
4. "Pasto".
5. "Brejão".
6. "Administrador" da fazenda.
7. "Pesca".
8. "Tatu".

casa do administrador, tocando um boi solto. O café só crescia em regiões livres de geada e em *tera roxa* que, seca, levantava poeira sob os pés. Na lavanderia, onde transbordava a água vinda da montanha, a alva garota italiana Maria cantarolava, molhando um pano branco na água e batendo-o na tábua. Os dois conhecidos cumprimentaram-se apenas com o olhar, e Manabe atravessou à frente ainda com um leve sorriso no rosto.

No terreiro em frente à casa do *minisutoru* já havia um monte de café. O irmão mais novo de Maria, de doze ou treze anos, brincava com um cachorro, enquanto chupava uma *raranja*.

– Manabe! O administrador estava procurando você.

– Sei, por isso é que vim.

– Sabe, Manabe, seu filho Kotaro caiu daquele barranco e estava chorando.

– Hum, o que aconteceu?

– *Non se.* Mas depois estava descascando milho com *faca* e cortou a mão.

– Hum, cortou muito?

– Saiu sangue. Aí passou lama e parou de sangrar.

– Ah, é?

– E depois, pisou num pintinho da sua casa que acabou morrendo. Jogou ele no rio.

– Moleque estúpido! Onde ele está agora?

– *Non se.* Deve estar brincando com *poruko*[9]. Ele gosta de brincar com *poruko*.

Nesse momento o administrador, que era italiano, apareceu montado em um *cabaro*[10]. Quando chegou diante de uma valeta, incitou em japonês – *Ô, ichi, ni, no san!*[11] – para fazer o cavalo correr.

9. "Porco".
10. "Cavalo".
11. "Ei, um, dois, três".

– Manabe, amanhã vão chegar duas famílias de imigrantes novos. Estou pensando em instalar uma na casa ao lado da sua. A outra, acho que a casa vizinha do *Gerarudo* está desocupada. Você pode ir à cidade amanhã?

– Para ir buscar eles?

– Hum. E vamos deixar comprado um pouco de mantimento para os novos. Vá de *caroosha*[12].

O administrador foi fiscalizar *cafezaaru* trotando cavalo, balançando um revólver e um *foisu*[13] na cintura. Era tempo de colheita e via-se, ao longe, entre os pés de café, as pessoas trabalhando. Do alto do planalto subia, continuamente, uma fumaça, a uma distância de vinte milhas, aproximadamente. Aproveitando a estiagem, estavam queimando mato; com um cálculo aproximado, pelo volume da fumaça, deveriam estar queimando uma área de cem pés.

Na aldeia formada apenas com as trinta e três famílias de *corono* que trabalhavam nessa Fazenda Santo Antônio, em setecentos alqueires (aproximadamente 1 500 *chôbu*), todos se conheciam. De um relance, era possível reconhecer quem vinha de fora. Manabe viu um grupo de cinco ou seis jovens que chegavam cavalgando; eram jovens que deviam ter vindo da vizinhança para a *dansa* da noite, uma vez que era sábado. Uma jovem mulata estava bem arrumada, com as maçãs do rosto pintadas de ruge. O baile era a única diversão dos moradores de *fazenda*; portanto, dançavam até altas horas da noite e pernoitavam na casa de alguém.

Ao chegar em casa, um boi solto mastigava brotos de bananeira nos fundos da casa. E, dentro dela, havia apenas um gato; na penumbra do interior voava, ruidoso, um enxame de moscas ao redor da mesa.

12. "Carroça".
13. "Facão".

NA MANHÃ SEGUINTE soou mais um toque de corneta da casa do *minisutoru*, depois do toque do sino de despertar. Era o sinal para chamar os *camarada* quando havia algum trabalho extra. Naquele dia, eles deveriam desbastar terra das estradas irregulares, a fim de planar o chão das duas casas a serem ocupadas, e consertar as portas para receberem os *nôbo*.

Manabe partiu para a cidade de Santa Rosa em companhia de Mera e do cocheiro, vestindo um paletó sobre o traje de trabalho de sempre e conduzindo duas *caroosha*, puxadas por quatro pequenos cavalos. Como a estrada era irregular, e os pequenos riachos eram desprovidos de ponte, a jornada tornava-se mais difícil. Saindo da *ceruca*[14] da fazenda, via-se uma terra vasta sem cultivo e, sobre a colina, vários pés de coqueiros frondosos. Mera estava indo à cidade para consultar o doutor devido a um furúnculo enorme no pé. Fazia-se necessário atravessar quinze quilômetros de montanhas e ladeiras para encontrar um médico.

Na cidade de Santa Rosa havia cerca de 120 ou 130 casas, concentradas ao redor da estação. Os japoneses vindos das aldeias passavam, obrigatoriamente, no correio em frente à estação, à procura de correspondências para os moradores da aldeia. Quando iam à cidade, a cada cinco ou dez dias, tinham a única oportunidade para receber correspondências. Além disso, existia ainda uma casa comercial que vendia desde artigos de uso cotidiano até mantimentos diversos, e que tinha um contrato especial com a fazenda. Ali vendia-se tudo o que fosse necessário apenas com a apresentação de um vale. Quando o fazendeiro eventualmente estava sem dinheiro, os colonos recebiam esse vale para comprar mantimentos. Portanto, era possível viver na fazenda sem possuir dinheiro vivo. Era só transferir a relação monetária entre patrão e colono para o dono da loja.

14. "Cerca".

Mera e Manabe compraram *cebora*, *batatinya*, sal grosso, açúcar cristal, *toshinyo*[15], entre outros itens, e colocaram-nos em um saco de lona. Depois, procuraram o *dotoru*[16], que se levantou da cadeira de vime, interrompendo a sesta; examinou o furúnculo do pé de Mera sem tirar o cachimbo da boca, abriu-o com a maior facilidade e deu-lhe um remédio. Aquele furúnculo, chamado de "*ferida brabo*", era tão maléfico que fazia apodrecer até o osso; podia até aleijar, fazer cair a orelha ou entortar a lombar. O médico recomendou ao paciente para que o procurasse quando viesse à cidade, e voltou à sua cadeira de vime para continuar a sesta.

A estação Santa Rosa, pela qual passavam apenas dois trens por dia – um de partida e outro de chegada –, estaria deserta se não fossem algumas crianças brincando de pegador na plataforma. Havia um grande amontoado de lenha próximo aos trilhos; era para ser queimada na locomotiva. Sob o sol escaldante, parecia que a cidade inteira encontrava-se lânguida, em sesta.

Como ainda dispunham de algum tempo até a hora da chegada do trem, o cocheiro negro e os dois japoneses entraram em uma pequena venda. O *carudo de canna*[17] era uma bebida de sabor rústico, com muita clorofila, feita de *canna* recém-espremida e gelada, apreciada pelos camponeses.

Logo o trem chegou e os *nôbo* desembarcaram, trazendo feições inseguras e perdidas. Todos, sem exceção, eram pálidos; para bronzeados como Mera e Manabe, os novos pareciam *gaijin*[18]. Em especial a aparência jovial e delicada de Onatsu trazia-lhes lembranças do Japão.

Todos partiram de volta à fazenda, distribuídos em duas *caroosha*: as famílias Oizumi, Monma e Sato. O cocheiro negro assoviava, fazendo soar o chicote e comentou, virando-se para Manabe:

15. "Toucinho".
16. "Doutor" (médico).
17. "Caldo de cana".
18. Estrangeiros.

– Todos os japoneses são bonitos, mas quando moram muito tempo no Brasil, todos ficam encardidos que nem vocês.

Começava a descerrar uma paisagem vasta e surpreendente aos olhos dos imigrantes: era como se mostrava a grande terra onde iriam viver. Na colina a oeste, um enorme sol poente e flamejante estava prestes a se pôr. Logo em seguida, começou a flutuar do vale uma neblina branca. Dos campos brutos fazia-se ouvir gorjeios de pássaros estranhos. As *caroosha* atravessaram riachos sem ponte e desceram, ruidosamente, ladeiras cheias de pedregulhos. A velha Monma, pálida, perdera o ânimo de resmungar sobre a carroça que não parava de sacolejar, e encostou a cabeça no ombro de Katsuji. Seu irmão moço Yoshizo estava bem disposto, surpreendia-se com o comprimento da samambaia – que media de um e meio a dois metros –, e com a imensidão do canavial que se abria diante de seus olhos. Magoichi, por sua vez, ouvia calado a conversa de Mera e Manabe. Ele, que até dormindo balbuciava sobre o Brasil, agora que conseguira chegar até ali estava perplexo em perceber quão diferente era a situação do Brasil que ouvira no Japão e o que via agora, pessoalmente.

Avistava-se, por todos os lados, pés de *mamon* carregados de frutos grandes e maduros que cresciam nos campos, naturalmente. A queimada, ao longe, ainda continuava. O *burejon* daquela região unia-se ao rio La Plata e continuava o curso até a Argentina.

– Vocês também devem ter vindo sonhando com um grande sucesso, não? – riu Manabe, dirigindo-se a Magoichi. – Antigamente até pode ter sido diferente mas, hoje em dia, tem que estar preparado para apenas sobreviver. É por isso que, para um imigrante, é melhor que não tenha nada. O pior é aquele que vem com um pouco de dinheiro.

– Sabe, Iwama, que veio no mesmo navio que eu, comprou uma fazenda com uns 4,5 mil ienes. Perdeu tudo, depois andou por umas duas ou três *fazenda* e, no fim, acabou voltando para o Japão – disse Mera.

Manabe parou as *caroosha* e colheu algumas laranjas maduras da beira da estrada. Distribuiu-as a cada um deles e voltou a dirigir a carroça. Os campos e montanhas estavam repletos daquelas frutas, sem que ninguém as tivesse plantado. Para Magoichi aquilo era um dos encantos do Brasil.

– É isso mesmo, quando se tem ambição, o Brasil é um inferno – disse Mera, quase monologando. No rosto queimado de sol que, por vezes, era confundido com o de um negro, seu sorriso gentil e constante parecia consolar os novos imigrantes. – Mas para quem só quer trabalhar para comer, é um paraíso. Enquanto puder trabalhar com saúde, o *patoron* vai dar todas as condições para sobreviver e isso traz segurança e tranquilidade... para entender o sabor do Brasil, vai levar pelo menos três anos.

– É isso mesmo – concordou Manabe. – Eu também, se tivesse dinheiro, teria voltado lá pelo segundo ano. Depois de três anos, a gente perde a vontade de voltar. Quando começar a sonhar com o Brasil, é sinal de que já está tudo bem. Nos primeiros anos é engraçado como a gente sonha só com o Japão. Há, há, há...

Ouvindo as conversas mansas de seus veteranos, Magoichi teve a sensação de estar entendendo a verdadeira vida de um lugar chamado Brasil. Via-se milhares de alqueires de canaviais ondularem-se ao sopro de vento. Do meio daquela imensidão soou um apito longo da solitária usina de açúcar. Já estava muito próximo do entardecer. Subindo a colina de terra vermelha, surgia diante dos olhos uma vista imensa da plantação de café com seus pés sinuosos e, nos confins de altos e baixos do continente infinito, em uma casa a leste já começava a cair a sombra do crepúsculo.

As casas da aldeia mostravam-se muito próximas da encosta suave que continuava sob seus pés. Era ali a Fazenda Santo Antônio. A mulher de Oizumi repetia várias vezes ao filho que trazia no colo que já estavam chegando.

Ao chegarem, dirigiram-se imediatamente à casa do *minisutoru* que, robusto e barbudo, apertou sorridente as mãos de cada um dos recém-chegados. Logo depois as bagagens foram descarregadas no barracão utilizado para a seleção do café, e o jantar foi servido em seguida. Novamente aquele *fejon*[19] e o *macaron*... a velha Monma nem reclamou e, dessa vez, em silêncio, colocava-os na boca e, com feição de sofrimento, engolia. "É preciso acostumar o quanto antes...", a velha rabugenta já desistira da resistência inútil e tentava aceitar a vida daquele país com resignação. A sua atitude mansa causava tanta pena que fez Onatsu dirigir-lhe a palavra, carinhosamente:

– Vovó, consegue comer? Não é boa, né?

– Se não comer, não dá para sobreviver – murmurou a velha, sorrindo com tristeza. Finalmente, parecia ter se decidido. Ao ouvirem-na, Magoichi e Katsuji pareciam até ter se tranquilizado.

Terminando a refeição, todos foram conhecer as casas onde iriam morar, guiados por Manabe e Mera. Ao redor das casas haviam amontoados tijolos vermelhos e, ao adentrá-las pelo portão de madeira, uma lâmpada nua iluminava precariamente o chão batido, que mais parecia um depósito semidestruído. Todos os cômodos eram feitos de paredes de tijolos, e nenhum deles tinha porta.

– Onde é que é para dormir? – perguntou Magoichi.

– Só por esta noite, vão dormir no chão forrado de panos e sacos. Amanhã vamos cortar árvores e, com elas, vão fazer a *cama*. O trabalho da fazenda é só a partir de depois de amanhã.

Então, forraram o chão batido, que media cerca de dezessete metros quadrados, com panos e sacos preparados para isso; assim, conseguiram precariamente arrumar um lugar para dormir. Abrindo a portinhola dos fundos, nada impedia a vista até o *burejon* distante, com bois soltos deitados sob o céu estrelado; ao longe, a fogueira da

19. "Feijão".

queimada projetava-se no céu, avermelhando-o. A queimada já estava no terceiro dia.

O sino que avisava a hora de dormir soou estridente da casa do administrador. Eram nove horas. Naquela aldeia sem relógio, ou melhor, que não precisava dele, a única referência do tempo era o sino, com o qual todos contavam. Manabe disse – Boa noite – e voltou para sua casa.

– Dizem que hoje é para dormir no chão! – gritou Yoshizo, e deitou-se sem trocar o traje de trabalho. Todos fizeram o mesmo, enfileirados, mas somente a velha ainda permanecia sentada. Já nem tinha mais ânimo para reclamar. Tanto Katsuji como Yoshizo eram dignos de dó. Naquele momento, veio em primeiro lugar uma profunda tristeza: "Como um ser humano tinha de viver naquela condição?" Logo mais, ao tentar se deitar ao lado de Katsuji, a velha sentiu algo incomodar no bolso de seu vestido: era o cachimbo. Tratava-se de um objeto sem utilidade, mas não significava que quisesse se desfazer dele.

Onatsu não conseguia adormecer devido ao ar frio da noite que soprava pelo buraco aberto no alicerce de pedra. O ar gelado da terra atravessava o tecido e penetrava suas costas. Do lado de fora da parede ouvia-se apenas o vento, que soprava de vez em quando, e que às vezes era interrompido pelos passos de um boi, que também perdera o sono. Pensou em sua vida como esposa de Katsuji, e também na vida de recém-casada que iria levar numa casa como aquela.

– Mana, quer voltar, né? – murmurou seu irmão, aproximando a cabeça. Ele ainda não sabia que sua irmã havia decidido tornar-se esposa de Katsuji.

– Como se pudesse! – foi a resposta de Onatsu, que mais parecia um suspiro.

No alto da casa, as estrelas brilhantes deixavam-se ver através do buraco de uma telha quebrada. No período das chuvas, a casa ficaria encharcada até por dentro, contou Mera. Onatsu puxou o cobertor até o pescoço.

– Parece que estamos dormindo ao relento – resmungou Katsuji, no escuro.

DESPERTARAM COM ALGUÉM batendo na porta de tábua. Era Manabe. Ele calçava um tamanco ao estilo japonês, feito em casa.

– *Bom dia*, venham todos para minha casa. Vamos *tomá café*.

Yoshizo e Onatsu foram buscar água. Era a primeira atividade cotidiana. No caminho havia um boi andando; um negro que ia para o trabalho, carregando a enxada no ombro e a moringa de água nas mãos, cumprimentou Onatsu, dizendo – Bom dia.

Ao voltar com a água, veio-lhe a percepção de que sua vida no Brasil havia começado. Parecia ser possível viver. De qualquer maneira, tudo haveria de se ajeitar. Naquele momento ainda não conseguia enxergar onde pudesse haver alegria mas, ao imergir na natureza rica, buscando a água que vinha das montanhas, colhendo frutas e abóboras que davam sem que ninguém as cultivasse, andando descalço, parecia que naquele lugar também era possível construir o cotidiano. As feições alegres e tranquilas de Manabe e Mera faziam sentir algo de consolador.

O sol estava para subir na direção onde se via o fogo da queimada da noite anterior. O *burejon* que se via abaixo estava coberto de uma neblina branca feito mar. A fazenda Santo Antônio se localizava a oeste, e constituía-se de uma cadeia de pequenas colinas e, a leste, havia um declive leve, onde existia uma pequena vila. E, ao redor desta, havia um mar de cafezais. A vila mais próxima da fazenda vizinha ficava a uma distância aproximada de seis quilômetros e, no caminho, só havia pés de café, uma colina de terra vermelha e nenhuma casa.

Os cinco membros da família Monma tomaram café com pão na casa de Manabe e, a família Oizumi, na casa de Mera. Na casa de Manabe, que tinha uma única sala de chão batido, de aproximadamente doze metros quadrados, havia a sua cama, em cuja cabeceira deixava as ferramentas agrícolas e, no outro canto, havia um *ofurô* feito de um tambor de lata. E, na base da cama, havia um poleiro para galinhas. O depósito, o local para banho e o galinheiro eram uma coisa só. Entretanto, Manabe parecia alegre e saudável, conversando bastante e em voz alta. Como não sabia da situação recente do Japão, fez várias perguntas; naquele lugar não havia jornais, nem revistas, e nenhuma notícia de além-bairro chegava ao seu conhecimento. A vila parecia uma ilha solitária no fim do oceano. Depois, os imigrantes recém-chegados tomaram ferramentas emprestadas e foram cortar árvores. Manabe e Mera traziam um facão grande atado à cintura; todos do bairro andavam da mesma forma. Quando saíam da fazenda, levavam um revólver, pois o local era inseguro.

Havia uma grande quantidade de toras no local onde fizeram a queimada, na extremidade da fazenda. Tal madeira poderia ser utilizada como lenha, por qualquer um. Como madeiramento, não tinha serventia. Havia vários buracos de cerca de trinta centímetros de diâmetro, e Manabe disse que eram buracos de tatu; por isso, nas noites de luar o administrador ia caçar, levando seu cachorro.

O senhor Oizumi, de ombros largos, utilizando um serrote, perguntou a Mera sobre o tipo de saquê que havia ali. Este respondeu-lhe que havia a *pinga*, extraída da cana-de-açúcar, um saquê bastante forte:

– Já que veio para cá, em primeiro lugar é preciso esquecer tudo sobre o Japão. É melhor não ter vontade de ter *shoyu* ou comer *mochi*[20], pois se tiver apego a tais coisas, nunca irá se acostumar à vida aqui.

Magoichi começou a recordar das várias conversas que tivera desde o dia anterior. Dizer que não podia ter esperanças de obter êxito significava contentar-se em viver, comer e trabalhar. No entan-

20. Bolinhos de arroz.

to pensou que, se fosse assim, não valera a pena ter vindo até o Brasil. Por outro lado, vendo o comportamento de Manabe e Mera, não era possível notar infelicidade, fato que lhe causou estranhamento.

– Yoshizo! Se continuar brincando, vai ter de dormir no chão de novo – gritou Katsuji. O irmão divertia-se jogando pedras dentro de buracos de tatu.

Três vacas atravessaram devagar e desceram para o *burejon*.

Onatsu e a velha permaneceram na casa para desfazer as bagagens e preparar o almoço nas panelas trazidas do Japão com o mantimento que o administrador entregara, dizendo ser suficiente apenas para os primeiros dias. O tempero disponível era só sal grosso e açúcar, os quais elas nem tinham ideia de como utilizar.

Até o final do dia, os homens haviam montado as camas no chão batido. Uma grande para os três homens, Katsuji, Yoshizo e Magoichi, e uma menor para as duas mulheres, Onatsu e a velha, no cômodo ao lado. "A de duas pessoas, em breve, seria para uso dos recém-casados", pensou Katsuji. Depois, Manabe descascou um monte de milho seco, e as mulheres fizeram um colchão de palha. Assim, uma vida tal qual de primitivos ia tomando forma.

Ao entardecer, os colonos e os camaradas que colhiam café voltaram carregando sacos enormes. A garota italiana Maria passou na frente da casa, carregando uma lata de querosene cheia de água na cabeça e usando um par de tamancos. Ao passar, virou-se para Onatsu e cumprimentou, dizendo – Boa tarde –, e até presenteou-a com três *raranja*. Onatsu disse – *Oburigada* –, bem baixinho. Era a palavra que havia aprendido no navio.

O sol, que acabara de se pôr, logo foi substituído por Orion, a constelação em forma de diamante. O *burejon* ficou novamente fechado na neblina. Os bois e os cavalos soltos subiram vagarosamente em direção às casas e se deitaram languidamente, atravessados na estrada. Subiam as fumaças da *janta* de todas as casas, e a fogueira para torrar café parecia tremular em vermelho vivo. Era a paisagem pacífica e tranquila de um povoado. As crianças, que haviam passado o dia brincando por ali, voltavam para casa cobertas de lama, e as galinhas soltas meteram-se debaixo da moita de bananeira. Logo em seguida o crepúsculo desapareceu do alto do céu, e o imponente Cruzeiro do Sul, em losango, passou a brilhar em seu lugar. Era a paisagem sossegada de uma aldeia, uma forma de vida tranquila e feliz, sem luta pela ambição nem preocupação em satisfazer desejos. Pobre, sim, sem dúvida, mas era uma forma muito diferente de viver, bem diferente daqueles oprimidos por nações civilizadas.

Aquele primeiro dia na fazenda parece ter trazido luz e esperança aos corações dos *nôbo*. A vida no Brasil não era um paraíso utópico imaginado no Japão, nem uma vida de um desbravador ambicioso a caçar tesouros sem fim; também foi possível perceber que obter sucesso não era nada fácil. Não era uma terra favorável para a saúde, nem só de confortos. Muito pelo contrário: era um ninho de feras e uma terra onde saltitavam insetos venenosos. Puderam perceber também que o trabalho era árduo, e que eles se encontravam na condição de exilados.

No entanto, ali parecia existir algo diferente e bom, sobre o qual ninguém nunca havia pensado e nem revelado. Agora, as palavras do senhor Horiuchi, que estava vindo ao Brasil pela segunda vez, começam a tomar sentido.

Após a *janta*, Magoichi convidou sua irmã e Katsuji para visitar Manabe, que jogava *shôgi*, um jogo de xadrez japonês, com Mera, e cujas peças haviam sido por ele mesmo confeccionadas, sobre a mesa também artesanal. Ao receber os três visitantes, ofereceu as cadeiras duras, também feitas em casa e, em seguida, foi buscar pinga, oferecendo-a às visitas. Tratava-se de uma bebida alcoólica, forte e transparente, parecida com gim ou vodca.

Mera começou a falar sobre seu plano de cultivar arroz com o irmão, preparando o terreno próximo ao *burejon*. Mera tinha apenas vinte e seis anos mas, com a pele queimada de sol, aparentava até ter trinta e quatro ou cinco. Casara-se aos vinte e dois com uma jovem de apenas dezessete anos. Seu cunhado, irmão de sua esposa, juntara-se ao casal, tornando-se imigrantes. Passados quatro anos, a jovem esposa deu à luz um menino. A criança crescera descalça, rastejando sobre a terra vermelha e levando picadas de insetos venenosos. A esposa, de porte robusto, rachava lenha diariamente, aprendera a cozinhar feijão e macarrão, e ainda ia e voltava do *cafezaru* levando o almoço dos dois. Uma família batalhadora, realmente. O patrão até pensava em promovê-lo a vice-administrador.

A baixada que ele planejava explorar era onde Ito cultivava arroz, até morrer de tifo intestinal, no início do ano anterior. Desde então, sua esposa não havia conseguido cultivar a terra com a criança pequena e, atualmente, havia até rumores de que ela se prostituíra atendendo a clientela formada pelos *camarada* solteiros daquela aldeia.

No terreno que ficou abandonado durante um ano o mato cresceu, atingindo cerca de dois metros, e o pé de mamona atingiu mais de três metros, impossibilitando penetrar ali. Ele desafiava cultivar aquele terreno para transformá-lo em uma roça de arroz. O terreno pertencia ao *patoron*, mas era permitido cultivá-lo sem pagar taxas anuais ou o valor de arrendamento.

O som melancólico de um acordeão fez-se ouvir. O ar noturno e gelado do continente veio rastejando pelo chão, e o vento veio transportando a melodia, que não parava de soar. Os italianos e negros continuavam com a *dansa* naquele dia também. Trabalhavam seis dias e, no sétimo, dançavam. Era a vida rural dos estrangeiros. Katsuji saiu da casa de Manabe dizendo que iria assistir à *dansa*.

Segundo o plano de Mera, ele pretendia transformar aproximadamente três mil metros quadrados em arrozal irrigado e, ali, cultivar o arroz duas vezes por ano, alternando uma vez com a batata inglesa. Magoichi ficou espantado e, mais ainda, quando ouviu Manabe dizer que o arroz cultivado na roça irrigada granava tanto que tombava por excesso de peso. Portanto, devia ser cultivado no campo seco. Então, Mera alegou deixar livre a entrada e a saída de água e que, na época de carregamento, esvaziaria o campo.

Após sair da casa de Manabe, Magoichi estendeu o papel para escrever uma carta ao amigo de sua terra natal. No entanto, sem nenhuma explicação, perdeu vontade de escrever. Talvez estivesse cansado, pensou na hora. No entanto, pensando a respeito ao deitar-se, percebeu que o elo que o ligava ao seu amigo havia se rompido, e não tinha mais interesse em manter contato. Era um sentimento estranho. A propósito, Mera e Manabe pareciam não pensar em nada acerca do que acontecia no mundo, preocupando-se somente com *café* e *batatinya*. Vivendo em um universo como aquele, tudo que fosse alheio ao cotidiano não fazia sentido. Apenas aquela aldeia era o universo todo, e os acontecimentos fora dela pareciam tão distantes como o mundo das estrelas.

Magoichi deitou-se, enfileirando-se ao lado de Katsuji e Yoshizo. O acolchoado de palha que eles próprios haviam confeccionado naquele dia não era de todo desconfortável. Pensou então no trabalho que estava para começar no dia seguinte. Ouviu falar que a colheita de café era um trabalho árduo pelo fato de se puxar o galho de café com a mão fechada. A pele da palma da mão ficaria toda rasgada, e o corpo inteiro ficaria coberto de terra vermelha ao peneirar os grãos colhidos. Mas isso não significava grande sofrimento. Não compreendia bem o aspecto econômico ainda, mas naquele país era possível sobreviver. Lamentava-se ao pensar em viver naquela aldeia, envelhecer nela e morrer, mas consolava a tristeza ao imaginar que, dali a alguns anos, voltaria ao Japão para visitar o túmulo de seus pais.

Terceira manhã na fazenda. Ao despertar, Onatsu viu a casa inteira repleta de fumaça branca. A velha Monma já estava acordada, acendendo a lenha no fogão.

– Vovó, não conseguiu dormir? – perguntou Onatsu, aproximando-se. A velha murmurou, fazendo bico com a boca e soprando o fogo:

– Hoje é o primeiro dia em que todos vão sair para trabalhar juntos. Queria fazer comida para eles.

A velha já pensava em levar a vida defendendo aquela família. Ouvindo-a, Onatsu ficou um tempo observando suas costas curvadas, mas logo acocorou-se, como que se aconchegando a ela:

– Vovó, até agora não tinha lhe dito nada, mas no navio conversei bastante com Katsuji. O combinado era desfazer o casamento chegando no Brasil, mas prefiro continuar como está. Katsuji também pensa assim. Não disse nada para meu irmão ainda, mas acho que ele vai ficar contente.

A velha arrumava a lenha debaixo do fogão, procurando um modo para que queimasse mais rápido, inclinou o rosto exageradamente enrugado e respondeu, com uma voz inesperadamente gentil:

– Se essa é a sua vontade, não tenho nada a dizer. Nós também só contamos com vocês.

Logo em seguida, Magoichi e Katsuji também se levantaram. Atrás da porta de tábua dos fundos, a aldeia ainda estava mergulhada na total escuridão da madrugada. Nos confins a leste do continente, nuvens douradas corriam horizontalmente, e toda a baixada estava repleta de névoa branca. Além daquele mar de névoa, uma ou duas colinas mostravam seus picos negros, que lembravam o mar interno de Seto e seus arquipélagos. A brisa matinal pura e gélida do continente soprava, e os cavalos e bois, que ficaram deitados a noite inteira na estrada, desciam juntos ao *burejon* à procura de relva. A galinha, que parecia ter botado ovos na moita de capim, cacarejava estridente.

Assim que começou a subir a fumaça branca da chaminé da casa dos Oizumi, a pouca distância dali, avistou-se o próprio, pachorrento, saindo em direção à pradaria que ficava atrás da casa, para urinar. Sua família também parecia ter começado a ocupação diária em paz.

Onatsu calçou o chinelo de palha que trouxera do Japão, foi buscar a água que vinha das montanhas, na parte baixa, passando pelo caminho irregular cheio de excrementos de bois e cavalos. Ao voltar ofegante com a água, Magoichi e Yoshizo lavaram o rosto em meio ao capim.

Onatsu pôs-se ao lado do irmão para apreciar o nascer do sol. O sol que, a princípio, parecia derreter, transformou-se em uma bola de fogo e, reluzindo, boiava sobre as nuvens. Então, uma sombra nítida de bananeira projetou-se na parede da cabana de tijolos vermelhos, formando uma listra horizontal. Ela sentiu no rosto o calor do primeiro raio de sol. Esse calor parecia atravessar a pele, penetrando-lhe no sangue, percorrendo o corpo inteiro. O irmão, ao acabar de lavar o rosto, acendeu o cigarro que tirara do bolso da roupa de trabalho. O raio de sol projetou uma correnteza de fumaça alaranjada, através da qual um beija-flor voou feito uma flecha dourada, sem fazer ruído, em direção à flor amarela de abóbora.

– Aah, sinto-me aliviada... – murmurou Onatsu, quase para ela mesma. O irmão, talvez, não compreendera o significado daquilo. De qualquer maneira, ela sentia algo próximo à paz no seu íntimo, por ter decidido a sua situação.

Na estrada acidentada, à direita, passaram alguns *camarada* negros, descendo com um *garafon*[21] na mão. À esquerda, Maria, a garota italiana, apareceu no meio dos capins para jogar a água de uma pequena panela.

– Bom dia, senhorita! – gritou Magoichi.

A jovem inclinou a cabeça que sustentava cabelos dourados cintilantes e sorriu, respondendo – Bom dia. – Pareceu a Onatsu que, apesar de Maria viver naquela aldeia, era feliz. Os irmãos entreolharam-se e mostraram um sorriso de paz.

A vida das pessoas daquela aldeia, tanto de Manabe como de Mera, ou dos negros ou italianos, parecia ter esquecido de todas as ambições sociais; desinteressados dos acontecimentos mundiais, pareciam ter descoberto dentro dos sentimentos modestos e humildes

21. "Garrafão".

a alegria de viver. O próprio viver seria seu único objetivo. Vivendo assim o dia inteiro no trabalho, coberto de *tera roxa*, pareciam existir muitas maneiras de se sentir a felicidade, sem que os outros percebessem. Muito pelo contrário: surpreendentemente, parecia existir a felicidade autêntica, a felicidade em viver como os primitivos. Os inúmeros sonhos que os *nôbo* vinham acalentando desde que saíram do Japão desapareceram como uma ilusão, mas eles começaram a compreender vagamente que, após o desaparecimento dos sonhos, ainda lhes restava um outro tipo de felicidade. Ali não era terra brasileira, nem tampouco dos japoneses: não era mais que uma aldeia comunitária onde vários estrangeiros, oriundos de países diversos, viviam primitivamente, em paz e igualdade. Ou, melhor dizendo, uma pequena caverna onde viviam os homens que se perderam na natureza imensa do grande continente.

Onatsu e a velha arrumaram a cama dos três e prepararam a refeição de todos. Dentro em breve teriam de derrubar mais alguns pés de árvore para fazerem a mesa e as cadeiras. Assim comentando, os cinco começaram a refeição. Naquele dia, excepcionalmente, tinham arroz branco cozido à maneira japonesa. Era a amabilidade da velha, comemorando o início do trabalho. A mistura era conserva de verdura, uma gentileza de Manabe. Onatsu deveria aprender a fazer o pão o quanto antes, e a velha teria de aprender, também o quanto antes, a cozinhar o *fejon* e o *macaron*. Era preciso criar galinhas para colher ovos, e tecer uma rede para pescar.

Assim começava a vida deles. Assim, iam criando raízes no solo brasileiro. Durante um ou dois anos, não iriam conseguir deixar de lembrar do Japão; no entanto, Mera e Manabe disseram que, no terceiro ano, não pensavam mais em voltar. Também eles pensavam que seria bom se isso se concretizasse. Logo em seguida Manabe veio chamá-los, e os três se arrumaram para ir ao trabalho. Tirou a jaqueta da roupa de trabalho e ficou apenas com a camisa marrom. Encheu um *garafon* de quatro litros, que a jovem esposa de

Mera lhes dera, com água potável, colocou-o no ombro, junto com o *panno*, sacos e uma pequena escada, apetrechos necessários para colher café.

– Hoje todos vão esfolar a pele das mãos. Os *nôbo* sempre sangram as mãos, pelo menos uma vez – ouviu Manabe advertir mas, mesmo assim, partiram aos risos.

– Então, mana, vou indo. Você não sabe onde nos encontrar? Venha trazer a marmita com a esposa do senhor Manabe – disse Magoichi, virando-se, e desceu a ladeira de terra vermelha, assobiando e pulando estrumes de bois e cavalos pela estrada.

A velha e Onatsu despediram-se da *portera* de madeira em frente à casa. Vendo as duas mulheres, que tiveram tantos momentos desagradáveis, lado a lado, não passavam agora de uma sogra envelhecida e uma nora dócil. Bem, doravante, era preciso se empenharem em fazer as marmitas para os três. Eles, Katsuji, Yoshizo e Magoichi, vistos de costas, saindo para o trabalho, já tinham até aparência de camponeses feitos. A velha demonstrou satisfação em vê-los assim, e riu discretamente. Mas Onatsu sabia que, sob a feição abrandada daquela mulher envelhecida, escorria um fio de lágrimas sem definição, de alegria ou de tristeza.

– Logo precisaremos procurar uma noiva para Magoichi também.

O pensamento daquela velha mulher já voava longe, rumo ao futuro.

Título	*Sôbô – Uma Saga da Imigração Japonesa*
Autor	Tatsuzô Ishikawa
Tradução	Maria Fusako Tomimatsu
	Monica Setuyo Okamoto
	Takao Namekata
Revisão	Márcia Hitomi Takahashi
Editor	Plinio Martins Filho
Produção Editorial	Aline Sato
Capa	Tomás Martins
Ilustração da Capa	Kazuo Wakabayashi
Editoração Eletrônica	Amanda E. de Almeida
	Tomás Martins
	Camyle Cosentino
Formato	14 x 21 cm
Tipologia	Garamond
Papel	Chambril Avena 80 g/m² (miolo)
	Cartão Supremo 250 g/m² (capa)
Número de Páginas	264
Impressão e Acabamento	Graphium

Família de imigrantes no desembarque em Santos – novembro de 1934.